El beso azul

JORDI SIERRA I FABRA

El beso azul

HarperCollins *Español*

Editora-en-Jefe: *Graciela Lelli*

ISBN: 978-0-71809-592-5

Impreso en Estados Unidos de América

17 18 19 20 21 DCI 6 5 4 3 2 1

A los que todavía esperan
que la Memoria Histórica
sea una realidad tangible.

La lluvia tiene un vago secreto de ternura,
algo de soñolencia resignada y amable,
una música humilde se despierta con ella
que hace vibrar el alma dormida del paisaje.

Es un besar azul que recibe la Tierra,
el mito primitivo que vuelve a realizarse.
El contacto ya frío de cielo y tierras viejos
con una mansedumbre de atardecer constante.

Federico García Lorca
«Lluvia»

CAPÍTULO 1

Viernes, 10 de junio de 1977

1

Nada más salir de la estación de Atocha, golpeada por el calor de la primavera ya desatada, se encontró con la parafernalia de la propaganda electoral.

Farolas con colgantes, coches con altavoces, carteles pegados en todas las paredes, periódicos, incluso papeles ensuciando las calles. Las caras de los candidatos sonreían aquí y allá. Los colores de sus partidos y sus emblemas convertían la vista en un arco iris de promesas. Las frases con las que pretendían captar los votos indecisos salpicaban el horizonte.

El mundo parecía haberse vuelto loco.

Llegaba la democracia, llegaba la democracia, llegaba la democracia.

¿Cuántas veces había llegado la democracia a España?

¿Cuántas veces se había ido por la puerta de atrás?

¿Cuántas veces la habían apuñalado?

Virtudes Castro se detuvo en el semáforo con la vista fija en el otro lado, las manos unidas y cerradas a la altura del pecho, el bolso negro colgando del brazo izquierdo. Nadie la miraba, y aun así se sentía cohibida.

Como si llevara un sello en toda la frente.

Las dos mujeres de su derecha hablaban en voz alta, con desparpajo, sin importarles nada que alguien pudiera escucharlas.

—Yo votaré por Suárez porque es muy guapo.

—Mujer, pero si es más de lo mismo, ¿no? Hace cuatro días todavía iba con la camisa azul.

—¿Y qué quieres, volver a lo de antes con ese Carrillo?

—No, pero que uno sea guapo no te garantiza que lo haga bien.

—Mira, después de estar cuarenta años viendo al Franco a todas horas en la tele y el NO-DO, mejor uno que me guste, qué quieres que te diga.

—¡Cómo eres!

—Pues sí.

El semáforo se puso en verde y arrancaron las primeras, pisando firme.

Se alejaron riendo y parloteando.

Mujeres finas, de ciudad, con tacones, ropa elegante, figuras esbeltas.

Ella se vestía lo mejor que podía para ir a la capital, pero sabía que se le notaba su origen. La delataba su aspecto paleto, la ropa oscura y antigua, los zapatos planos, la falda más larga de lo normal, el cabello gris recogido con el moño, el talante grave cargado de arrugas, la mirada siempre temerosa y huidiza de quien se siente desbordada en la gran ciudad, llena de coches y gritos.

Miró los rostros de los candidatos, inmóviles en los carteles.

Adolfo Suárez, Felipe González, Santiago Carrillo, Manuel Fraga, Enrique Tierno Galván...

Todos querían mandar.

Por algo sería.

Nunca había votado. Ni en 1936, cuando tenía dieciocho años. ¿Qué sabía entonces ella de política? En el pueblo se hacía lo que decían el cura o el alcalde y punto. Y por supuesto ya ni se acordaba de las elecciones del 31 o el 33. Lo único que recordaba era a su padre gritando.

Su padre gritaba mucho, pero callaba más.

El miedo siempre se les había pegado en el alma, como una sombra a las suelas de los zapatos.

Llegó al otro lado, por debajo de los pasos elevados en cuyas alturas rugían los coches, y enfiló la calle de Santa Isabel, dejando a su izquierda el Hospital Provincial y a su derecha la Facultad de Medicina San Carlos. La estafeta de correos quedaba un poco más arriba, por la calle de la Magdalena. La mejor elección, años atrás, por la proximidad con la estación de tren. Así su estancia en Madrid era mínima. Ir y volver.

Suficiente.

El lugar estaba lleno. Había colas. Mucha gente votaba por correo, así que se imaginó que sería eso. Tampoco se molestó en pensar más. Los apartados de correos estaban en la entrada. Dos centenares de casillas plateadas con su número. La suya, la 127, quedaba a media altura. Buscó la llave en el bolso, la introdujo en la cerradura y abrió el cajetín.

Allí estaba el sobre.

Puntual, como cada mes.

Lo guardó en el bolso, cerró con llave y, ahora sí, le tocó hacer la cola.

Miró el reloj.

Lo miró tres veces en los catorce minutos siguientes, a medida que, cliente a cliente, la cola iba menguando y se aproximaba al mostrador. La muchacha ya la conocía, por lo menos de vista, pero apenas hablaban. Lo único que hizo fue tomar el sobre que ella le entregó.

—A Medellín.

—Sí, a Medellín.

—Colombia.

—Sí, Colombia.

—¿Hoy no hay paquete?

—No, no.

La última vez le había mandado un paquete, con periódicos, algunos recuerdos...

La muchacha le pesó el sobre, le puso los sellos y se los cobró. La carta fue a parar a una cesta. El importe era el mismo de las últimas veces, pero prefería hacer la cola y estar segura, por si subían las tarifas y no se enteraba, antes de que se la devolvieran por insuficiencia de franqueo.

Entonces el cartero habría visto el remite.

Porque ponía siempre el remite del pueblo, no el apartado de correos.

Ni siquiera sabía por qué.

Virtudes Castro suspiró.

La muchacha de correos ya sabía que, de vez en cuando, mandaba un paquete.

—Gracias. —Recogió los céntimos del cambio.

—Con Dios —le deseó la chica.

—Y la Virgen —repuso Virtudes—. Buenos días.

Salió de la estafeta y reanudó la marcha en dirección a su nuevo destino, situado a menos de cincuenta pasos. Alguien había tapizado la pared de la sucursal bancaria con carteles de la UCD y un empleado se afanaba en arrancarlos con rostro preocupado, mirando a su espalda por si eso pudiera causar molestias a cualquier fanático que se lo tomara a mal. A fin de cuentas, la violencia seguía. En su visita de enero a Madrid se había encontrado con lo de la matanza de Atocha.

Todo aquel miedo, otra vez.

Y no solo lo de Atocha. También lo del secuestro de aquellos hombres, Antonio María de Oriol y el general Emilio Villaescusa, la muerte de un estudiante por disparos de un ultraderechista, la muerte de una joven por culpa de un bote de humo lanzado por los antidisturbios...

Miedo, miedo, miedo.

El señor González, el cajero, sí la saludaba siempre, con una sonrisa y su cara de buena persona.

—¡Señorita Castro! ¿Otra vez por aquí?

—Ya ve.

—¿Ha pasado un mes? ¿Es posible?

Virtudes se encogió de hombros. Era un hombre afable, pero

16

un extraño al fin y al cabo. Su hermano se lo decía siempre en las cartas. «No te fíes de nadie». Y de nadie se fiaba. Ni siquiera de un simple cajero bonachón de mediana edad y calvicie prematura enfundado en su triste traje gris de trabajo.

—¿Cinco mil pesetas, como siempre?

—Sí. —Le entregó la cartilla.

—Muy bien. —El hombre la introdujo en la máquina y tecleó la operación—. La transferencia de veinte mil pesetas ya ha llegado, puntual como siempre.

—Gracias.

—Bueno, son... diecinueve mil novecientas treinta con cincuenta céntimos —quiso puntualizarlo—. Se ve que el cambio ha bajado un poco.

—Ya, claro.

Le devolvió la libreta.

—¿Billetes de cien pesetas?

—Deme doscientas en billetes de veinticinco, por favor.

—Por supuesto.

Contó el dinero delante de ella, despacio, y se lo entregó con amabilidad. Virtudes ya no lo repasó. Lo guardó en el bolso, junto a la carta sacada del apartado de correos y llena de aquellos vistosos sellos colombianos, nada que ver con los españoles, eternamente discretos. Cerró el bolso antes de despedirse y ponerse de nuevo en marcha.

—Gracias, buenos días.

—A mandar, señorita Castro. Hasta el mes que viene.

Un mes pasaba rápido.

Para cuando volviera, España habría cambiado.

Un poco más.

O no.

Virtudes Castro enfiló de nuevo el camino de regreso a la estación de Atocha. Tenía hambre, pero no se detuvo a tomar un café con leche y una pasta. Eso tenía que haberlo hecho antes. Ahora la carta le quemaba en el bolso, y no se fiaba de que alguien, un ladrón, la hubiese visto en el banco guardando las cinco mil pesetas. Si le tiraban del bolso se llevarían todo.

Lo apretó contra sí y aceleró el paso.

Un coche pasó cerca de ella con un altavoz pregonando la necesidad de votar al PSOE de Felipe González.

—¡El 15 de junio, tú decides! ¡Vota PSOE! ¡Vota cambio! ¡Vota libertad, futuro y progreso! ¡Vota Felipe González!

Otro coche se dirigió hacia él con el rostro de un sonriente Manuel Fraga en todo lo alto, como si fueran a chocar.

Los gritos de uno y otro se confundieron.

A Virtudes se le antojó una metáfora, aunque no estaba muy segura de qué.

2

El tren salió de la vía 5 con relativa puntualidad. No pudo entretenerse ni un minuto. Llegó al andén, aceleró el paso, subió, se sentó y la máquina arrancó con parsimonia cinco segundos después. Por lo menos pudo ocupar un asiento en la ventanilla adelantándose a los últimos rezagados que, como ella, habían llegado con el tiempo justo. Prefería colocar el bolso entre la pared del vagón y su cuerpo. A veces le quemaba la impaciencia y abría la carta en el viaje de regreso al pueblo. A veces lograba dominarse y esperaba hasta hallarse en casa, segura y a salvo. Veinte años de inquietud no se superaban de golpe, aunque Franco hubiese muerto hacía más de un año y medio y los nuevos aires democráticos insuflasen una mayor confianza. Las dos mujeres del semáforo bien lo habían dicho:

—Mujer, pero si es más de lo mismo, ¿no? Hace cuatro días todavía iba con la camisa azul.

Más de lo mismo.

¿No había dicho el dictador que lo dejaba todo atado y bien atado?

¿No había defendido su legado Arias Navarro, como un perro de presa, hasta verse superado por los acontecimientos y los gritos de libertad de la nueva España?

La nueva España.

Sonaba tan bien y al mismo tiempo tan estremecedor.

La zanahoria y el palo.

Miró a las personas que viajaban con ella, sentadas en los dos bancos de madera, oscilando al compás sobre los traqueteos de las vías. Delante un sacerdote con más botones en la sotana que cabellos le quedaban en la cabeza. De arriba abajo. Una inmensa bragueta de puntos rojos que ocultaba lo desconocido. Su cara también era roja, mofletes pronunciados, flácidamente carnosos. Roja como la cruz que decoraba el lado izquierdo de su pecho. A su lado un representante del ejército en la figura de un quinto de rostro enteco, nariz aguileña, ojos saltones y nuez salida. Vestía un uniforme dos tallas mayor, así que parecía hallarse en pleno proceso menguante. Por uno de los bolsillos del uniforme asomaba una revista, *Interviú*, que probablemente no se atrevía a sacar en público por la presencia del cura. Virtudes había oído hablar de ella porque en el pueblo la quiosquera tenía que esconderla dado su contenido y los hombres se la pasaban de mano en mano a escondidas. Cerrando la fila frontal una mujer obesa que se comía parte del espacio del soldado, con un fardo firmemente apoyado sobre las rodillas y los ojos cerrados en una presomnolencia que la ayudara a digerir mejor el viaje. En cambio, en su mismo lado, con lo cual no podía verles demasiado bien, tenía a una mujer con su hijo. El niño era el que se sentaba en medio de las dos.

Leía un tebeo.

El sacerdote también se puso a leer. Llevaba el ejemplar de *El Alcázar* del día. En portada, visible, una arenga en contra de la legalización del Partido Comunista, acontecida poco antes, el 7 de abril, en plena Semana Santa.

En el pueblo algunos se habían atrevido incluso a salir a la calle con banderas rojas.

Nadie reparaba en ella.

Virtudes ya no se lo pensó dos veces. Abrió el bolso y extrajo la carta llegada del otro lado del Atlántico. La anterior, la de primeros de mayo, la había sumido en la inquietud. No era muy lista, pero sabía leer entre líneas. Veinte años de cartas y secretos, de confidencias y despertares, formaban una carretera por la que su ánimo había circulado en línea recta, sin un bandazo.

Y de pronto su hermano empleaba aquella palabra.

Nostalgia.

Su mano tembló cuando sujetó la hoja de papel delante de sus ojos. El sacerdote, serio, digería la información de *El Alcázar*. El quinto miraba al frente, igual que una estatua. La mujer mantenía cerrados los suyos. El niño disfrutaba de su tebeo y su madre quedaba demasiado lejos para ver nada.

¿Y qué más daba lo que pudiera ver?

Querida Virtudes...

Le sucedía siempre. Primero su mirada sobrevolaba las apretadas líneas escritas a mano, con letra pulcra y precisa. Y lo hacía tan rápido que no se enteraba de nada, solo de lo justo, es decir, saber que él estaba bien y no pasaba nada malo. Luego tenía que volver atrás, concentrarse, y apurar cada palabra hasta entender su significado.

Esta vez no fue distinto.

No lo fue hasta que llegó al segundo párrafo, después de las salutaciones de rigor, *espero que estés bien, Anita, Marcela y yo lo estamos...*

...creo que es hora de cerrar las heridas del pasado...

Virtudes dejó de respirar.

Se le paró el corazón.

De pronto el cura la miraba, y el quinto, y la mujer que ya no dormía, y el niño, y su madre. Todos la miraban.

Bajó las manos incapaz de seguir leyendo y las dos cuartillas de papel descansaron sobre su regazo apenas unos segundos. Lo que tardó en recuperarse y doblarlas. Sabía que estaba pálida. Sabía que sus dedos se estremecían. Y en un instante fue al revés, apareció el sofoco que la hizo echarse a sudar y experimentó la sensación de que se quedaba sin fuerzas, con sus dedos convertidos en una parte muerta de su cuerpo. El estómago se le contrajo y casi no pudo reprimir la arcada, no motivada por el asco, sino a causa de aquel mareo, con la presión sanguínea desbocada y...

Miró por la ventana.

¿Cuánto faltaba para llegar al pueblo?

¿Una hora?

No, nadie la miraba. Imaginaciones suyas.

Aun así, guardó la carta en el bolso.

Cuando recibía un paquete, lo abría antes de subir al tren y de esta forma la envoltura se quedaba en una papelera de Madrid. No dejaba el menor rastro. Los sobres no eran necesarios. Ellos y las cartas estaban a resguardo en la casa.

¿Y si no había leído bien?

¿Y si todo era a causa de sus nervios, constantemente agitados y a flor de piel?

—Rogelio... —Suspiró apenas para sí misma.

El tren aminoró la velocidad para detenerse en la siguiente estación. El quinto se levantó y abandonó su lugar en el vagón. Una vez detenido, Virtudes siguió mirando por la ventanilla.

Pero el soldado no se apeó allí.

3

La tarde era hermosa y apacible, y el camino desde la estación, silencioso, descendiendo la cuesta perdida entre los árboles, con el sol apenas intuido por detrás de la cerrada hojarasca que los poblaba. No era la única que había bajado en la parada del tren, pero sí la más rezagada pese a su prisa.

Al amparo del silencio apenas rasgado por el susurro de sus pasos sobre la tierra, le daba la impresión de que la carta gritaba.

Virtudes aceleró la marcha un poco más.

Agitada.

Hubiera echado a correr de no ser por su edad y por lo insólito que eso habría resultado.

—¿De Madrid, Virtu?

La Romualda siempre estaba al acecho. Más que una ventana daba la impresión de tener una gran oreja. Se asomaba a la puerta a la menor señal. Su casa era la primera saliendo del pueblo rumbo a la estación o bajando de ella. Si llevara un libro de registro, se sabrían los movimientos de todo el que iba o venía en tren.

—Sí, a una gestión.

—Como cada mes.

—Bueno...

—No tendrás un novio, ¿verdad?

—¡Anda ya, mujer!

—¡Eh, que la Genara se casó con sesenta y muchos con aquel señor de Cádiz!

—No es lo mismo.

—¿Tienes prisa?

—Se me ha hecho tarde.

—¡Pues será para ver la tele!

No se detuvo. Toda la conversación se había desarrollado sobre sus pasos. La dejó atrás y a los pocos metros dobló por la primera calle a la izquierda. Allí ya no quedaban árboles. El primer atisbo de calle empedrada y asfalto marcaba la frontera con lo que ellos llamaban «el barrio viejo». El pueblo crecía por el otro lado, hacia el río y más allá de él, acercándose cada vez más a la fábrica, que pronto quedaría devorada por las nuevas casas.

En todos los pueblos se decía que los jóvenes se iban, reclamados por el fulgor de las ciudades. Allí también. Pero no todos. Si había trabajo...

La cabeza le daba vueltas. Saltaba de un pensamiento a otro. Y a cada instante revoloteaba por su mente la carta, la voz oculta de Rogelio.

Una voz olvidada, porque la última vez que la había escuchado había sido en 1936.

Ni siquiera valía el teléfono.

Miedo, miedo, miedo, aunque el maldito Franco hubiese muerto aquel bendito veinte de noviembre de diecinueve meses antes.

Logró llegar a su casa sin que nadie más la detuviera o le hablara. Consiguió cerrar la recia puerta de madera y derrumbarse sobre la butaca, su butaca. Ni se quitó la fina chaquetilla. Colocó el bolso sobre las rodillas y lo abrió. Sus movimientos intentaron ser calmos.

Lo intentaron.

Luego volvió a leer aquella hermosa letra de pausados rasgos, conteniendo las lágrimas a cada línea, tratando de entender, buscando la forma de no ahogarse por la presión del corazón desbocado.

Querida Virtudes, una vez más espero que leas esta carta con bue-

na salud y estés bien. Anita, Marcela y yo lo estamos. Bien y felices. Tanto que esta carta será distinta a las demás. Ojalá la leas sentada, no vayas a desmayarte, porque en las tuyas late siempre un nervio y una ansiedad que no sé cómo puedes digerir a diario.

Hermana, hace un mes, probablemente incluso antes porque he ido dándole vueltas a la cabeza día tras día desde que anunciaron las elecciones, ya empecé a barruntar algo que tal vez intuiste en mi última carta. Ahora puedo confirmártelo. No es una decisión tomada a la ligera, sino muy meditada y hablada con mi mujer y mi hija. En unos días se producirán esas elecciones tan esperadas, el país cambiará a pasos agigantados si es que no lo está haciendo ya, porque al menos eso es lo que se desprende de las noticias que llegan hasta aquí. Franco empieza a ser un recuerdo. Su figura, su obra, lo que hizo, permanecerá en la memoria de España durante años, una o dos generaciones, pero el futuro es siempre imparable y no hay mal que cien años dure. Por lo tanto creo que es hora de cerrar las heridas del pasado.

Virtudes, voy a regresar a casa, al pueblo.

¿Sorprendida? No lo estés. ¿Alterada? Pues cálmate. Y si lloras, procura que sean lágrimas de felicidad, que ya es hora. No pretendo instalarme de nuevo, porque ahora mi casa, mi familia, mi vida está en Medellín. Sin embargo no quiero morir un día, sin más, rabiando por no haber dado este paso, verte, abrazarte, volver a sentirme vivo, recordar y apreciar los contornos de la vieja memoria y los olores del lugar que me vio nacer y nunca he olvidado. Sé lo que esto representa para ti, y lo que representará para el pueblo entero, o al menos para los que quedamos del 36, pero es mi casa, estás tú, son ya muchos años. Acabo de cumplir 61 y tú tienes 59. Y no nos vemos desde que yo tenía 20 y tú 18, ¿te das cuenta? Que nos hayan robado casi toda una vida no significa que tengamos que renunciar a ella por entero. Siempre queda una esperanza, y es hora de ponerla en marcha. Cuando recibas esta carta faltará muy poco para vernos. Toda una sorpresa, ¿a que sí? Y no seré el primero ni el último que lo haga, que regrese a casa después de tanto tiempo. Sé que muchos están vol-

viendo sabiéndose finalmente a salvo, y que muchos, como Florencio según me contaste, salen incluso de las catacumbas en las que han permanecido todos estos años. Increíble. Increíble, Virtudes. En el fondo, ahora me doy cuenta de lo afortunado que he sido. Estos últimos veinte años han valido por todo lo que pasé entonces, aquel sufrimiento, la guerra, el campo de refugiados, la otra guerra, el campo de exterminio...

Vamos, sonríe.

Quiero que conozcas a Anita, a Marcela. Quiero que sepas que tienes una familia real, no solo el eco de unas cartas y fotos llegadas desde el otro lado del mar. Siempre te ha dado miedo volar hasta Colombia. Pues bien, yo ya no tengo miedo de volver a España. Y ni te imaginas lo que representa eso. Vivir sin miedo, Virtudes. Vivir sin miedo después de tantos años, una vez muerta la maldita bestia, aunque lo hiciera en su cama el gran hijo de puta...

Dejó de leer.

Quedaba ya muy poco, apenas unas líneas, y lo más importante estaba dicho.

—Rogelio... —gimió.

Besó las dos hojas de papel antes de romper a llorar y las apartó para no mancharlas con sus lágrimas.

¿Cuánto hacía que no lloraba de felicidad?

¿Veinte años, desde aquella primera carta en la que él había reaparecido como un fantasma saliendo de la tumba?

Sí, exactamente.

Veinte años, casi veintiuno.

La carta que aquel hombre le entregó en mano, en secreto. La carta de la vuelta a la vida y también de las instrucciones para estar comunicados, Madrid, el apartado de correos, la cuenta en el banco para que le mandara dinero, siempre de forma discreta, no demasiado, para que de igual forma no gastara demasiado.

Virtudes acompasó su respiración.

Luego acabó las últimas líneas y volvió a leerla entera, más calmada, apretando su alma con fuerza bajo el aplomo de la entereza tantas veces puesta a prueba en su eterna soledad.

No se dio cuenta de que el tiempo dejaba de existir, de que la luz de la tarde se amortiguaba poco a poco hasta dar paso a la penumbra del anochecer. Los días ya eran extremadamente largos, así que se apercibió de la hora cuando su estómago crujió. Entonces levantó la cabeza y miró a su alrededor.

La misma casa.

Todo distinto.

Casi podía ver y oír a su padre, a su madre, a Rogelio, a Carlos...

¿Qué sucedería cuando Rogelio llegase?

La vuelta de un hombre al que todos creían muerto.

Muerto y enterrado en el monte, donde se suponía que le habían fusilado la madrugada del 20 de julio de 1936.

Virtudes llenó los pulmones de aire y se puso en pie. Dejó el bolso sobre la mesa pero no se quitó la chaquetilla. De pronto, tenía frío. El ramalazo de la vuelta a la vida, como el recién nacido al que dan el primer cachete para que llore y respire por primera vez por sí mismo. Introdujo la carta en el sobre y se dirigió a la cocina. Una vez en ella abrió la despensa, le dio la vuelta al interruptor de la luz y se coló dentro. Cerró la puerta, quitó los botes de conserva del estante situado frente a sus ojos y lo empujó. La madera se desplazó primero hacia atrás y luego hacia un lado. Al otro lado apareció el hueco.

Y en él las cartas, las fotos, el secreto.

Veinte años, una carta al mes, doscientas cincuenta entregas de una vida a plazos.

Dejó la última carta encima de todo y cerró la trampilla.

Cuando volvió al comedor ya no temblaba. Estaba ansiosa, nerviosa, pero ya no temblaba. El primer paso era evidente.

Blanca.

Después...

Miró el teléfono pero desestimó la idea. Mejor hacerlo en persona. Nunca se había fiado del teléfono. En un pueblo todo eran oídos. Ni siquiera sabía por qué se lo había puesto. Quizá para llamar al médico si se moría.

Cosas de vieja.

Cuando salió de la casa no cogió el bolso ni cerró la puerta con llave. ¿Para qué?

Blanca vivía a tres minutos.

4

Lo primero que escuchó al abrir la puerta fue la canción.

Era una de las que sonaba a todas horas por la radio.

Gavilán o paloma.

Ahora se sentía como una paloma cuando, más que nunca, necesitaba ser un gavilán.

Respiró a fondo, recuperó el valor perdido por el camino y se dirigió al comedor. Al entrar en él vio únicamente a su tía Teodora, sentada en su eterna mecedora, un trono para ella, inmóvil como una estatua y con la radio a menos de un metro de su cabeza. Las dos bolsas de las mejillas le caían cada vez más flácidas a ambos lados de la cara, contribuyendo a darle aquel aspecto perruno que consolidaban los ojos, mortecinos por la edad, pequeños y sepultados en ese momento por una somnolencia a la que se resistía.

Los abrió un poco más al verla.

Solo eso.

—Ah, hola Virtu.

—Hola tía, ¿y Blanca? —Alargó el cuello para atisbar en dirección a la cocina.

—Ha ido un momento al colmado, a ver si todavía estaba abierto, que siempre se le olvidan cosas. El día menos pensado va a perder hasta las bragas.

—Tía...

—¿Qué quieres? —rezongó—. Si no sabe dónde tiene la cabeza, por Dios. —El tono de su mirada se hizo más amargo y duro—. Aunque no sé por qué te digo eso si sois tal para cual.

Ya no le contestó.

El mal humor avanzaba, implacable. No era una enfermedad, era una cruz. No recordaba haberla visto reír nunca. E iba a peor, día a día, como si no tuviera límite. El mundo entero era para ella un campo de despropósitos, malas personas, errores y críticas que no escapaban a su lengua viperina. Nada se salvaba de su desprecio. La amargura era un pantano invisible en el que se sumergía arrastrando todo lo que se hallaba cerca.

Como su prima Blanca.

Iba a dar media vuelta cuando entró Eustaquio, el marido de su prima.

—Hola, Virtu.

—Hola.

Se sentó en una silla sin decir nada más y cogió un libro. Leía sin parar. Los devoraba. Tanto le daba que la radio sonara alto como que a su alrededor se hablara a gritos. Se concentraba y aislaba protegiéndose así del mundo, sobre todo de la madre de su mujer.

Incluso, tal vez, de ella.

Eustaquio nunca hablaba.

—Voy a ver si la encuentro por el camino. —Inició la retirada Virtudes.

—¿Has ido a Madrid? —La detuvo la pregunta de su tía.

—Sí.

—Ya me dirás qué tienes tú allá —escupió cada una de las siete palabras.

—Nada, tía. —Mantuvo su equilibrio emocional—. Pero ya sabe que una vez al mes me gusta ir, pasear, tomarme un chocolate, ir al cine o a un museo...

—¿Sola?

—Sí, sola.

—Ya. El caso es dar que hablar.

—¿Y quién habla?

—Tú ya sabes.

—No, no sé, tía. —Hizo un gesto de cansancio—. ¿Quiere que me quede en casa y no salga?

Pablo Abraira dejó de cantar su canción. Le sustituyó Miguel Bosé y *Linda* mientras el locutor decía que era el nuevo número 1 de *Los 40 Principales*.

No quería quedarse allí, con su tía, la radio y el silencioso Eustaquio.

—Pues si tanto te gusta ir a Madrid, podrías visitar a Fina y a Miguel, digo yo. —No la dejó escapar Teodora.

—Ellos tienen su vida, ¿qué pinto yo yendo de visita?

—En eso te doy la razón, ¿ves? Su vida —volvió a escupir las palabras—. Y a su madre y a su abuela... Se han vuelto muy señoritos ellos. Miguel con esa peluquera teñida que parece una puta y Fina con ese desgraciado...

Virtudes miró a Eustaquio.

No defendió a sus hijos.

Ya no.

Pasó la página del libro y siguió leyendo mientras Miguel Bosé repetía el nombre de la heroína de su canción en la radio.

—Me voy. —Inició la retirada.

—Espérala aquí, ¿no?

—No, con esa música tan alta que hay que hablar a gritos...

—¿Secretos?

—¡Que no, tía!

Ya no le dio una segunda oportunidad. Retrocedió y salió del comedor. Lo último que vio, de refilón, fue el destello de la mirada de Eustaquio. Aquel destello igualmente mortecino, como lo era él.

Tan callado, silencioso, aparentemente ajeno.

Y llevaba así casi treinta años, desde su salida de la cárcel.

Los últimos presos liberados de las cárceles de Franco.

Virtudes llegó a la puerta pensando en lo último que le había oído decir a Eustaquio unos meses antes, por Navidad, cuando

Teodora había tenido la gripe, contagiada, según ella, por el hijo de los vecinos, que se pasaba el día tosiendo en dirección a su ventana.

—Tendremos que enterrarla boca abajo.

Enterrarla.

Era capaz de enterrarlos ella a todos.

Abrió la puerta, salió a la calle y entonces se encontró con Blanca casi encima. Llevaba una bolsa de la compra con algo dentro y parecía atribulada.

—He de hablarte. —No esperó ni a que la saludara.

—Pues entra.

—No, a solas.

—¿Pasa algo? —Captó su ansiedad.

—Luego te lo cuento, ven a casa.

—Mejor mañana. —Hizo un gesto de fastidio—. Hoy está más insoportable que nunca, y además esta noche dan por la tele...

—Blanca, por favor.

Fue el tono de voz, la súplica, pero también el brillo de la mirada, la intensidad de su mano presionándole el brazo.

Llevaban toda la vida juntas. Imposible engañarla.

—Me estás asustando.

—No, tranquila, pero ven, por favor.

—Bueno, está bien. —Volvió a hundir los ojos en la madera de la puerta de su casa—. En cuanto acabemos de cenar me paso.

—Gracias.

Se separaron.

Una inició el camino de regreso. Otra abrió la puerta y la dejó así mientras la veía alejarse.

Libertad sin ira esparció sus notas por el aire, y con ellas, la letra que se fugó del interior y sobrevoló las casas más próximas.

Dicen los viejos que en este país hubo una guerra
y hay dos Españas que guardan aún
el rencor de viejas deudas

32

Dicen los viejos que este país necesita
palo largo y mano dura para evitar lo peor

Pero yo solo he visto gente que sufre y calla
Dolor y miedo
Gente que solo desea su pan,
su hembra y la fiesta en paz

Libertad, libertad sin ira libertad
guárdate tu miedo y tu ira
porque hay libertad, sin ira libertad
y si no la hay sin duda la habrá
Libertad, libertad sin ira libertad
guárdate tu miedo y tu ira
porque hay libertad, sin ira libertad
y si no la hay sin duda la habrá

La puerta se cerró y la canción quedó prisionera de la casa, guardando el resto de la letra en su interior.

Una letra que, asombrosamente, Virtudes se sabía de memoria de tanto escucharla.

Dicen los viejos que hacemos lo que nos da la gana
Y no es posible que así pueda haber
Gobierno que gobierne nada
Dicen los viejos que no se nos dé rienda suelta
que todos aquí llevamos
la violencia a flor de piel

Se preguntó si Rogelio, allá en Colombia, habría oído esa canción.

5

Cuando llegó de nuevo a su casa no puso la televisión ni la radio, prefirió el silencio.

Aunque a veces el silencio gritase más.

Iba a compartir el secreto, su secreto. Finalmente y después de más de veinte años, iba a revelarlo. Probablemente Blanca se enfadase con ella. A fin de cuentas Rogelio era su primo.

Lo poco que quedaba de la familia.

Pero con su madre siempre encima...

Se sentó en una silla, desconcertada. ¿De qué se extrañaba? Todos decían que en los últimos dos meses, desde la legalización del Partido Comunista, muchos regresaban a España. Cada cual con su historia, ricos, pobres, triunfadores, humillados, vencidos... De vuelta a casa para vivir o morir en la tierra.

Llovía y las setas emergían del suelo en apenas unas horas.

Los que regresaban eran como esas setas.

Y España el suelo que se abría de nuevo para abrazar a sus hijos perdidos.

No se quedó sentada más allá de unos minutos. Se levantó y miró por la ventana. El último resplandor del día se mantenía por poniente. Había ya un par de luces en la calle, tan mortecinas como siempre. Y siendo la misma imagen de todos los días, ahora se le antojaba distinta.

Otro pueblo.

¿Otro?

No, eso no. Nunca dejaría de ser el mismo.

El de 1936.

A pesar de la fábrica, las casas nuevas, las tierras en las que se decía que iba a construirse un barrio entero, o quizás otra fábrica, porque los rumores eran siempre inciertos.

Un pueblo dividido, primero entre derechas e izquierdas, ahora entre la zona vieja y la nueva.

Si no hubiera sido por la fábrica de embutidos, ¿dónde estarían? Si a pesar de ella muchos se habían ido, como Fina y Miguel, ¿que habría sido del resto?

Abrió la ventana, porque la casa había estado todo el día cerrada, y se acodó en el alféizar. Casi se arrepintió, porque en ese momento, surgida de la nada, vio pasar por delante a Esperanza.

Precisamente ella.

—Buenas noches.

—Buenas noches.

Cerraba tarde el estanco, y nunca pasaba por allí para ir a su casa.

¿Qué diría Esperanza cuando supiera que él estaba vivo?

Virtudes se estremeció y se apartó de la ventana. El regreso de Rogelio lo agitaría todo. Vidas y conciencias. Un regreso marcado por lo insólito: que estaba vivo, que su cuerpo no se encontraba en la fosa del monte.

La fosa que solo los asesinos conocían.

Y ya no quedaba nadie.

Casi.

—Blanca, por Dios...

Tendría que estar contenta y lo que estaba era asustada. Unió sus manos y las apretó hasta blanquear los nudillos. El corazón volvía a latirle con fuerza, desbocado.

Cuarenta años de miedo no desaparecían en apenas unos meses de cambio.

Volverían los recuerdos, los fantasmas...

Como Florencio, después de permanecer más de treinta y cinco años encerrado tras un tabique en su casa, oculto, mientras todos le creían caído en el Ebro.

Puso la televisión de forma maquinal, para tratar de pasar el rato. Esperó a que la pantalla se ajustara poco a poco y cogió la guía que siempre compraba para estar al tanto de lo que podía ver cada semana. Por la primera cadena estaba terminando *Teresa*, la novela de Rosa Chacel. Iba a comenzar el telediario de las nueve. Por la segunda concluía la *Redacción de noche*. Miró la programación y vio que en la primera, después del informativo, daban un programa sobre el río Júcar y después, ya a las diez y cuarto, el habitual *Un, dos, tres...* de Narciso Ibáñez Serrador, como cada viernes. En la segunda, un espacio dramático, *Omisión criminal*. Leyó el argumento sin acabar de darse cuenta de que no estaba centrada en ello, que solo se dejaba llevar por impulsos: *Jacques, un explorador submarino, muere mientras está sumergido realizando un trabajo. Su compañero Claude, que se encontraba fuera de la barca, no ha hecho nada para salvarle. El comisario Vaillant...*

¿Y qué? Nunca veía la segunda cadena. Se habían vuelto muy modernos. Tanto como raros. La prueba era que en la *Carta de ajuste*, a las siete y cuarto de la tarde, habían puesto música extranjera, como siempre. Algo en inglés, *In the court of The Crimson King*, de un cantante, o lo que fuera, que se llamaba igual pero al revés: King Crimson.

Si esos eran los nuevos tiempos...

Cerró la guía y se levantó para ajustar la antena.

Lo consiguió a duras penas, porque la imagen no dejó de oscilar, mezclando sus blancos y negros.

¿Qué querría ver Blanca? Lo del río Júcar no, claro. ¿Qué le importaba a ella el maldito río Júcar? No, era el *Un, dos, tres...*, como todo el país.

¿Quién no veía el *Un, dos, tres...*, aunque terminaba ya tan tarde, a las once y media de la noche, con los ojos medio cerrados pese a la emoción del final?

No tenía hambre, no tenía afán de nada. Se movía sin darse cuenta, se asomaba al vértigo de sus pensamientos una y otra vez, para retroceder asustada y temblando. La canción de Jarcha reaparecía de tanto en tanto en su mente, martilleándole su escasa razón.

«Dicen los viejos que en este país hubo una guerra y hay dos Españas que guardan aún el rencor de viejas deudas...».

Virtudes susurró aquel estribillo, convertido en un himno de los nuevos tiempos:

«Libertad, libertad, sin ira libertad, guárdate tu miedo y tu ira porque hay libertad, sin ira libertad, y si no la hay sin duda la habrá».

¿Cuándo hubo libertad en España?

La puerta se abrió en ese instante y por ella asomó su prima.

6

Blanca estaba expectante, ojos abiertos, tensión en los gestos. Cerró la puerta y se le plantó delante con las manos unidas. No esperó a que la dueña de la casa dijera una sola palabra.

Lo hizo ella.

—¿Qué pasa, Virtu?

—Nada, tranquila.

—¿Nada, tranquila? Si no fuera nada no me habrías hecho venir a esta hora, por Dios.

—Vamos, siéntate, no me pongas más nerviosa.

—¿Ah, tú estás nerviosa? ¿Yo no? Y encima con mi madre preguntando, que no es de las que se chupa el dedo.

—¿Te quieres sentar?

—Ay. —Suspiró desfallecida.

—¡Por favor!, ¿quieres calmarte?

No lo hizo. La obedeció, se sentó en una de las sillas, pero no se calmó.

—Tienes un cáncer. —No fue una pregunta, fue una afirmación.

—¡Que no es eso! ¡Siempre tan alarmista!

—A ver.

—Blanca. —Se sentó frente a ella y le cogió las dos manos, para que las tuviera quietas—. Se trata de algo que no te conté hace veinte años, eso es todo, y ahora...

—¿Veinte años? —Abrió unos ojos como platos.

—Sí.

—¿Tiene que ver con lo de ir a Madrid cada mes, y sola, que no quieres que nadie te acompañe?

—Sí.

—Tienes novio y está casado.

Se hubiera echado a reír de no tratarse de algo tan serio. Blanca y sus fantasías. Blanca y su mente inquieta. Blanca y el castigo de una madre a la que, de vez en cuando, se parecía demasiado.

—Tengo cincuenta y nueve años —le recordó.

—Mira la Genara.

La Romualda le había dicho lo mismo al bajar de la estación.

Tal para cual.

Ya no esperó más, porque se suponía que la que tenía que hablar era ella, no su prima. Le presionó de nuevo las manos y se lo soltó, sin ambages.

—Rogelio está vivo.

Consiguió hacerla callar.

Lo suficiente para que el silencio las amparara bajo un manto cómplice aunque irreal.

—¿Has oído lo que te he dicho? —insistió ante la parálisis de su prima.

—Rogelio está enterrado en el monte, con tu padre y tu hermano Carlos, Virtu.

—Él no murió.

—¡Le fusilaron en el 36!

—Escapó.

Blanca frunció el ceño. Era como tratar de meter una prenda más en una maleta ya llena a rebosar.

—Virtu, ¿estás bien?

—Escapó —lo recalcó marcando cada sílaba—. Él no está en esa fosa.

—¿Pero cómo que... escapó?

—Rogelio sostenía a nuestro padre, que ya no se aguantaba en pie. Carlos no podía porque tenía los dos brazos rotos...

—¿Y cómo sabes tú eso?

—¿Me quieres dejar hablar? Te lo estoy contando.

Blanca abrió y cerró la boca. Ya no dijo nada.

—Te digo que Rogelio sostenía a papá. Los del pelotón se pusieron delante. Era noche cerrada. Hubo una descarga y cayeron hacia atrás, revueltos, al interior de la fosa. Pero lo que derribó a Rogelio no fue una bala, sino la caída de papá. Fue el desplome de su cuerpo lo que le hizo caer a él. Una vez en el fondo descubrió que no tenía ni un rasguño.

—¡Los remataron y los cubrieron de tierra, por Dios!

—No inmediatamente —hablaba con calma, despacio, tanto por Blanca como por sí misma. Era la primera vez que lo contaba en voz alta después de haberlo leído tantas veces en aquella primera carta—. Los del pelotón se fumaron un pitillo y uno los cubrió un par de minutos más tarde. Nadie exhaló un solo gemido, así que no los remataron. Si alguno seguía vivo murió enterrado. Pero para cuando ese les echó la tierra encima, Rogelio ya no estaba allí. Gateó y salió de la fosa, se ocultó detrás del primer árbol. Era de noche, nadie se dio cuenta, nadie se puso a contar los cuerpos. ¿Qué más daban nueve que diez allá abajo, todos amontonados? Rogelio aún no se explica qué pasó. Lleva cuarenta y un años con lo que sucedió esa noche metido en la cabeza y sigue igual. ¿Un milagro? ¿Suerte? Alguien los delató a todos, y alguien erró el disparo dirigido a él. Ahora ya...

—Hablas en serio... ¿verdad?

—¡Pues claro que hablo en serio!

—¿Por qué no regresó?

—¿Aquí, para volver a caer en manos de ellos?

—Entonces...

—Huyó, Blanca, huyó. ¿Qué podía hacer? Se fue lo más lejos y lo más rápido que pudo y llegó a la zona republicana. Allí peleó contra los del alzamiento. No pensó ni en enviarme una carta, para no delatarse ni comprometerme. Luego, cuando la guerra se perdió, tuvo que escapar.

—¿Dónde estuvo?

—Es una larga historia. —Virtudes bajó la cabeza y dejó de sujetar las manos de su prima. Se echó para atrás y apoyó la espalda en el respaldo—. Con la victoria de Franco se fue al exilio, a Francia. Pasó meses en un campo de refugiados, sobreviviendo como tantos, y para salir de allí se alistó en no sé qué compañías de trabajo o algo así, no recuerdo el nombre. Gentes que pelearon en la Segunda Guerra Mundial contra Hitler. También le fue mal, se repitió la historia, le hicieron prisionero y fue a dar con sus huesos en otro campo, este de exterminio.

—¿Lo de los judíos?

—Sí. Y sobrevivió. Cuando acabó la guerra consiguió irse a Sudamérica. Estuvo en México, Argentina... qué sé yo. Dio un montón de tumbos hasta ir a parar a Colombia, a una ciudad llamada Medellín. Allí por fin le fue bien. ¿Recuerdas que sabía mucho de flores? Pues trabajó en una empresa floricultora, destacó, el dueño se encariñó con él, se casó con su hija, fue padre...

—Jesús, María y José. —Se santiguó Blanca.

—Hace un poco más de veinte años me mandó un carta. No por correo, a mano. No se fiaba de nada ni de nadie. ¿Te imaginas a Tobías trayéndome un sobre procedente de Colombia, aunque fuera sin remitente? Al día siguiente lo habría sabido todo el pueblo. Eso si no le daba por abrir el sobre al vapor, directamente. Yo me quedé... —Se llevó una mano al pecho—. Un amigo que pasó por España le hizo el favor. En esa carta me lo contaba todo y me decía qué hacer, ir a Madrid, abrir una cuenta en un banco para que me fuera mandando dinero, pequeñas cantidades que me ayudaran y no despertaran sospechas en Hacienda o gente así, y también que cogiera un apartado de correos, para escribirme sin problemas cada mes.

—¿Y llevas veinte años...?

—Sí.

—Jesús, María y José —repitió su prima, más y más boquiabierta.

—Me prohibió que dijera nada, incluso a la familia. Lo siento. Lo siento de veras, pero a ti se te escapa delante de tu madre y ya la habríamos liado, ¿entiendes?

—No se me habría escapado. —Se puso seria.

—Hice lo que me pedía. Recuerda cómo lo pasamos los hijos o los familiares de los rojos en la posguerra, que parecía que tuviéramos sarna o apestásemos. Y no solo en la posguerra. Tanto odio, tanto desprecio. Hasta el cura, que hablaba de «perdón» como si hubiéramos hecho algo malo, con aquella conmiseración tan falsa como piadosa. —Virtudes se encogió de hombros y bajó los ojos—. Quería cuidarme, eso es todo. Pero bien que me dijo que si necesitabais algo, os lo diera. Siempre ha preguntado por todos, o yo se lo he contado. Sabes que he vivido con lo justo por si acaso.

—Algún pequeño alarde sí has tenido, que a veces yo me he preguntado de dónde lo sacabas.

—Nunca me has dicho nada.

—Porque soy discreta.

—¿Discreta tú? —Le dio por sonreír.

—Pues sí.

Sostuvieron sus respectivas miradas, hasta que se relajaron y volvieron a sonreír.

Dejaron transcurrir unos preciosos segundos de calma.

—Rogelio vivo —repitió Blanca.

—Y feliz, que tiene una mujer guapísima y una hija preciosa.

—Encima rico.

—Sí. —Suspiró ella.

—¿Mucho?

No supo qué responder. Tampoco hizo falta.

Así que Blanca dijo por tercera vez, ahora con más énfasis:

—¡Jesús, María y José! —Luego agregó—: ¡Primero lo del marido de Eloísa, vivo después de pasar treinta y cinco años encerrado en su propia casa, y ahora esto!

—Increíble, sí.

—Maldita guerra. —Tragó saliva.

Callaron. Blanca pensó en Eustaquio. Virtudes, en su hermano vivo y en su padre y su otro hermano muertos, enterrados en una tumba que nadie sabía dónde estaba, porque los asesinos jamás habían hablado.

Los secretos del monte.

—Virtu —dijo de pronto su prima.

—¿Qué?

—¿Por qué me lo cuentas ahora y con estas prisas?

Era la pregunta final, la que esperaba.

La que temía.

Y se lo dijo con una naturalidad que estaba lejos de sentir.

—Porque Rogelio viene al pueblo, Blanca. Por eso.

7

Su prima acusó el nuevo impacto.

—¿Cómo que viene al pueblo?

—Quiere verme, pasar unos días, recuperar el pasado... no sé. Todos lo hacen, ¿no? Franco ha muerto, el miércoles hay elecciones, las cosas han cambiado.

—¿Y tú te lo crees?

—Claro.

—¿Cuándo han cambiado las cosas en este país? —Se envaró Blanca—. ¿Has olvidado lo que nos contaba la abuela?

—Mujer...

—Ni mujer ni nada. A ver si vienen todos y cuando estén aquí...

—¡Ay, calla!

—¿Que no los conoces? La liaron en el 36, han mandado cuarenta años, y por mucho que se haya muerto el viejo no van a esfumarse de la noche a la mañana, siguen aquí, escondidos, agazapados, a la espera. Podrán cambiar incluso de chaqueta, pero su corazón sigue siendo negro. —Su tono se hizo lúgubre—. De momento no tienen más remedio que callar, o hacer ver que callan, y a la que nos descuidemos... ¿Democracia? Mira el ruido de sables cuando lo del Partido Comunista. Si el Suárez no llega a hacerlo en plena Semana Santa... A la que alguien se desmande, hay un nuevo golpe de Estado, y esta vez de aquí no sale nadie, ya lo verás.

—Rogelio no viene a quedarse.

—¿Y por qué no? Cuando esté aquí puede que cambie de idea. Tiene sesenta y un años, ¿no?

—Sí.

—Pues uno siempre quiere morirse en casa, con los suyos.

—Yo pienso que es ahora o nunca. Se ha decidido y ya está. Luego igual le pilla mayor.

Otro cruce de miradas. Otro vértigo. Blanca se recuperaba del golpe y la sorpresa, aunque su rostro seguía mostrándose pálido. Cuanto más asimilaba la noticia, más crecía su expectación, la dimensión y el alcance de lo inesperado.

Lo comprendió de pronto.

—Ay, Virtu, que se va a poner el pueblo...

—Pues mira.

—Patas arriba es poco.

—Tampoco hay para tanto. Después de lo de Florencio ya están curados de espantos.

—A veces pareces tonta. —Su prima movió la cabeza de lado a lado—. Ni te imaginas la que se va a liar.

—¿Por qué?

—¡Tú lo has dicho! ¡No sabe quién los delató, ni por qué esas balas no le alcanzaron! ¡Tiene preguntas, y las preguntas siempre son malas, sobre todo cuando nadie quiere dar las respuestas, aunque las conozcan! —Se llevó una mano al pecho, como si le doliera—. ¡Él sabe quiénes estaban en ese pelotón de fusilamiento! ¡Y seguro que queda alguno vivo!

—Ya lo sé.

—¿Cómo que lo sabes? —Se asustó Blanca.

—En una de sus primeras cartas me preguntó por una serie de nombres, y a lo largo de los años ha seguido haciéndolo.

—¿Y?

—Hay dos que siguen muy vivos.

Casi temió formular la pregunta.

Porque Virtudes sí tenía la respuesta.

—¿Quiénes son? —balbuceó.

—Blas y Nazario Estrada.

—¿Blas? —Su rostro se convirtió en una máscara—. ¿Tu Blas?

—No fue mi Blas —la corrigió con ira.

—Da igual. ¿Él?

—Sí.

—¿Cómo pudo? ¡Eran amigos!

—¿Amigos aquellos días? No seas ilusa.

—Y el otro, nuestro exalcalde y padre del actual.

—Sí, aunque ese desde el ataque ya esté más muerto que vivo.

—¿Y tú has sabido eso todos estos años y has podido verlos pasar por el pueblo, o salir al balcón del ayuntamiento...?

—Sí, Blanca, sí. He podido. —Contuvo las lágrimas—. ¿Qué querías que hiciese? ¿Matarlos? ¿Cómo?

La palidez llegó a los ojos, con las pupilas revestidas de blanco. Le tembló el labio inferior, pero más ambas manos, víctimas de una súbita descarga nerviosa.

—Entonces viene a hacerlo él —exhaló.

—¡No!

—¿Cómo estás tan segura?

—¡Porque viene con su mujer y su hija de diecinueve años! ¡Por eso! ¿Le crees tan loco?

—¡Mataron a su padre y a su hermano, y a él, aunque se salvara vete tú a saber cómo!

—¡Han pasado cuarenta y un años!

—¿Lo has olvidado tú? ¡Porque yo no, Virtu! ¡Yo no! ¡Ni lo que pasó entonces ni lo que nos hicieron después!

—¡Fue una guerra, nos volvimos todos locos!

—¿Y los has perdonado?

—¡No!

—Pues ya me dirás. —Blanca se agitó como si fuera a estallar, sacudida por su desazón—. ¿Locos? ¿Locos dices? Había una legalidad y ellos la atacaron. ¡De locos nada! ¡Nos mataron como si fuéramos perros rabiosos! ¡Y después nos han acosado como si fuéramos leprosos!

—¿Y si hubiéramos ganado nosotros y no ellos?

—¡Se rebelaron!

—Los habríamos fusilado igual.

—¡Pues claro que los habríamos fusilado! ¿Quieres que te lo repita? ¡Se rebelaron!

—¿Quieres bajar la voz? —Virtudes se dio cuenta de que la ventana seguía abierta.

Se levantó y la cerró tras asegurarse de que no había nadie al otro lado.

Volvió a la silla.

Y el silencio las amparó bajo un manto de dudas y nervios.

—¿Qué vas a hacer? —Lo rompió Blanca reaccionando.

—¿Qué quieres decir?

—¡Por Dios, pareces tonta! ¡Está claro!, ¿no?

—Si es que no lo sé, por eso quería hablar contigo primero.

—¿Te dice algo Rogelio en su carta?

—No.

—Así que callas y cuando llegue...

Virtudes bajó la cabeza, agotada, sin fuerzas.

—Tienes que decirlo —exhaló Blanca.

—¿Voy al colmado o a la panadería y lo suelto? —Fingió estar hablando con alguien—. «Mire, deme más comida que mi hermano ha resucitado de entre los muertos y se viene al pueblo. ¿Qué hermano? Pues Rogelio, sí, el que fusilaron aquí mismo en el 36».

—No te pongas sarcástica que no es lo tuyo.

—Entonces ¿qué? ¿Un anuncio, subo al púlpito el domingo y lo suelto?

—Yo solo sé que esto va a ser una bomba, y si explota sin más... ¿No entiendes que hemos de controlarla?

—Mira, Blanca, al pueblo... que le den, ¿entiendes? Mi hermano vive y viene a verme. Punto. Lo pasó mal, pero ahora es rico, feliz, tiene una mujer y una hija preciosas, ha cambiado, es un hombre... distinto. Lo sé porque llevo veinte años leyendo sus cartas. Olvídate del Rogelio que conociste.

—¿Tienes alguna foto?

—Sí.

—¿Puedo...?

Virtudes se levantó. Las cartas las tenía escondidas. Las fotos no, o al menos no tanto, porque a fin de cuentas lo único que cualquiera habría visto era la imagen de un hombre sonriente, elegante, acompañado de una mujer joven y una hija bellísima, parecida a su madre. Abrió uno de los cajones del aparador y, de la parte de abajo, extrajo las imágenes.

Se las pasó a su prima antes de volver a sentarse.

Blanca las examinó, una a una, despacio.

—¿Qué edad tiene ella?

—¿Anita? Ahora cuarenta.

—Y la chica diecinueve.

—Sí. Se llama Marcela.

—Se casó mayor, prácticamente con una niña, pero escogió bien el muy...

—Vamos, que Rogelio ya era muy guapo entonces. Ni lo que pasó con las dos guerras y ese campo de exterminio creo que cambiaran eso. Fíjate qué prestancia. Tendrá sesenta y un años, pero está fantástico. Mucho mejor que nosotras.

Blanca le envió una mirada acerada.

Continuó con las fotos en su regazo.

—Se lo voy a decir a mi madre. —Suspiró.

—Se pondrá a gritar.

—Es lo que quiero.

—¿Por qué?

—Porque es la mejor forma de que se entere todo el pueblo sin necesidad de que lo cuentes tú. —Fue categórica su prima.

No se lo discutió.

Quizá por eso había tenido tanta prisa en contárselo.

Necesitaba un altavoz.

Blanca no se daba por satisfecha. Al diablo el *Un, dos, tres...* de los viernes.

—¿Sabe que Esperanza se casó con José María?

—Sí.

—¿Y lo de Florencio?

—Sí.

Su prima asintió con la cabeza.

—Así que Rogelio lo sabe todo de todos.

Se lo repitió por tercera vez.

—Sí.

La pausa fue mayor. Tanto que la visitante acabó mirando la hora, como si despertara de un sueño letárgico. No se movió. Solo resopló alborotada por la marea de sus pensamientos.

—Tu hermano, mi marido, Florencio...

—Resistieron, Blanca. Solo eso.

—Eustaquio no.

—Eustaquio también.

—Él sigue prisionero, Virtu. Nunca salió de esa cárcel. Su cuerpo tal vez sí, su mente no.

Callaron por última vez.

Ahora sí.

La mano de Blanca jugueteó unos instantes con las fotos, en blanco y negro y color, acariciando sus contornos. La última tenía apenas dos meses.

—La tal Anita es guapa, pero esa chica... —dijo—. Dios, Virtu, es la muchacha más hermosa que he visto en la vida.

CAPÍTULO 2

MARTES, 14 DE JUNIO DE 1977

8

Las dos clientas seguían parloteando.

Pero Esperanza Martínez ya no las escuchaba.

Solo su hijo Ezequiel se dio cuenta de ello.

Vio a su madre blanca, paralizada entre dos segundos eternos, apoyada en el mostrador del estanco como si se sostuviera en él para no caer al suelo, los ojos abiertos, la mirada quieta, la expresión inane.

—¿Mamá?

La charla de las dos mujeres seguía.

—¿Y como habrá sido posible eso?

—Vaya usted a saber. En la guerra pasó de todo.

—Ya, pero algo así... Me han dicho que le daban por muerto, fusilado.

—Pues no le matarían mucho.

—No sea mala.

—A ver.

—¿Y para qué querrá volver aquí ese hombre?

—Mujer, que si algo le queda de familia... Es normal, ¿no?

—Y luego dicen que en la guerra Franco acabó con todos. ¡Anda que no están saliendo de debajo de las piedras y volviendo ni nada!

—Son los nuevos tiempos.

—Pues a mí eso de la democracia... ¿qué quiere que le diga?

Este país va mejor con uno que mande a palos, que es lo que dice mi Federico y él sabe latín, que para eso tiene estudios. Mire la que han liado en cuatro días desde que se murió Franco.

—En eso le doy la razón, que ahora todo con guarradas y desenterrar el hacha de guerra y todos esos políticos...

—¿Usted a quién votará mañana?

—¡Ay, que eso no se dice! ¡Es secreto!

—¡Huy, que parece que está un poco rojilla!

—¡Quite, quite!

Se echaron a reír, y solo entonces la primera recogió los sellos de correos y la segunda el paquete de tabaco, que esperaban en el mostrador.

—Venga, me voy que luego mi Federico no tiene tabaco y se me queja.

—Sí, a mí también se me está haciendo tarde.

Miraron a la estanquera.

—Hala, buenos días, señora Esperanza —se despidió la del tabaco.

—Adiós, Ezequiel. —La de los sellos le miró con simpatía—. Cuánto tiempo sin verte. ¿Te vas a ir a estudiar fuera otra vez o te quedarás aquí?

—Aún no lo sé.

—Claro, que ahora viene el verano, ¿verdad?

Ya no hubo más. Salieron del estanco, tomaron direcciones opuestas y echaron a andar bajo el primer sol de la mañana. Esperanza y su hijo quedaron solos.

Solos en el pequeño cubículo que, de pronto, pareció una cárcel.

—Mamá, ¿qué te pasa?

—Nada. —Logró sobreponerse a duras penas.

—¿Cómo que nada? Estás blanca. —Ezequiel le puso una mano en el brazo—. ¿Quién es ese Rogelio?

No hubo respuesta.

La mirada se hizo más ingrávida, profunda. Una sima en mitad del océano de su rostro.

—Mamá... —insistió su hijo.

—Un amigo.

—¿Le conocías?

—Sí.

—¿Y le daban por muerto?

—Todos creíamos que... —Le costaba hablar. La bola incrustada en su garganta se hacía mayor, y el peso en el pecho la obligaba a respirar cada vez más profundamente—. Creíamos que le habían fusilado al... al empezar la guerra.

—Vaya, menos mal. Ya salió.

Esperanza intentó centrar los ojos en él.

—¿Salió qué?

—La guerra.

—¿Por qué lo dices?

—Porque nadie habla de eso. Tabú. —Unió los índices formando un aspa—. Es la primera vez que pronuncias esa palabra.

—¿Y para qué hablar?

—No sé, ¿para saber las cosas?, digo yo.

—A veces es mejor callar.

—No, callar nunca es mejor. La ignorancia nunca es mejor. Luego pasa lo que pasa.

—Hijo, que este pueblo sufrió mucho.

—¿Por eso hay que proteger a los hijos? —Remarcó la palabra «proteger» con desmesura.

Su madre detuvo las lágrimas. Le costó, pero no quiso llorar delante de él, y menos con aquel vértigo envolviéndola. Levantó la mano derecha y le acarició la mejilla. Con dos hijos muertos consecutivamente, Ezequiel había sido una bendición. Un renovado pacto con la vida.

Y de eso hacía veintitrés años.

—Te ha afectado. —Suspiró él.

—Sí, claro.

—¿Después de tantos años?

—Antes de la guerra esto era más pequeño, no estaba la fábrica ni nada, nos conocíamos todos. Yo... —Bajó la cabeza incapaz de resistir más su aparente calma y aquella inmovilidad que le paralizaba incluso el alma—. ¿Puedes quedarte un rato aquí?

—¿No lo hago siempre que estoy en el pueblo?

—Ya, bueno. Por favor...

—¿Adónde vas?

No hubo respuesta, solo aquella sonrisa discreta, dulce, tan maternal como amarga.

La sonrisa que envolvía su dolor.

Esperanza Martínez salió del estanco intentando que su paso pareciera normal, sin prisas, como si en lugar de huir y buscar la paz en el silencio y la soledad fuera al colmado a por algo olvidado en la compra.

9

En la panadería, las últimas barras de pan recién horneadas salían de la parte de atrás en bandejas todavía calientes y apenas si tenían tiempo de enfriarse en los cestos o en el mostrador. El flujo de parroquianas era constante, algunas cargadas con cestos ya llenos de productos, otras con ellos todavía vacíos o medio vacíos, a la espera de irlos colmando en la parte final de su recorrido diario. El único hombre visible allí salía en el momento de entrar ella.

Martina Velasco estuvo a punto de no hacerlo y regresar luego.

Se lo pensó mejor.

—¿La última?

—Yo, hija —la saludó una de las conocidas de su madre.

Hija.

Algunas todavía la llamaban «la niña de la Eloísa», a sus cuarenta y dos años.

Martina se cruzó de brazos y esperó.

La señora Remedios repartía, cortaba con el cuchillo los trozos de pan que faltaban en el peso de las barras, cobraba y hablaba al mismo tiempo. Sus dos manos valían por cuatro.

Su lengua, por diez.

—Son diecisiete pesetas.

—¿La mediana diecisiete?

—Sí, como ayer. —Fue escueta.

—Ya veremos lo que tardará en subir todo —protestó la clienta entregándole cuatro duros.

—¿Y qué quiere? Son los nuevos tiempos. La democracia se paga.

—Pues sí que... —Recogió las tres pesetas del cambio con cara triste.

La mujer que la precedía en la breve cola se volvió de nuevo hacia Martina.

—¿Y tu hermano?

Ella trató de ocultar su irritación.

Bastante fama de seca y adusta tenía ya.

—Bien, bien.

—Pero sigue en Barcelona, ¿no?

—Sí.

—¿No ha tenido ningún hijo más?

—No.

—Es que cuatro son cuatro, claro.

—Claro.

—¿Y ahora, con tu padre fuera de su escondite, no vendrá más por aquí?

Su padre «fuera».

—No lo sé. Quizás este verano. —Intentó ser educada—. Tiene mucho trabajo.

—A tu padre le iría bien. Casi no se le ve. Es como si siguiera encerrado en casa.

—Está harto de que todo el mundo le pregunte, que ni habiendo pasado ya estos meses dejan de hacerlo. —La miró con tanta fijeza que la atravesó de lado a lado.

Salió otra de las mujeres. Quedaban dos por delante de ellas.

—A mí eso de la jornada de reflexión me hace una gracia... —comentaba en ese momento la panadera haciéndose oír.

—Mujer, que hay que pensarse mucho a quién votar.

—Pero si todo el mundo ya lo tiene decidido.

—Mi hermano sigue indeciso.

—Pues vaya de quién me hablas, si sale de vuestra casa y nunca sabe si ir a la derecha o la izquierda. —No dejó que lo defendiera y agregó, deslizando una mirada escrutadora por sus clientas—: Hablando de hermanos, supongo que ya conocéis lo del de la Virtudes, ¿no?

—¿La Virtudes tiene un hermano? —preguntó extrañada una.

—¿Qué hermano, si se los mataron a los dos en el 36 junto a su padre? —proclamó otra más enterada.

La señora Remedios soltó la pequeña bomba.

—Resulta que uno no murió, está vivo. El pequeño, el que se llamaba Rogelio.

Se hizo el silencio en la panadería.

Un silencio tan profundo que casi parecía posible oír crujir las barras de pan caliente.

Duró poco.

—¿Cómo que no murió? —preguntó Martina interviniendo en la conversación muy a pesar suyo.

—Lo que oye. Se escapó y se marchó a América.

—¿Quién dice eso?

—La Teodora, la tía de Virtudes. Me lo contó ayer por la noche. Por lo visto Rogelio llevaba años carteándose con su hermana en secreto.

—Y ella tan callada —asintió casi con enfado la mujer que parecía conocer la historia.

—Increíble, ¿no?

—Después de tanto tiempo...

—Ya ve, otro.

Dos de ellas miraron subrepticiamente a Martina.

—¿Y por qué lo dice ahora? —Quiso saber la primera de las clientas.

—Porque se ha hecho rico y viene al pueblo —concluyó la panadera.

Fue como si anunciaran que los Reyes Magos existían y se disponían a pasarse por allí.

Unas abrieron los ojos, otras buscaron la complicidad con las miradas vecinas.

Martina tragó saliva.

Nadie hablaba de los fusilamientos del 36. Nunca. Nunca. Y de pronto...

—Tu padre reaparece después de creerle muerto, ahora ese hombre... Ay, Dios... —Suspiró la que la precedía en la cola—. ¿No es increíble?

—¡María Santísima! —La secundó la otra mujer.

Ahora sí miraron a Martina.

Y eran demasiadas contra ella.

Por una vez, no pudo soportarlo.

—Volveré luego —dijo de forma inesperada.

Nadie la detuvo.

Pero su sombra todavía no se había esfumado de la entrada de la panadería, cuando la señora Remedios dijo:

—La pobre...

Fue como si se abriera la veda.

—Y que lo diga. —Suspiró la primera de las mujeres.

—Con lo que le ha caído encima con eso de su padre saliendo de las catacumbas... —La apoyó la segunda en tono dramático.

—Encima con ese carácter.

—Claro, es que esa ya se queda.

—A vestir santos, sí. Una pena. Y mira que era guapa de joven.

—Si quisiera, todavía...

—¿Con más de cuarenta? Porque ya tiene más, ¿no? Como no se apañe con uno...

—¿No dicen que cuanto más viejo más pellejo?

Se echaron a reír, todas.

Pero no demasiado. El chisme era demasiado sustancioso.

—¿Y la Virtudes qué dice? —Volvió a la gran noticia la primera de la fila pasando de emplear su turno para hacer el pedido.

10

José María Torralba cogió la chaqueta con la mano derecha y, con la práctica de casi cuarenta años, se la acomodó utilizando su único brazo. Luego se miró al espejo.

Hacía ya calor, y mucho, pero incluso en pleno verano llevaba algo por encima. Algo que disimulara la ausencia de su brazo izquierdo, cercenado por encima del codo. La carne desnuda siempre impresionaba. En cambio, una americana con la tela doblada y cosida a la parte superior con un imperdible era bastante más discreta.

Se había peinado pero no lo parecía. Se había afeitado pero no lo parecía. Se había lavado los dientes y el color amarillento del tabaco seguía allí, eternamente impreso en su boca lo mismo que en los dedos de su mano derecha. Incluso se estaba encorvando, cada vez más.

Se contempló a sí mismo por más tiempo que otras veces.

¿Era él?

¿Era posible que fuese él?

¿Cuándo había pasado el tiempo? ¿En qué momento del camino se había hecho viejo? Porque sentirlo ya lo sentía, pero hacerse era otra cosa más amarga.

Esperanza seguía siendo una mujer atractiva, mientras que él...

—Jesús —rezongó sin alma.

Cruzó la casa, llegó a la puerta y la abrió. El sol de la mañana le golpeó el rostro de lleno, porque lo tenía de frente. Parpadeó un poco y luego colocó su única mano a modo de visera. No llegó a dar un paso porque Benito, su vecino, caminaba por delante de él en ese momento y lo saludó.

—¡Hola, Chema!

Era de los pocos que lo llamaba así. No le gustaba. Le hacía vulgar. Él era José María. Ese sí era un nombre. Pero a Benito no había forma de hacérselo entender.

—Buenos días.

—¡Qué bien vives! —se burló el hombre—. Seguro que te levantas ahora. ¡Yo ya llevo cinco horas en pie!

—He estado haciendo cosas —mintió.

Su mujer era la estanquera, un honor y un reconocimiento ganado con respeto, y él un héroe de guerra, un excombatiente. Antes eso significaba algo.

De pronto ya no importaba.

—¿Has visto los periódicos de hoy? —Blandió un ejemplar del *ABC* delante de él.

—No, ¿por qué?

—No las tienen todas consigo. Han montado hasta un operativo llamado «Ariete».

—¿Ah, sí?

—Es que como haya ruido... —Le mostró la portada del periódico, en la que se veía un camión entre columnas de hierro y todo lo que formaba la parafernalia de una central eléctrica—. Miembros del ejército por todas partes, un despliegue de aquí te espero. —Puso un dedo en la portada para ser más contundente—. Esto es Aluche. Y así en todas partes.

José María se fijó en el recuadro de la parte superior derecha.

Guía práctica para votar.

Medio país no sabía ni cómo hacerlo.

—Bueno, es la novedad. Y no va a pasar nada, descuida. —Intentó quitárselo de encima.

—Tú es que eres de un tranquilo...

—A ver.

—¿Por qué estás tan seguro?

—Porque si alguien hubiera tenido que hacer algo, ya la habría liado hace dos meses, cuando lo del Partido Comunista. ¿Ahora? Nada, hombre. A votar como borregos que es lo que está mandado, y en dos días...

—¿En dos días qué?

—Pues que estaremos igual, que eso ya no lo arregla nadie y la historia se repite siempre.

—Mira que eres. —Movió la cabeza su vecino.

—¿Y tú qué? ¿Crees en los cuentos de hadas?

—¿Seguro que esa bomba no te voló también medio cerebro?

—Los huevos. —Forzó una sonrisa.

—Bueno, tú mañana ven a votar, que yo soy vocal y al que no cumpla...

—¿Eres vocal?

—Sí, señor. —Sacó pecho.

—Válgame el cielo y viva la democracia —se burló aún más.

Benito se echó a reír. Dobló el periódico y se lo colocó bajo el brazo. Habían tenido charlas más breves, y alguna un poco más larga, pero no demasiado.

—Ea, hasta luego —se despidió el hombre.

No había un «hasta luego». Nunca lo hubo y nunca lo habría. Vecinos y nada más. Su fama de huraño no era baldía.

¿Y qué?

Vio alejarse a Benito y se dispuso a continuar su camino.

Pero no dio ningún paso más.

Esperanza corría hacia él.

Su Esperanza.

José María frunció el ceño. Primero, que su mujer tenía que estar en el estanco. Segundo, que ella nunca corría, y más desde que se había dislocado el tobillo un año antes y tenía miedo de volver a caer. Tercero, se asustó al ver su rostro.

El estupor, los ojos enrojecidos, la mirada alucinada.

—¿Qué pasa? —le preguntó antes de que ella se detuviera ante él.

—¿Lo sabes?

—¿El qué?

Esperanza trató de recomponerse. Un largo suspiro, un parpadeo largo. Cuando le puso la mano en el brazo sano notó cómo temblaba.

—Me estás preocupando —advirtió.

—Rogelio está vivo.

Fue un disparo verbal, a bocajarro.

Pero no encontró el blanco perfecto.

Quizá porque era algo imposible.

—¿Qué Rogelio?

—¡José María, por Dios! ¿Qué Rogelio? ¿A cuántos Rogelios hemos conocido?

Esta vez le impactó.

De lleno.

José María levantó las dos cejas, se quedó sin aliento. La mano de su mujer tembló todavía más. Por si eso no fuera suficiente, seguían quedando sus ojos, aquella mirada mitad consternada, mitad dolorida, mitad...

¿Cuántas mitades tenían las cosas?

—No es un rumor —dijo Esperanza—. Lo he confirmado viniendo hacia aquí. Se ha estado carteando con su hermana Virtudes desde hace años, aunque ella lo ha callado por miedo, claro. Ahora, con todo lo que está pasando, ha decidido volver.

—¿Aquí?

—Sí.

La incredulidad dio paso a la consternación.

—¿Rogelio está vivo y... vuelve al pueblo?

—Sí, José María.

—Pero... ¿cómo se libro cuando...?

—¡No lo sé! —Casi rompió a llorar—. ¡Está vivo y punto! Es como si estos años...

—¿Qué?

Esperanza se abrazó a él inesperadamente.

El temblor se convirtió en un terremoto.

—¿Quieres calmarte, mujer?

—¿Cómo quieres que me calme? ¿Qué vamos a hacer?

—¿Hacer? —La apartó con su único brazo para poder verle de nuevo la cara—. ¿Qué quieres decir?

—Era su novia, y tú su mejor amigo. —Envolvió cada palabra en un manto de dolor.

—¿Hablas en serio?

—¡Sí!

—¡Coño, Esperanza, tú lo has dicho: eras su novia! ¡Han pasado más de cuarenta años! ¡Si ahora nos cruzáramos por la calle ni nos reconoceríamos! Aquello fue aquello y hoy es hoy. Ni siquiera entiendo...

—¡Este pueblo le fusiló!

—¿Y qué crees, que vendrá a pegar tiros?

—No lo sé, José María. No lo sé. —Se abrazó a sí misma sin bajar un peldaño de la atalaya de su desconcierto.

—¿No será una broma de mal gusto?

Su mujer negó con la cabeza.

—¿Y ha esperado cuarenta años?

—No iba a comprometer a su hermana.

—Es increíble —reconoció él tras unos segundos de silencio.

Volvieron a cruzar sendas miradas en las que naufragaron un sinfín de sentimientos.

—Ya sabes cómo es esto —advirtió ella—. No se va a hablar de otra cosa, y cuando llegue...

El silencio se hizo mayor.

José María Torralba ya ni se daba cuenta de que el sol le estaba quemando la cara.

—¿Pero cómo pudo salir vivo y escapar...? —Suspiró por última vez antes de darse por vencido.

11

Martina Velasco caminaba con la vista fija en el suelo y la mente nublada.

¿Por qué había salido casi corriendo de la panadería?

¿Tanto la molestaba ser pasto de la curiosidad y las malas lenguas del pueblo?

¿Y qué más daba? Había ganado un padre.

—No, no lo ganaste, siempre estuvo ahí. Eran los demás los que no lo sabían —se dijo a sí misma en voz baja.

Hablaba sola cada vez más a menudo.

Levantó la vista y vio su casa a lo lejos. La última del pueblo por aquel lado, con el bosque formando un muro verde por detrás y hundida en la loma rocosa que la amparaba. Nadie por la calle. Y, sin embargo, los rostros de los candidatos parecían observarla desde los carteles pegados a las paredes. Cien, mil ojos fijos en ella. Ojos presidiendo caras sonrientes.

Vótame.

Por el cambio.

Por España.

España.

Tantos años viviendo con odio enquistado en el alma eran difíciles de superar.

Abrió la puerta de su casa y agradeció el frescor de los gruesos y viejos muros de piedra. No se oía nada, así que se dirigió al patio. Su madre tendía la ropa con esmero, paciente, casi de forma delicada, calculando distancias para que las prendas no se rozaran y colocando las agujas en el lugar preciso para no causar bolsas o arrugas innecesarias, por mucho que luego lo planchara todo una y otra vez. Ya no vestía de negro, pero tampoco lucía colores. La bata a cuadros protegía su blusa blanca y su falda gris.

—Mamá.

—Sí que has vuelto rápido.

No, ya no vestía de negro.

Había dejado de ser viuda a los ojos de los demás.

—¿Y papá?

—No sé, en el escondite, digo.

Martina no reprimió la oleada de furia y calor.

—¿Qué hace ahí, por Dios?

—No sé, hija. Pregúntale.

—Se ha pasado ahí dentro media vida y en lugar de cerrarlo o destruirlo... sigue y sigue. ¡Es de locos!

La mujer deslizó una mirada acerada en su dirección, sin dejar de tender la ropa. Hablaba siempre más con los ojos que con la boca. Decía más con los gestos que con las palabras.

Martina sentía una especial admiración.

Lo único que recordaba de la guerra eran las lágrimas de su madre al acabar, cuando ella tenía cuatro años.

Las últimas lágrimas antes del largo silencio.

—He de deciros algo.

—¿Qué es?

—A los dos.

—Ah —susurró sin emoción alguna alisando una de las sábanas con delicadeza.

Martina se acercó a la puerta que comunicaba el patio con la casa.

—¡Papá!

—Ya sabes que no te oye. Ve a buscarle.

—Que no.

—Hija...

—¡Que yo no entró ahí, mamá! —Se estremeció—. ¡Me da... un no sé qué y me ahogo!

—Ya voy yo. —Se resignó la mujer sin discutir.

Dejó la última prenda por colgar y entró en la casa frotándose las manos con el delantal. Martina la siguió a un par de pasos, cruzando la sala con las paredes llenas de fotos en blanco y negro, tan viejas como aquellos muros centenarios. No se detuvieron hasta alcanzar el otro lado, la parte pegada a la roca de la loma. Ella fue la primera en pararse al llegar frente al hueco de la pared tras el cual había estado oculto su padre durante tantos y tantos años.

El mueble que lo había protegido ya no estaba.

Así que el agujero era todavía más siniestro.

—¡Florencio! —llamó su madre.

Ninguna respuesta.

—¡Florencio!

—¿Qué? —tronó la rugosa voz del hombre desde las profundidades del escondite.

—¡Sal, que Martina quiere decirnos algo!

—¿Ha de ser ahora?

—¡Pues claro que ha de ser ahora! ¿Qué estás haciendo?

—¡Nada!

—¡Entonces sal, caramba!

Transcurrieron cinco segundos. La cabeza de Florencio Velasco emergió de la entrada, con sus hebras blancas y escasas, los ojos hundidos, los pómulos salidos, la nuez igual que una segunda nariz aguileña en la garganta, las arrugas formando caminos infinitos en su rostro, las orejas abiertas como si fuera a echar a volar.

—Mira que eres pesada, Eloísa —refunfuñó.

—¿Yo? Díselo a tu hija.

El hombre se quedó quieto frente a ellas. Vestía pantalones de pana, una camisa con las mangas arremangadas y calzaba sus alpargatas de siempre. Era menudo, pero inspiraba cierta fortaleza. Su rostro parecía tallado en piedra.

—¿Qué pasa? —Y antes de que Martina pudiera hablar, agregó—: Si es por lo de la televisión, no insistas, ¿de acuerdo?

—Papá, que no es por eso.

—¡Que se metan su dinero y su publicidad y su fama por el culo! ¡A mí que me dejen en paz, joder! ¡A ver si ya no se puede ni tener dignidad!

—¡Papá, que te digo que no es por eso!

—¿Ah, no? —Se sorprendió de pronto.

—Si es que no escuchas —le reprochó ella—. Ya sabes lo que pienso de tu cabezonería, así que no voy a insistir, te lo dije.

—Si no hubiera sido cabezón no estaría vivo. —Agitó el dedo índice de su mano derecha por delante—. ¡Os dije que enterraría a ese cabrón y lo he hecho!

—Sí, papá, lo has hecho, está bien —asintió Martina.

Era la frase favorita de su padre desde el 20 de noviembre de 1975 y su vuelta al mundo de los vivos unos meses atrás.

Su auténtica fuerza.

—No discutáis —lamentó Eloísa con voz desangelada.

—Yo no discuto, mamá —la previno.

—¿De qué quieres hablarnos? —se interesó, por fin, Florencio Velasco.

—De ese hombre del que hablas a veces, uno de los que fusilaron en el monte, Rogelio...

—Rogelio Castro, sí.

—Está vivo, papá. No lo mataron como crees. Tan vivo que regresa al pueblo en unos días. Todo el mundo habla de ello —dijo Martina despacio, para que sus padres asimilaran cada una de sus palabras.

Y lo hicieron, porque el silencio marcado por la incredulidad se transformó en algo muy denso.

12

Desde su despacho en la alcaldía, a través del ventanal que lo iluminaba, Ricardo Estrada veía la plaza mayor del pueblo, tan llena como siempre de ancianos repartidos por los bancos, bajo el sol o al abrigo de los escasos árboles que aún no se habían muerto. Una plaza que en los últimos días estaba más concurrida que nunca y llena de voces que discutían apasionada y libremente en torno a lo que dos años antes hubiera sido impensable: la política del país. Y veía la iglesia, cerrada por la súbita muerte del párroco apenas un mes antes. Y a lo lejos, veía también la estructura de la fábrica, recortada sobre el valle y la curva del río, con su chimenea diseminando un ligero y tenue humo blanco que se desvanecía en el aire igual que una nube frágil.

Todo estaba allí.

Tan cerca, y a veces tan lejos.

Suyo.

O casi.

A su espalda, el carraspeo se hizo intenso.

No se volvió. Podía ver a Gonzalo Muro reflejado en el cristal de la ventana, con su calva brillante, su desasosiego, sus ojos perdidos esperando una respuesta que tardaba en llegar.

—Y mañana las malditas elecciones —soltó el alcalde en forma de exabrupto.

Una pausa.

Un segundo carraspeo.

—No sé adónde iremos a parar —rezongó de nuevo.

—Señor Estrada...

El director de la fábrica calló de golpe al darse él la vuelta. La información parecía digerida. Quedaba la reacción.

Ricardo Estrada podía ser un témpano.

—¿Está seguro de todo esto, Gonzalo?

—Sí. —Movió la cabeza de arriba abajo—. Ya no son rumores. Me lo ha confirmado el mismo cuñado del señor Miralles. Está dispuesto a vender y ha iniciado conversaciones.

—¿Con quién?

—Inversores... No sé. —Se encogió de hombros—. El señor Miralles siempre ha sido muy hermético. Que sea el director de la fábrica no significa que le conozca bien. Si no fuera por ese contacto que tengo con Ernesto Pons...

—¿Pero la fábrica seguirá o...?

Gonzalo Muro ya no tuvo más palabras.

Entonces sí reaccionó Ricardo Estrada.

—Maldita sea... —Apretó los puños—. ¡Coño, Gonzalo, que como cierren esa fábrica el pueblo entero se va a la mierda!

—¿Y por qué tendrían que cerrarla si es un negocio rentable?

—¡Y yo qué sé! ¡Eso lo saben los que manejan el dinero! ¡Igual se la llevan a otra parte!

—El señor Miralles...

—¡El señor Miralles venderá y punto! ¿O cree que pondrá condiciones? —Lo taladró con una mirada asesina, como si la culpa fuese suya—. ¿Seguro que la fábrica sigue siendo rentable?

—Sí, seguro.

—¿Todo está limpio?

—Sí.

—¿Garantías de calidad, sanidad...?

—Sí, sí.

—¿No han bajado los beneficios o hay indicios de...?

—Se ha ganado más, todo sigue bien. —El director reflejó el cansancio que el interrogatorio le producía—. Las ampliaciones de hace cinco años fueron importantes. No hay nada en ese sentido. Todo está claro y transparente.

Ricardo Estrada movió la cabeza de lado a lado un par de veces, sin resignarse.

—¿Para qué querrá el dinero ese viejo idiota si ya está forrado?

—Si la vende será porque la oferta debe de ser muy buena, o porque estará cansado del mangoneo de su hijo, hermanas, cuñados... ¿Quiere que le diga algo, en confianza? A mí me daba miedo que se muriera el día menos pensado y entonces se hiciera cargo su hijo. Eso sí habría sido malo, porque el Marianito no es más que un señorito de Madrid. Mucha buena vida y poca sustancia, que de frente... cero. Con Mariano Miralles no durábamos ni tres meses. La habría vendido igual o peor. Ahora, teniendo en cuenta que el señor Miralles hablaba a veces de retirarse...

—Eso es lo que les pasa a los que se casan por segunda vez y con mujeres más jóvenes, que se vuelven locos.

—La señora Miralles tampoco es tan joven.

—Doce años son doce años. Seguro que la tenía en la reserva para cuando el cáncer de su mujer la matara. —Caminó hasta su mesa y se sentó en el borde, con una pierna colgando y la otra afianzada en el suelo. Chasqueó la lengua—. Habrá cambios, Gonzalo. Los habrá. Eso seguro.

—Lo que funciona, funciona.

—De entrada, el que compre pondrá un director de su agrado y confianza, que pueda manejar. —Le pinchó con toda su agudeza.

Gonzalo Muro palideció un poco.

—Tengo inquietud, pero no miedo —reveló—. ¿Sabe lo que tendrían que darme si me despiden?

—¿Y qué es para la gente de dinero una indemnización? ¿Cuánto lleva aquí?

—Quince años, desde el 62.

—Entonces sabe bien cómo es el pueblo, lo que representa la fábrica.

—Claro.

—¿Alguna sugerencia? ¿Algo que podamos hacer?

Volvió el silencio, la pesadumbre.

—Pensaba que tenía que saberlo. —Lo rompió Gonzalo Muro.

—Y se lo agradezco —asintió el alcalde.

—El tema está con abogados, que son los que llevan las negociaciones y tal, pero si sé algo más...

Asintió de nuevo con la cabeza.

Unos golpecitos en la puerta los arrancaron de su abstracción. La hoja de madera se abrió sin esperar la orden y por el hueco apareció la cabeza perfectamente modelada de Graciela, su secretaria.

—Disculpe, señor alcalde. —Siempre le hablaba de usted con el mayor de los respetos—. Ha llegado José María Torralba y dice que le urge hablarle.

Ricardo Estrada alzó las cejas.

—¿José María Torralba?

—Sí, señor.

—¿Le ha dicho de qué urgencia se trata?

—No, pero parece nervioso.

Lo consideró.

José María allí, y nervioso.

—Yo ya me iba. —Se levantó el director de la fábrica.

—Dígale que espere, que en seguida le atiendo.

La cabeza de Graciela desapareció del hueco y volvieron a quedarse solos.

Gonzalo Muro le tendió la mano.

Al otro lado del ventanal, lo que parecía ser una agria discusión entre dos ancianos llegó hasta ellos.

—A eso lo llaman jornada de reflexión —rezongó el alcalde correspondiendo al gesto de su visitante.

13

Blas Ibáñez entró en el estanco y lo primero que hizo fue frotarse los ojos para habituarse al cambio de luz. La fuerza del sol en el exterior contrastaba con la tenue iluminación del pequeño cubículo atestado de paquetes de tabaco de todas las marcas, además de puros, papel de liar, latas, picadura y hasta un anaquel con pipas, encendedores o ceniceros con los escudos de algunos equipos de fútbol.

El recién llegado se sorprendió al ver a Ezequiel al otro lado del mostrador.

—Hola, hijo, ¿cómo va todo? —lo saludó.

—Bien, muy bien.

—¿Los estudios?

—De maravilla.

—Siempre fuiste listo —ponderó—. ¿Te quedas ya todo el verano?

—No sé. —Hizo un gesto vago con la mano—. Ni siquiera lo he pensado. Me gustaría irme unos días a alguna playa, ya sabe.

—¿Que si sé? Pues claro que sé. A ligar con las extranjeras. —Le guiñó un ojo.

—¿Yo? Las ganas.

—No será porque no vengan aquí como lobas. —Se rio—. Que las nórdicas, en sus países, con eso del frío, no se comen nada.

Los hombres no están mucho por la labor. Por eso vienen aquí, que hay un buen granero.

—¿Y usted cómo sabe eso?

—Porque leo —dijo—. Y porque no soy tonto, qué caramba, que cuando pasan por la carretera, perdidas como tontas, preguntando cómo ir a tal sitio o a tal otro, se les ve. Vamos, que me pilla eso del turismo a mí a tu edad...

—Se ponía las botas.

—O las alpargatas, pero algo me ponía, seguro.

Se echaron a reír, distendidos. El joven con seguridad y aplomo. El mayor con nostalgia.

Quizás envidia.

—Anda, ponme lo de siempre.

—¿Sigue con los dos de Celtas a diario?

—Sí, ya ves.

—Usted fiel a lo suyo, ¿eh?

—Si no eres fiel a tu tabaco, ¿a qué vas a serlo? El Celtas es el Chester de los obreros. A mí que no me vengan con mariconadas, Bisontes...

—Tendría que echarse novia, hombre.

—¿Y que tiene que ver la mierda con las amapolas?

—Así estaría ocupado en algo.

—A que te suelto un capón.

Los dos paquetes de tabaco fueron a parar al mostrador. Blas Ibáñez contaba las pesetas y los céntimos, colocando las monedas una a una sobre el cristal.

—Ayer había dos ceniceros del Barcelona y hoy solo hay uno —comentó.

—Ah, no me he dado cuenta. Se lo habrá vendido mi madre a un forofo.

—O a uno del Madrid.

—¿Por qué?

—Porque si yo fuera de un equipo, un cenicero lo compraba del otro, para aplastar las colillas ardiendo sobre el escudo rival.

Ezequiel soltó otra carcajada antes de darse cuenta de que su cliente hablaba en serio.

Los ojos perspicaces, la nariz grande, los labios gruesos, la barba mal afeitada, la cabeza redonda con el todavía abundante cabello mal peinado, su edad congelada en el tiempo a sus sesenta y pocos años sin aparentar, porque Blas Ibáñez era grande y fuerte, recio como la tierra.

—¿Y tu madre? —Completó el conteo de monedas.

—No sé. Ha salido disparada hace un rato y todavía no ha vuelto.

—¿Ha pasado algo? —Recogió los dos paquetes y se los guardó en el bolsillo de la chaqueta.

—Uno que creían muerto, de cuando la guerra, y no solo resulta que está vivo sino que vuelve al pueblo.

La mano de Blas tembló.

También lo hicieron sus pupilas, y la nuez, que subió y bajó de un salto en su garganta.

Ezequiel se quedó pensativo.

—No recuerdo el nombre —dijo.

—Rogelio.

No fue una pregunta, ni un disparo al azar. Fue una afirmación.

—¡Sí! —Abrió los ojos Ezequiel—. ¿Cómo lo sabe?

No hubo respuesta. Los ojos del hombre se extraviaron en sí mismos. El estremecimiento, leve, apenas si fue perceptible.

—¿Le conocía? —preguntó el hijo de la estanquera.

Tuvo que recomponerse, juntar todas las piezas sueltas desparramadas tras la explosión de su mente, acompasar de nuevo la respiración y mantener la calma aparente que estaba lejos de sentir.

—Jugábamos juntos de críos, sí —aceptó con voz átona—, aunque yo tenía un par de años más que él. Y hasta me habría casado con su hermana de no ser por la guerra.

—Vaya, dos veces en un día.

—¿Dos veces qué?

—Salió la guerra. Esa de la que nunca se habla. Mamá también la ha mencionado.

—No hace falta hablar de la guerra, hijo. Algunos la llevamos todavía adentro —reflexionó un instante y agregó—: No me extraña que tu madre haya salido corriendo.

—¿Por qué?

Blas Ibáñez lo taladró con los ojos.

La última mirada.

—¿Qué edad tienes, Ezequiel?

—Veintitrés.

—Tienes tiempo.

—¿Y eso qué significa?

—Que no tengas prisa. La vida nos pone siempre en nuestro lugar.

—¿De qué está hablando? —Abrió los brazos sin entender nada—. ¡Anda que no parece misterioso lo de la vuelta de ese hombre!

Blas ya estaba en la puerta.

Él no huía.

Pero necesitaba estar solo.

Más de lo que lo había estado toda su vida.

—Buenos días, hijo —se despidió antes de desaparecer bajo el sol.

CAPÍTULO 3

MARTES, 14 DE JUNIO DE 1977

14

Esperanza Martínez se daba cuenta, por primera vez, de lo pequeña que era su casa.

Iba de un lado a otro, y siempre se encontraba con una pared. Se asomaba a una ventana, y sentía la necesidad de echar a correr. Saltar al otro lado y no dejar de hacerlo hasta caer reventada. De pronto, todo la oprimía. De pronto, las fotos de los muertos hablaban, y las de los vivos reían. Las paredes estaban llenas de voces, ecos que rebotaban por su mente. Entraba en su habitación, el lugar en el que había engendrado a sus cinco hijos, y tenía que salir corriendo, asustada por los inesperados sentimientos que la embargaban. Entraba en el cuarto de baño y, aunque no era el de entonces, se veía a sí misma en la bañera, cubierta de sangre. Entraba en el comedor y le hacía daño el silencio, el de ese momento, sola en casa, y el de tantas noches, con José María, sin sus tres hijos cerca. Entraba en la salita y le pesaban los libros que no había leído, que adornaban los estantes como piezas de colores rivalizando con recuerdos o pequeños detalles sin importancia.

Pequeños detalles sin importancia.

La Giralda, comprada en Sevilla en la luna de miel.

El trofeo ganado por Vicente en una carrera, a los nueve años, y que no se había llevado al casarse por lo mucho que le gustaba a ella.

El dibujo de la Navidad del 53 hecho por Rosa, enmarcado por motivos sentimentales.

¿Adónde había ido José María?

¿Por qué la había dejado sola?

Y, sobre todo, sobre todo, por qué, cuarenta y un años después, el pasado volvía para burlarse de ella.

Rogelio vivo.

No era asombroso. Era mucho más.

A veces aún soñaba con él, y le veía exactamente como estaba entonces, como siempre lo recordaría, con veinte años y aquella sonrisa franca y hermosa adornándole. Veinte años y tanto amor, ternura, paz. En los sueños ni siquiera sucedía nada. No había besos ni caricias, ni el sexo robado que jamás tuvieron. En los sueños paseaban, solo eso, cogidos de la mano. Paseaban en silencio atrapados en una escena que se repetía una y otra vez. Pero era suficiente. Al despertar sentía dos emociones contrapuestas: la felicidad por haber estado con él, aunque fuera en aquel mundo onírico, y la amargura de la realidad que la obligaba a dominar el dolor constante de su ausencia.

¿Qué quedaría del Rogelio de 1936?

¿Cómo sería, en lo físico y en lo anímico, el Rogelio de 1977?

¿Se acordaría de ella?

¿Se verían?

Y si era así... ¿qué haría?, ¿de qué le hablaría?, ¿cómo se comportaría sin traicionarse?

Se miró en el espejo del pasillo y lo que vio reflejado en él fue irreconocible.

Porque la Esperanza de sus sueños también tenía la edad de aquel pasado, diecinueve hermosos y felices años.

En cambio, la del espejo era una mujer mayor, de sesenta años, todavía fuerte, todavía firme, todavía hermosa pese al aumento de peso, la pérdida de sus formas femeninas, pero irremediablemente envejecida.

Con sus eternos ojos tristes.

Los ojos que la vida le había dejado aquellos días de julio del 36.

Tenía que regresar al estanco. Tenía que serenarse. Tenía que comportarse como una mujer entera, casada, madre, abuela. Tenía que ser justa consigo misma para serlo con los demás. Nadie merecía su angustia, era cosa suya.

Suya y de José María, claro.

¿Adónde había ido?

La novia y el mejor amigo.

¿De qué se sentían culpables?

Intentó dirigirse a la puerta, para volver al estanco, pero sus pasos la encaminaron a la escalerita que conducía al desván. De pronto, su mente y sus piernas parecían vivir disociadas. Subió los peldaños, abrió la puertecita de madera, encendió la luz y se encontró en aquel lugar en el que se refugiaba a veces, muy de vez en cuando. José María en cambio no subía nunca.

Quizá porque allí arriba no había nada suyo.

El sol lo golpeaba con fuerza a través del tejado de pizarra, pero hacía más calor abajo. No era muy grande y estaba lleno de su pasado. Se acercó a los viejos muebles de antaño, los de sus padres, los de su infancia y juventud, la cama desmontada, el aparador con el espejo roto, el armario con las puertas desvencijadas, y se sentó en una de las sillas con respaldo de mimbre y sólidas patas de madera.

Tiró del cajón inferior del aparador.

Allí estaba la caja.

Su pasado.

Su vida contenida en una vulgar caja de zapatos.

Al retirar la tapa, primero vio las fotos. Se sabía de memoria las imágenes. Sus dedos habían rozado cientos de veces aquellos bordes, la mayoría rugosos, o se habían deslizado por las superficies en blanco y negro, igual que si pudieran captar un relieve como los ciegos lo hacían al leer en braille. Allí estaban ella y Rogelio, en su última foto, la Navidad del 35, cuando se habían prometido en matrimonio. Un Rogelio tan y tan guapo, y ella tan y tan niña. Difícilmente se reconocía ya. En cambio él era el de los sueños, eterno. La foto se la había tomado su tío, fotógrafo, también muerto en la guerra mientras perseguía momentos que capturar con su cámara.

Había más Rogelios, dos docenas, sobre todo desde los dieciséis, diecisiete, dieciocho, diecinueve años. Instantáneas llenas de vida y evocaciones. Las recordaba todas, una a una, día a día. Con los años se convertían en gritos. Los gritos del silencio. Cada imagen atrapaba risas y pensamientos, el segundo en el que se habían inmortalizado para siempre.

Aunque siempre fuese una palabra incierta.

Cuando ella muriese, ¿qué harían sus hijos con todo eso?

Dejó las fotos y tomó los poemas, los sentimientos de Rogelio atrapados en las ilusiones de aquellos versos adolescentes. Palabras de amor. Estaban escritos a mano, en hojas de libreta o en pedazos de lo que fuera, periódicos o prospectos. También se los sabía de memoria, sobre todo el último, fechado el 7 de julio de 1936.

Prisionero
de tu hoguera y tu cielo.
Encadenado
a tu amor y tormento.
Vivo
como la lluvia y el viento.
Amante
de tus días sin tiempo.

Amor,
amor de tantas horas,
días sin freno,
momentos heridos,
gritos y pasiones,
locuras hechas besos,
caricias mojadas,
con lujurias y esperanzas.
Amor,
amor de islas y mares,
soles y aguas cálidas,
susurros y gemidos,

con miradas calladas,
lágrimas de sueños,
silencios de paz,
deseo y eternidad.

Prisionero,
de tu horizonte y tu vida.
Encadenado,
a tu aliento y sabor.
Vivo,
por tu alma y tu cuerpo.
Amante,
para siempre contigo.

Había palabras que todavía la atravesaban. Palabras como «prisionero», «encadenado», «amante» y, sobre todo, «siempre».

Todavía recordaba la voz de Rogelio al leérselos.

Y cómo ella se ponía roja o él le pedía un beso de premio.

No había llorado ni con las fotografías ni con los poemas, pero de pronto sí lo hizo al coger la cajita con el anillo.

Su anillo de pedida.

Un anillo que se había quitado tras la muerte de su novio y que ya jamás volvió a llevar.

Ahora ni le entraba.

Era el anillo de una joven llena de esperanzas, no el de una mujer al filo de la ancianidad.

Apartó la caja para que las lágrimas no cayeran sobre las fotografías o los poemas, pero no soltó el anillo. Lo guardó en el puño cerrado, y lo apretó hasta que la piedrecita que lo coronaba se le clavó en la piel y le hizo daño.

Un daño que le recordó que estaba viva.

15

Ricardo Estrada volvía a mirar por la ventana, incapaz ya de concentrarse en nada.

La plaza, los abuelos, la iglesia, la lejana fábrica, el pueblo.

Su pueblo.

¿Qué estaba sucediendo?

¿La gente se volvía loca de golpe?

Florencio Velasco, un rojo declarado, un traidor, salía de su propia casa, tras haber permanecido treinta y cinco años oculto, sepultado detrás de una pared en el mayor de los secretos, y de la noche a la mañana se convertía poco menos que en un héroe. Alguien iba a comprar la fábrica de la que dependía más de medio pueblo y, cuando la noticia se diera a conocer, muchos le acusarían a él de no haber velado por los intereses de la villa. Al día siguiente España votaría en democracia, y los votos de veintitrés millones de personas con edad para hacerlo, de muy distintas afiliaciones y simpatías, pero mayoritariamente cansados de cuatro décadas de Régimen o seducidos por los nuevos cantos de sirena, podían volver a darle una representatividad legal a viejos asesinos comunistas como Santiago Carrillo y su cohorte roja.

Y encima, hasta los muertos resucitaban.

Rogelio Castro.

Él.

Si su padre pudiera volver a tener un atisbo de lucidez, a lo peor cogía la escopeta y salía a la calle a pegar tiros, como en el 36.

Su padre.

Miró el retrato, colgado de la pared lateral, allí mismo, en el despacho donde había trabajado durante tantos años, en la guerra y después de ella.

—Ya me dirás qué hago. —Resopló dirigiéndose a él.

El retrato mostraba a Nazario Estrada con cincuenta años, mirada penetrante, bigote de la época, delgado, una línea por encima del labio superior, perfecto traje con el yugo y las flechas en la solapa, las manos unidas sobre el vientre.

Las manos de su padre.

Tantos golpes. Toda su autoridad.

—Cada golpe hoy es una lágrima que te ahorras mañana —le decía.

Si lloraba era peor.

Le dio la espalda al retrato. No podía quitarlo. Los de los rojos anteriores a la guerra, sí. Los de después, tras la gloriosa Cruzada, no. El suyo también colgaría de la pared el día que cesara.

Las fotografías que adornaban su mesa o la estantería eran otra cosa.

Él con Franco. Él con Carrero Blanco. Él con Arias Navarro. Él con Fraga.

Y él con el rey.

Había que cuidarlo todo, ponerle velas a Dios y al diablo. Nunca se sabía. Aunque el día menos pensado saliera por piernas, si los militares se hartaban de tanta matanza y tanta ETA y tanta violencia, por el momento seguía en su trono y a la gente que iba a verle le fascinaba su vínculo con el poder.

El alcalde de un simple pueblo fotografiado con el rey.

Ricardo Estrada se derrumbó en su butaca.

Desde que se había ido José María Torralba no podía pensar, ni razonar. Lo único que tenía en la cabeza era aquel nombre, Rogelio

Castro. El nombre y la nueva realidad. El nombre y las imágenes de aquella noche.

¿Quién era capaz de regresar a casa sin más, después de cuarenta años, después de ser fusilado y...?

—¡Graciela!

Su secretaria tardó unos segundos en aparecer por la puerta. La abrió y se quedó en el quicio, esperando una orden o que la invitara a entrar.

Fue lo primero.

—Llámame al sargento —pidió el alcalde—. Que venga a verme.

—¿Cuándo?

—¡Que venga, coño! ¿Están todo el día tocándose los cojones y hay que pedir audiencia? ¡Las elecciones son mañana!, ¿no? ¡Que venga cagando leches y en paz!

Graciela se retiró en silencio y él se quedó mirando la puerta como si fuera transparente y pudiera verla al otro lado, tan pulcra, tan comedida, tan eficiente.

No le gustaba que le gritase, y tenía carácter para reprochárselo después.

Ricardo Estrada cerró los ojos.

Nunca había visto a José María tan preocupado. Incluso asustado. Nunca le recordaba preguntándose una y otra vez qué iba a pasar.

¿Qué iba a pasar?

¿Una venganza?

¿Contra todos los que aún vivían?

—¿A qué coño vienes aquí, hijo de puta? —susurró a media voz.

La puerta de su despacho volvió a abrirse. Subió de nuevo los párpados y se encontró con el rostro muy serio de Graciela reapareciendo por el hueco.

—Está en la carretera. Viene de seguida —anunció.

El tono era de enfado.

Ricardo Estrada no dijo nada.

Graciela cerró la puerta y continuó solo, inmerso en sus pensamientos, más y más molesto.

Más y más cabreado.

Él sí estaba lúcido, por eso no podía coger la escopeta para salir a pegar tiros.

16

Eustaquio Monsolis se levantó del banco de la plaza y enfiló el camino de regreso a casa. No era de los que discutía. No era de los que hablaba. Simplemente estaba allí.

Oía y poco más.

Y si le preguntaban, se encogía de hombros, fingía no saber nada, o pasar, como decían los jóvenes.

—Y a mí qué más me da.

—¡Hombre, Eustaquio, claro que te da! ¡No es lo mismo que manden unos o que manden otros!

—Pues sí, porque todo seguirá igual, y a nosotros, los jubilados...

—¡Ya verás como les dé por no subir pensiones o hacer recortes en sanidad o... lo que sea!

—Total...

—¡Parece mentira que hicieras la guerra y te pasaras diez años preso!

La guerra.

Diez años preso.

Ahora jubilado prematuramente, aunque con los sesenta y cinco cumplidos, por lo deteriorado de sus piernas, sus pulmones.

Su cabeza.

No, la cabeza no, aunque ellos creían que sí.

Mejor.

Se alejó despacio de la plaza, apoyando el bastón con cuidado y buscando las sombras aunque tuviera que caminar un poco más. Llevaba puesta la gorra, pero el primer sol de la primavera a veces era más fuerte que el de agosto. O sería que para agosto ya estaba acostumbrado a la inclemencia. Los gritos y la pasión de los que discutían quedaron atrás. Hubo un tiempo en el que no salía demasiado de casa. Luego comprendió que necesitaba hacerlo, formar parte del mundo de los vivos. El médico también le recomendaba caminar, fortalecer las piernas.

Lo malo era que, desde que Fina y Miguel se habían ido a trabajar y vivir a Madrid, se sentía un poco más solo.

Solo, con Blanca y su madre.

Eustaquio Monsolis hizo un sonido gutural y escupió al suelo.

—Joder —masculló.

Escupía y maldecía. Una rebelión tan inútil como infantil. Diez años antes, en los tranvías de Madrid aún se leía aquello de *Prohibida la palabra «soez»*. Todos los niños se pasaban el día murmurando: «Soez, soez, soez».

El trayecto lo hizo en paz. Diez minutos. En la plaza se sentaba siempre de espaldas a la alcaldía y la iglesia. No quería ver ni lo uno ni lo otro. Un rato antes, el Damián le había dicho:

—Ahí está el alcalde, mirando por la ventana.

Y él había escupido y había dicho lo mismo:

—Joder.

El hijo de puta de Ricardo Estrada debía de estar cagado de miedo.

Lástima que el hijo de puta mayor, su padre, tuviera ya la cabeza del revés y medio cuerpo paralizado.

Dobló la última esquina y enfiló la parte final de la calle, a pleno sol. Cuando abrió la puerta de su casa se sintió a salvo. Se quitó la gorra y la dejó en el perchero. También dejó el bastón, apoyado en la pared. Su suegra no estaba en casa, porque ni la televisión ni la radio funcionaban. El silencio era una bendición que cada vez apreciaba más. El estruendo le molestaba, y su suegra era de las que lo ponía todo a un volumen excesivo. Eso y su voz desabrida, su malestar constante, su enfado perpetuo, su profundo desprecio por todo y por todos.

Su mala leche.

—¿Blanca?

—Aquí.

Caminó hasta la habitación de matrimonio. Su mujer estaba acabando de arreglar la cama, colocando las almohadas con mimo, como siempre solía hacerlo. El colchón ya estaba tan hundido por el centro que pronto habría que comprar otro. Muchas noches dormían demasiado pegados. Él roncaba, ella gemía en sueños. O quizá fuera ya mejor comprar dos camas pequeñas.

Aunque todavía le gustaba que le abrazara por detrás cuando se acostaban.

—Hola. —Se apoyó en el quicio de la puerta.

—Hola.

—Vengo de la plaza.

—Ah.

—Están los ánimos...

—Ya.

Solían tener conversaciones así, maquinales, de rutina, a veces solo por hablar, por escuchar el sonido de sus voces, para entender que, de alguna forma, estaban vivos y eso los obligaba a seguir. Su fama de hombre silencioso, hermético, cerrado, tampoco era en balde.

Por lo menos, Blanca siempre le apoyaba.

Su Blanca.

Eustaquio miró la cama, ya arreglada, y recordó todas aquellas noches, cuando hacían el amor sin ruido, sin hablar, sin gritar, aunque el orgasmo fuera poderoso, para que Teodora no los escuchase.

Amor y sexo.

Tuvo deseos de coger a su mujer y echarla sobre la colcha.

Desnudarla, poseerla.

En lugar de eso, preguntó:

—¿Cómo estás?

Blanca se incorporó tras el último toque. Llevaba la blusa arremangada, el escote abierto en uve con los abultados senos asomando por los lados y tenía el rostro perlado de sudor. Con el cabello revuelto y cayéndole un par de guedejas sobre la frente, estaba muy guapa. Más que muchas otras. No parecía tener cincuenta y cinco años. Seguía aparentando diez menos.

Él, en cambio, aparentaba diez más, setenta y cinco.

—¿Por qué lo preguntas?

—Bueno, no hemos hablado mucho estos días.

—Para hablar, bastante tengo con mi madre. Está que se sale.

—Si le saca punta a todo, imagínate a esto.

—Parece el drama de su vida. Ni que fuera hijo suyo.

—Es que todo lo convierte en un drama. —Le dio la razón—. Y no es su hijo, pero sí su sobrino.

—Vamos, Eustaquio —hizo un gesto desabrido—, que siempre le tuvo tirria a Virtudes.

—Familia.

—Será eso.

—Rogelio vivo y rico. Tú dirás.

Blanca pasó por su lado saliendo de la habitación. Su olor corporal, firme, acusado, lo envolvió por un segundo. De nuevo se sintió tentado de agarrarla del brazo, besarle los pechos, hundir su mano bajo las bragas mojadas. Por alguna extraña razón, al verla se había... ¿excitado?

Eustaquio la siguió hasta la cocina, cojeando más porque no llevaba el bastón.

—La comida estará en un rato —anunció su mujer.

Se sentó en una de las sillas, con el respaldo de cara, para apoyarse en él. Blanca continuó con su actividad, ahora en torno a los fogones.

Él se tomó su tiempo para decir aquello.

—Me pregunto quién de todos nosotros tuvo más suerte.

—¿Nosotros?

—Florencio, Rogelio, yo...

—Suerte ninguno, desde luego.

—No sé qué decirte. Estamos vivos, los tres, aunque cada uno lo pasara de una forma.

—¿Desde cuándo hablas tú de suerte? ¿Te has vuelto optimista de golpe?

—Mujer...

—Te tiraste diez años en esas cárceles, y te conmutaron la pena de muerte dos veces, una ya en el paredón. ¿Llamas suerte a eso?

—Y Florencio en su propia casa, tapiado, y vete a saber qué contará Rogelio, pero de buen seguro que no será un lecho de rosas. Sin embargo, míranos, aquí estamos.

—Bueno, él bien casado que viene, con una mujer joven y guapa.

Esta vez no añadió «y rico».

—Quizás ella le salvó la vida, como tú a mí.

Blanca se detuvo y le lanzó una mirada perpleja.

—¿Te vas a poner sentimental ahora?

—¿No puedo?

—Calla, va. —Reanudó lo que estaba haciendo.

—Sabes que es verdad. Si cuando salí no hubieras estado aquí...

—Todo el mundo se apañó como pudo.

—Nosotros no nos apañamos. —Le reprochó la palabra—. Ya te quería cuando eras una cría, aunque ya sabes que entonces no me atrevía a decirte nada. Regresar y encontrarte fue... —Sus ojos se llenaron de luz—. Y ahora sigues casi igual que entonces.

—¿Has tomado vino?

—No. Ven.

—¿Para qué?

—Ven.

—Eustaquio... que estoy haciendo la comida. ¿Qué quieres?

Se levantó él.

La tomó de los brazos y la besó.

Al separarse vio perlas en sus ojos.

—Desde luego... —Pareció burlarse ella.

—Yo estoy hecho un desastre, pero tú...

—Me llevas diez años, ni que fueras mi padre.

Volvió a besarla.

—¿Qué te pasa? —quiso saber Blanca.

—¿Ha de pasarme algo para que te dé un beso?

—Como si me los dieras cada día.

—A veces...

—Venga, va, que mi madre está al llegar y como no tenga la comida, encima se pondrá a refunfuñar y a preguntarme qué he estado haciendo todo el día.

Eustaquio suspiró.

Más que dejarla ir, se soltó ella.

Se lo pensó dos veces y regresó a la silla.

Sí, estaba excitado.

—El pueblo está muy alterado con el regreso de Rogelio. Bueno, me refiero a los que le conocían, claro —dijo apartando los ojos del cuerpo de su esposa.

—Y más alterado se va a poner.

—¿Te ha dicho algo más Virtudes?

—¿Como qué?

—Como a qué viene.

—Pues a verla a ella y recuperar la memoria, ¿a qué quieres que venga?

—¿Y si es algo más?

—¿A qué algo más puede venir?

La puerta de la calle se abrió en ese instante.

La voz de Teodora se escuchó como un frío viento por toda la casa.

—¡Ya estoy aquí!

—Venganza —respondió Eustaquio a la pregunta de su mujer.

—¡Ay, calla! —Se estremeció ella.

La voz y el inmenso cuerpo de su madre entraron en la cocina.

—¡Blanca!, ¿todavía no está la comida? ¿Sabes qué hora es, hija?

17

Saturnino García, con el tricornio sobre las rodillas porque no se atrevía a dejarlo sobre la mesa atiborrada de papeles, hizo la pregunta esperada.

—¿Rogelio Castro? ¿Quién es ese hombre, señor alcalde?

Ricardo Estrada se tomó su tiempo. Como político de largo recorrido, aunque solo fuera a través de la alcaldía del pueblo, conocía el valor de las pausas y los silencios. Sus ojos se hundieron en los del sargento de la Guardia Civil, la máxima autoridad uniformada en muchos kilómetros a la redonda. Ojos de mirada acerada, dura, al límite de la rabia que pugnaba por contener.

—Un hijo de puta, sargento. Eso es lo que es el tal Rogelio Castro.

—Ha dicho que vuelve al pueblo, pero... ¿De dónde? Llevo aquí un tiempo y es la primera vez que oigo ese nombre.

La nueva pausa fue de comprensión. Como si ordenara sus ideas. Unió los dedos de ambas manos por las yemas y su respiración se acompasó.

Los ojos se empequeñecieron.

—Rogelio Castro fue fusilado al comienzo de la guerra —comenzó a decir—. O eso habíamos creído todos. Un grupo de rojos, comunistas y traidores trataron de huir al perder el control del pueblo, pero gracias al decidido empuje de mi padre, alcalde entonces, su aventura acabó rápido. Fueron apresados y fusilados. O no. Porque ahora resulta que él está vivo y regresa aquí, más de cuarenta años después.

—¿Dónde los fusilaron?

—Arriba, en el monte.

—¿El lugar exacto...?

—Ya nadie se acuerda de eso. Solo lo conocían los que tomaron parte en la acción, y apenas si queda uno o dos. Aquí nadie habla ni hace preguntas, por la cuenta que le tiene. —Movió la mano indicando que eso carecía de importancia—. Lo único que parece cierto es que a él le dieron por muerto, pero no lo estaba. Consiguió salirse de la fosa en la oscuridad, tal vez herido, aunque no grave... ¡Vaya usted a saber! —Volvió su gesto indignado—. El rumor dice que le ha escrito a su hermana anunciándole la vuelta.

—¿Cuántos hombres fueron fusilados esa noche?

—¿Qué más da eso?

—Si fueron muchos, es más normal que no se dieran cuenta de su ausencia.

Tardó un par de segundos en responder.

—Diez —dijo.

—¿Diez?

—Sí, diez, ¿por qué?

Saturnino García se envaró.

—¿Se sabe qué fue de él?

—Dicen que ha estado en Colombia y que se ha hecho rico.

El sargento abrió los ojos.

—¿Rico?

—Ya ve. —Masticó las dos palabras—. Encima eso.

—¿Y por qué me ha hecho llamar, señor?

El que abrió ahora los ojos fue el alcalde.

—¿Lo pregunta en serio?

—Sí.

—¿Vuelve al pueblo un rojo hijo de puta y usted pregunta en serio por qué le he hecho llamar?

—¿Tenía delitos de sangre o...?

—¿No le digo que era rojo y comunista?

—Hoy en día eso no cuenta. Son nuevos tiempos y usted lo sabe.

—¡Me cago yo en los nuevos tiempos! —Forzó el tono de voz—. ¡Va a ver usted lo poco que duran los «nuevos tiempos»! —pronunció las dos últimas palabras con marcado énfasis—. ¿No se da cuenta de que ese hombre puede ser muy peligroso?

—¿Cree que pueda buscar venganza?

—¿Por qué no? Él sabe quiénes estaban en ese pelotón de fusilamiento aquella noche. Basta con que quede uno.

—¿Estaba usted?

—¡Yo era el hijo del alcalde!

—¿Pero estaba?

—No, en el monte no. —Parecía lamentarlo—. Estuve con mi padre todo el tiempo, pero él hizo que me quedara aquí cuando subió a fusilarlos.

—¿Rogelio Castro tiene familia?

—Una hermana, una tía, una prima... Apenas nadie más.

—¿Y si solo viene a verla a ella y a recuperar su casa?

—¿Un hombre rico que vive en Colombia se molesta en hacer algo así?

—Sería lo lógico.

—Olvídese de la lógica, sargento. Esos cabrones no la tienen. Carrillo en Madrid sin que nadie le recuerde sus crímenes. El catalán ese, Tarradellas, que dicen que va a volver para ser presidente de la Generalidad... ¿Qué más quiere? ¿Para eso hicimos un guerra, usted, yo...?

—Yo no la hice. Tengo cuarenta y dos años.

—Usted lleva un uniforme sagrado. Ese uniforme sí hizo la guerra, desde el primer momento, respaldando el Alzamiento. ¿O no?

—¿Qué ocurrió aquí en el 36? —Cambió el sesgo de la conversación Saturnino García moviéndose incómodo en su asiento, sin responder a la última pregunta.

—¿Qué quería que ocurriera? Pues que mi padre tomó las riendas del pueblo y se declaró en contra de la República, como buen español y cristiano.

—¿Cómo era el tal Rogelio Castro entonces?

—Ya ni me acuerdo. Él, yo, todos rondábamos los veinte años. Los peores eran su padre y su hermano mayor. Eso sí, los recuerdo. Rogelio los seguía y en paz. Pero cuarenta años son muchos años para alimentar el odio que debe empujarle, se lo aseguro. A muchos de esos que ahora vuelven o salen de debajo de las piedras, los ha mantenido vivos ese odio, no le quepa la menor duda. ¡Y luego dicen que acabamos con todos! – Soltó un bufido de sorna—. Demasiado buenos fuimos, y tolerantes. Si de verdad los hubiéramos matado a todos, no estaríamos ahora con tanta historia y tanta monserga. Por Dios... —Chasqueó la lengua—. Cuando vi aquella horda de banderas rojas por toda España en plena Semana Santa...

Saturnino García pasó un dedo por el borde del reluciente tricornio.

—¿Qué quiere que haga, señor? —repitió la pregunta de unos minutos antes.

—Vigilarle. —Le lanzó un disparo verbal.

—¿Solo vigilarle?

—Y a la más mínima...

—¿Le detengo?

—Por supuesto.

—No creo que sea muy democrático, señor alcalde.

—¿Usted ha oído lo que acabo de decirle?

—Sí, sí señor. Pero este país...

—¿Usted también? —Le detuvo en seco.

—¿Yo también, qué? —Vaciló el hombre.

—Este país se llama España. —Se inclinó hacia adelante y lo repitió, acentuando la «ñ» como si fuera una vocal—. España. ¿A qué viene esa manía de no decir el nombre?

—Perdone.

—Los catalanes y los vascos dicen «el Estado español», los muy cabrones. Solo falta que nosotros digamos «este país». Encima usted, que lleva un uniforme glorioso, una enseña, la salvaguarda de muchos de nuestros valores.

—¿Puedo preguntarle algo?

—Claro —lo invitó.

—¿Qué hizo la Guardia Civil aquí cuando el Alzamiento?

—¿Qué quería que hiciese? —La pregunta se le antojó absurda—. Ponerse del lado de la rebelión apoyando a mi padre, por supuesto, como era su deber.

—Su deber era defender la República. En muchas partes la Guardia Civil se mantuvo fiel a la legalidad.

—¿La legalidad? —Las palabras quedaron flotando en un suspenso lleno de expectativas.

Saturnino García pareció agarrarse a su tricornio.

La respiración de Ricardo Estrada se hizo fatigosa.

—Sargento, ¿usted de qué lado está? —pronunció despacio.

—Ahora, de esta legalidad, señor alcalde. —Se puso en pie, incapaz de seguir sentado allí—. Y le prometo que si ese hombre hace algo fuera de lo común, lo detendré. Pero es cuanto puedo decirle. Si me lo permite... He dejado un retén en la carretera para venir a verle y debo reincorporarme a mi puesto, que hay mucho por hacer de cara a mañana.

Sujetó el tricornio con la mano izquierda y le saludó militarmente con la derecha.

El alcalde del pueblo reaccionó demasiado tarde.

Cuando el oficial de la Guardia Civil ya no estaba en su despacho.

18

La escopeta de caza tenía la culata de madera caliente y el cañón frío, aunque lo de la culata era porque, en ese momento, le daba el sol que irrumpía por la ventana sin cortinas.

Así que al cogerla y descolgarla de la pared, la mano derecha tuvo una reacción y la izquierda otra.

Hielo y fuego.

Como todo, cara o cruz, yin y yang, derecha o izquierda.

Blas Ibáñez la sopesó. ¿Cuánto hacía que no la utilizaba, que ni siquiera la limpiaba o la tenía entre las manos como ahora?

Y estaba cargada.

Con el seguro puesto, pero cargada.

¿Por qué?

La colocó en el hombro, cerró un ojo y apuntó con ella al otro lado de la ventana.

Nadie pasaba por el exterior. Era la hora de la comida, de la calma después de ella o de la siesta. Lo único que se divisaba desde su ventana eran los carteles pegados en la pared frontal, con los rostros sonrientes de los dos candidatos con más predisposición de voto, Adolfo Suárez y Felipe González.

Blas apuntó a uno, a otro, a uno, a otro.

—Pum —susurró sin estridencias.

Dejó la escopeta sobre la mesa y se sentó en una de las sillas.

Continuó mirándola. No era la misma del 36. Ni la misma con la que luchó en la guerra. Aquella la había comprado en el 60, cuando lo de los jabalíes.

Él abatió cinco.

—¡Todavía tienes buena puntería! —le dijo uno.

—¡Ese estaba a más de treinta metros! —le aplaudió otro.

—¡Cualquiera se pone delante tuyo! —bromeó un tercero.

Desde aquel día algunos le llamaban Búfalo Bill.

Maldita la gracia.

No tenía hambre. Se le había ido de golpe. Se hubiera emborrachado de no ser porque no quería perder el control. Ya no. Lo único que necesitaba no lo tenía a mano. Quizá por la noche. Quizá no. Ella llevaba unos días huraña, rara. Con lo de Rogelio ya convertido en el cataclismo del momento...

Rogelio, Rogelio, Rogelio.

Blas Ibáñez apretó los puños y cerró los ojos.

¿Quién había dicho aquello de que el pasado siempre acaba volviendo?

Un escritor, seguro.

Lo muy cabrones eran listos.

Por eso él hacía años que había perdido el hábito.

Prefería tener ideas propias.

Continuó así unos segundos, con los ojos cerrados y la mente llena de imágenes, inmóvil en la silla, hasta que, inesperadamente, alguien golpeó la puerta con los nudillos.

No se levantó.

No quería ver a nadie.

No quería hablar con nadie.

Lo malo era la ventana abierta. Si el intruso daba la vuelta le vería allí sentado.

También podía ser ella.

No, ella no. ¿A plena luz y en su casa?

—¡Blas, abre!

No le sorprendió escuchar la voz de José María Torralba. Casi la esperaba. Lo malo era que con él no podía fingir que no estaba en casa.

Los golpes en la puerta se repitieron.

—¡Voy! —Se resignó.

Se puso en pie, cogió la escopeta y la colgó en su lugar, en la pared, como si fuera un cuadro más. Todos los del pueblo con armas de caza, la mayoría, las tenían así, para que los niños no las alcanzaran. La diferencia fue que la puso al revés, para que le diera el sol en el cañón. Después se desplazó hacia la entrada de la casa. Contó hasta tres antes de abrir la puerta.

El taciturno rostro de su amigo se recortó contra la claridad exterior.

Se miraron.

—Hola, Blas.

—Hola.

—¿Puedo pasar?

—Claro.

Le franqueó el paso y, antes de cerrar la puerta, sacó la cabeza por el otro lado para ver si la escena tenía testigos insospechados.

La calle seguía vacía.

José María ya estaba en el comedor. Se sentó sin esperar a que el dueño de la casa lo invitara. Iba en mangas de camisa, el brazo derecho sin arremangar, con el puño cerrado, el izquierdo doblado como siempre y cosido con un imperdible. Los dos años de diferencia de edad no se notaban. De hecho, hubieran pasado por hermanos.

Blas no le imitó.

—¿Quieres un vaso de agua?

—No.

—¿Vino?

—No, gracias.

Se sentó frente a él y unió las dos manos sobre la mesa. El aparecido tenía la suya en el regazo, con la espalda apoyada en el respaldo de la silla. Su rostro parecía avinagrado, surcado por nuevas simas en forma de arrugas. En el fondo de cada una podrían haberse recolectado tomates o lechugas.

Blas esperó.

Y esperó.

Hasta que José María se rindió el primero.

—¿Qué opinas? —preguntó.

Se encogió de hombros.

—No lo sé —dijo.

—Algo tendrás en la cabeza.

—Todavía no lo he asimilado. —Fue sincero.

—¿Ah, no? —Frunció el ceño el recién llegado.

—Es algo... inusitado, supongo que fuerte, sí. Eso es todo.

—No te creo.

—Pues no me creas.

—Vamos, Blas, los dos sabemos de qué va esto.

—Tú te casaste con su novia.

—Y tú estuviste en ese pelotón de fusilamiento.

Blas bajó los ojos. Un pequeño instante.

No dijo nada.

—¿Cómo pudo salvarse? —quiso saber José María.

—Suerte, supongo. —Siguió sin mirarle a la cara.

—¿Le viste caer?

—Sí. Yo estaba llorando, pero sí, le vi caer.

—Todos éramos amigos.

—Qué rápido lo olvidamos —exclamó con una leve sorna.

—¿Quién más sabe que tú...?

—Nadie, creo. Todos los que estuvimos ahí esa noche han muerto ya.

—¿Virtudes no...?

—No.

—La perdiste igual.

No hubo respuesta, solo el movimiento de la cabeza y los ojos. Él sí tenía sed, pero no se levantó a por agua. Siguió sentado frente a su visitante.

—¿A qué has venido, José María?

—No lo sé. —Fue sincero.

—¿A redimirte, a esperar a que lo haga quien sea, a compartir el miedo?

—No lo sé. Necesitaba hablar con alguien.

—Tú eras su mejor amigo.

—Uña y carne.

—Pero él era simpatizante de la izquierda, y tú...

—Nosotros.

—Yo me vi atrapado en el lío. Solo intenté salvar la vida. Tú sí creías en ello.

—No me vengas con hostias, Blas.

—No es mi intención. —Hizo un gesto amargo—. Tampoco quiero discutir ahora de eso. No lo hemos hecho en cuarenta años.

—Pues mira tú qué rápido han pasado.

—Sabes lo que somos, ¿no?

—No.

—Supervivientes.

—Tal vez.

—Supervivientes de un tiempo que unos han olvidado o quieren olvidar, otros han callado, otros han explotado y la mayoría no sabe cómo llevar en su conciencia.

—Ganamos la guerra.

—Y perdimos el alma.

—No te pongas filosófico que no te va.

—José María, llega la democracia —le recordó—. ¿Crees que se va a hacer borrón y cuenta nueva, pelillos a la mar, lo pasado, pasado, aquí paz y luego gloria? —Puso un dedo en la mesa para dar mayor énfasis a sus palabras—. Se van a empezar a abrir tumbas, a reparar daños, a exigir respuestas a preguntas que nadie imaginó que se formularían...

—¿Otra guerra?

—No, salvo que a los militares se les hinchen los cojones.

—Con tanto muerto, tanto secuestro y tanto atentado, no me

extrañaría. Ya verás como el Carrillo saque muchos votos y se ponga a dar proclamas en el Parlamento.

Callaron los dos. El campanario de la iglesia dio las campanadas. Esperaron a que se extinguiera la última, pero entonces ninguno quiso ser el primero en hablar de nuevo.

Ahora sí, Blas se levantó y fue a la cocina.

Regresó con una jarra de agua y dos vasos.

—¿Y el cántaro? —preguntó José María.

—Se rompió.

—Joder...

Bebieron los dos. Se miraron los dos. Se calmaron los dos.

Y los dos apuraron sus vasos de agua.

—Me han dicho que tu hijo está prosperando en la fábrica. —Cambio de conversación Blas.

—Vicente es listo, sí —reconoció José María—. Y está bien con Maribel. El que me preocupa es Ezequiel. No sé si tiene las cosas muy claras. Mucho estudio y...

—Es joven.

—Tiene veintitrés años. A su edad...

—A su edad nosotros habíamos hecho la guerra, sí.

—No quería decir eso.

—¿Y Esperanza?

El manco plegó los labios en una mueca imprecisa. Su mirada naufragó de pronto en un mar quieto.

—No lo sé —admitió.

—Era la mujer más guapa del pueblo. A ti sí te fue bien la guerra.

—Qué bestia eres a veces.

—¿Vas a quedarte aquí toda la tarde?

—¿Me estás echando?

—No, es por saberlo —dijo Blas indiferente.

—Ya me voy. —José María se puso en pie fastidiado.

—Que no te estoy echando, hombre.

—Da lo mismo. No paro quieto desde lo de la noticia, como un perro enjaulado.

—¿Has ido a ver a Ricardo?

—Sí.

—¿Y?

—Nada. Preocupado.

—¿Solo preocupado? ¿Él?

—Bueno, asustado, rabioso... —Soltó un pequeño bufido sin alegría—. Qué más da, ¿no? Sabemos cómo es, de toda la vida.

—Ricardo Estrada es un hijo de puta, José María.

—Es el alcalde.

—El alcalde hijo de puta hijo del hijo de puta de alcalde que la lio aquí en el 36.

José María Torralba se encaminó a la puerta. Blas no se levantó.

—¿Qué harás cuando llegue Rogelio? —le preguntó antes de que diera el último paso para salir de allí.

—Nada.

—¿Nada?

—Depende de él. —Se encogió de hombros—. Puede olvidarse de todo, o puede que quiera vernos, remover las cosas, dejarlas quietas. Sea como sea...

—¿Qué?

—Nada, ya te lo digo. Depende de él.

Cruzaron una mirada final.

Luego, sin volver a abrir la boca, José María salió de allí.

19

Vicente Torralba se apartó de encima de Maribel y se dejó caer sobre su lado de la cama, todavía agitado, con el corazón a mil después del esfuerzo y empapado en sudor. Quedó boca arriba, acompasando la respiración, con la vista perdida en el techo, cuyas vigas apenas si eran trazos oscuros en la penumbra.

Siete vigas.

Casa vieja.

—Cariño, no gritas, pero resoplas... —Pareció burlarse su mujer.

—Ya me dirás.

—El día menos pensado se despertará uno u otra y en lugar de llamarnos se presentarán aquí.

—Pues así aprenden.

—No seas salvaje.

—A ver, ¿qué quieres que haga? Toda la vida he gritado.

—¿A mí me lo dices? Como que estoy sorda.

—Tú porque solo gimes.

—Una es una chica bien.

Volvió la cabeza, vislumbró su perfil, el brillo de los ojos y el de su propio sudor, y rompieron a reír los dos a la vez.

Maribel se acurrucó a su lado.

—Estoy chorreando —dijo Vicente.

—Sabes que no me importa. Siempre me ha gustado tu olor corporal, y más en momentos así, de frenesí lujurioso.

—¡Huy, frenesí lujurioso!

—Abrázame, tonto.

Le pasó un brazo por detrás de la cabeza y ella se acomodó aún más, con la mano abierta apoyada en el pecho. Vicente le besó la frente.

—Por lo menos ahora no nos cortan tanto el rollo —reconoció Vicente—. Hubo una época...

La recordaban. Marta se había portado bastante bien. Ismael no. Los dos primeros años apenas si habían tenido intimidad. Después de cumplir los tres, las cosas cambiaron poco a poco. Llevaban un tiempo durmiendo sus horas, un milagro. Pero Marta pronto haría siete años, y en un abrir y cerrar de ojos, ocho, nueve. La seguiría Ismael. La casa no era muy grande. Todo se oía.

Guardaron silencio unos segundos.

—¿Te has quedado bien? —preguntó Maribel.

—Sí, ¿por qué?

—No sé, tenías tantas ganas...

—¿He ido demasiado rápido?

—No lo decía por eso. Es solo que te has metido dentro y ¡hala!

—Eso es cierto, perdona.

—Que no pasa nada, que está bien. Yo también lo he disfrutado, de verdad. Lo único que digo es que cuando estás nervioso o preocupado parece como si... bueno, ya sabes.

—Yo siempre tengo ganas, cariño. —Volvió a besarla en la frente.

—Pero hoy estabas ansioso.

—Será el calor.

—Como todo el pueblo está alterado por lo de ese hombre que vuelve...

—¿Tú también?

—¿Yo también qué?

—Que todo el mundo habla de eso.

—Esto es pequeño, Vicente. Que de pronto reaparezca uno que se creía muerto es toda una noticia. Hoy en el mercado dos mujeres me han preguntado por tu madre, así como con misterio, sin venir a cuento, y nunca lo habían hecho. Igual le conocía.

—Ya.

—¿Ya qué?

—Mis padres nunca hablan de la guerra. —Suspiró—. Él supongo que por lo del brazo, y ella porque... En fin, que en eso llevas razón. Le conocía.

Maribel se acodó para verle mejor. La luz que se filtraba por la puerta del pequeño vestidor silueteaba sus cuerpos desnudos, ya serenos. Vicente continuó mirando al techo.

—¿Le conocía? —Ni pudo creerlo—. ¿Y a qué esperabas para contármelo?

—Bueno, lo estoy haciendo ahora.

—O sea que primero follar.

—No te pongas feminista.

—Ya discutiremos luego sobre feminismos y machismos. Ahora va, suéltalo.

Finalmente se enfrentó a sus ojos.

—Ese hombre era el novio de mi madre —reveló—. Iban a casarse cuando estalló la guerra.

—¿Qué? —Abrió tanto los ojos que el blanco centelleó en la penumbra con viveza—. ¿Hablas en serio?

—Sí.

—¿Por qué no me lo habías contado antes?

—No sé, todo el mundo ha tenido novios o novias. Si encima se cree que han muerto hace cuarenta años...

—¡Pero dices que ellos iban a casarse!

—Estaban prometidos, sí.

—¡Por eso me preguntaban esas dos cotorras por ella!

—Si eran de su edad o más, seguro.

—¿Y cómo sabes tú eso? ¿Te lo dijo alguna vez?

—¿Mi madre? No. Cuando mi hermana y yo éramos niños, un

día encontramos una caja. Había fotos, poemas... Fue casual. Nunca dijimos nada. Pero se me quedó el nombre: Rogelio Castro. De eso hace mucho. Ezequiel tendría apenas unos meses, imagínate. Era el centro de nuestras vidas porque todos temíamos que se muriera como los dos de antes.

—¿Nunca le has comentado nada?

—Caray, Maribel, ¿quién le pregunta algo así a su madre? Si se hubiera casado con el tal Rogelio, no estaríamos aquí. Ni yo, ni Rosa ni Ezequiel.

—¡Ay, calla! —Le dio un rápido beso en los labios.

—Los padres son siempre el mayor secreto para sus hijos.

—¿Tendrá que ver con sus cicatrices?

—Eso tampoco lo sé —admitió él.

Maribel volvió a apoyar la cabeza en su regazo. Esta vez su mano le acarició el pecho de manera maquinal.

—¿Te imaginas? —musitó—. Cuarenta años y de pronto no solo está vivo, sino que reaparece.

—También era el mejor amigo de mi padre.

—Entonces él se alegrará.

—No lo sé. A Rogelio Castro le fusilaron por estar en un lado y mi padre luchó en el otro.

Maribel reflexionó las palabras de su marido.

—Qué cosas pasan, ¿verdad?

—Esa maldita guerra...

—Han pasado treinta y ocho años desde que terminó y parece como si...

—La gente tiene memoria.

La mano jugó con el vello. Las uñas, cuidadas, rozaron la piel. Se deslizaron hacia abajo, superaron el ombligo, pero no llegaron a la zona crítica. Volvieron a subir, siguiendo el camino de regreso a tierras plácidas. Finalmente volvió a apoyar la palma en su pecho.

—Me has dejado de una pieza.

—Cuando llegue ya veremos —repuso Vicente.

—Nos hemos liado a hablar de ese hombre y yo quería preguntarte por los rumores.

—De momento nada, solo eso: rumores.

—Ya, pero cuando el río suena... ¿Y si se confirman? Ahora que estás tan bien, en el nuevo puesto...

—Cariño, que cambie el dueño, si es que cambia, no significa que vayan a cerrar. La fábrica da dinero, es rentable. Nadie cierra un negocio rentable, al contrario. Lo normal es que se mejore y haya más oportunidades.

—Tú y tu optimismo.

—Tú y tu miedo.

—Si es que Marta e Ismael son muy pequeños, por Dios. Si pasara algo...

—¿Sigues con lo de irnos a Madrid con mi hermana y su marido?

—No me disgustaría, ya lo sabes. El negocio va bien, lo están deseando. Y a tus padres aquí no les falta de nada. Vete a saber si Ezequiel también se quede.

—¿Ezequiel?

—¿Por qué no?

—Ese, de momento, tiene que centrarse —repuso Vicente—. Pero le conozco bien y no lo veo yo aquí.

—¿Y tú sí?

—Yo tengo un buen puesto en la fábrica, tú lo has dicho. Y estamos bien, ¿o no?

—Sí.

—No lo dices muy convencida.

—Que sí, pero esto es un pueblo y Madrid es Madrid.

—¡Huy, sí, la gran ciudad!

—No te rías. No voy a ser una señora de esas con abrigos de pieles.

—Me gustas más desnuda. —Le acarició un seno.

—Va, que los tengo sensibles. —Le apartó la mano—. Seguro que me viene mañana o pasado.

—Piensa en Ismael y en Marta. Aquí son felices.

—En ellos pienso —dijo Maribel—. Algún día tendrán que estudiar, irse fuera, como Ezequiel, y esos sí que no volverán. Entonces nos quedaremos solos, porque será tarde.

—Ven. —Quiso abrazarla del todo.

—Ya, cuatro besitos, dos carantoñas y si te he visto no me acuerdo.

Vicente la besó en los labios.

Se los entreabrió con la lengua.

Iba a apretarse más contra ella, para sentirla, piel contra piel, cuando la puerta de la habitación se abrió sin más y por el hueco apareció Ismael.

Se separaron al instante, desnudos sobre la cama.

—¿Estáis jugando a papás y a mamás? —preguntó el niño. Y antes de que pudieran responder, agregó—: Tengo sed.

20

Ezequiel leía de espaldas a la ventana, con la luz de la lamparita incidiendo directamente sobre el libro y el resto de la habitación en penumbra. Estaba tan concentrado en la novela que se asustó al escuchar el rumor de los golpecitos en el cristal.

Volvió la cabeza y se encontró con ella.

Elvira.

Primero no supo qué hacer, cómo tomárselo. Luego se sintió abrumado.

La muchacha le hizo una seña desde el otro lado.

Reaccionó. Ni siquiera marcó la página del libro para recuperar después el punto de lectura. Se levantó de la silla y acudió a la ventana. Hacía ya bastante calor, incluso de noche, pero la cerraba para que no le entraran bichos. Acababan siempre revoloteando en torno a la lamparita, molestándole.

Abrió las dos partes de la ventana y se enfrentó a su visitante.

—Hola. —Temió preguntarle qué estaba haciendo allí.

—¿Puedo entrar? —Fue directa la chica.

—No. —Detuvo su gesto de pasar por encima del alféizar—. Mi madre está despierta y tiene el oído fino. Ha discutido con mi padre. Solo faltaría que entrara aquí y...

—¿Por qué han discutido? ¿Por lo de ese hombre?

—Creo que sí. Al menos he oído su nombre. Es como si todo el mundo se hubiera vuelto loco.

—Bueno, es fuerte, ¿no?

Ezequiel miró hacia atrás. Su madre no era de las que llamaba a la puerta y pedía permiso. Ella entraba, y si estaba desnudo, estaba desnudo. Tampoco es que hiciera nada malo. Hablaba con Elvira y punto. Pero luego todo eran preguntas.

Elvira, Elvira, Elvira.

—Va, sal tú —lo apremió ella al ver que no decía nada.

Vaciló, y fue como si todo el cuerpo expresara sus dudas.

—¿Qué te pasa? —Se tensó la chica.

—Nada, pero es tarde.

—¿Y qué?

—Luego nos ven y todo son chismes.

—¡Que les den, por Dios! —Se desesperó—. Si no sales tú, entro yo. No he venido hasta aquí para verte el morro y marcharme.

Sabía que era capaz, y de sonreírle a su madre como si tal cosa si ella entraba en la habitación y los sorprendía, aunque solo fuese hablando. Pasó una pierna por encima del alféizar y luego saltó hacia abajo. La callejuela siempre estaba vacía, incluso de día, aunque por alguna extraña razón era como si todas las casas tuvieran ojos en las ventanas.

Elvira le cogió de la mano.

Tiró de él unos metros, hasta quedar protegidos por la oscuridad de las ruinas del pajar del tío Ramiro, que llevaba muerto diez años sin que nadie se hubiese ocupado de los restos de su casa desde entonces. Una vez protegidos por las sombras, se dio media vuelta, le abrazó y le besó sin manías, entregándose por completo, con fuerza.

Ezequiel intentó resistirse.

Solo un poco.

Sucumbió.

Mientras se abandonaba, con los ojos cerrados, sintió las manos de Elvira apretándole la espalda, la nuca, los flancos, la mejilla.

Un acto casi desesperado.

Hasta que ella se separó jadeando.

—Mierda, Ezequiel... —Suspiró al notar su poco entusiasmo.

—Estás loca.

—¿Por qué ya no vienes?

—¿Después del susto que tuvimos?

—¡No pasó nada, solo se me retrasó tres días!

—Pues menudos tres días. Tú ya te lo veías.

—¿Y qué pasa, que te has asustado?

—No, pero si no nos lo tomamos con calma, volverá a suceder, y quizá no tengamos tanta suerte.

—Con calma sí, pero esto... ¡No te he visto en casi una semana!

Estaba acorralado. Si seguía, si perdía de nuevo la contención, Elvira lo arrastraría a su terreno. Y tenía armas para hacerlo. Armas y carácter. Ya no era la cría de diecinueve años del último verano. Ahora era una mujer de veinte.

Llena de vida.

Llena de deseo.

Llena de ganas.

—Escucha...

—No, no quiero escuchar. —Intentó volver a besarle.

—¡No, escucha! —Logró detenerla—. Ahora mismo eres incapaz de razonar, y lo mismo me pasa a mí.

—¿Qué hay que razonar?

—¡Lo nuestro!

—Mierda, Ezequiel, ¡mierda! —Se cruzó de brazos y le taladró con una mirada asesina—. ¿Razonar? ¿De qué estás hablando? Siempre hemos sido tú y yo. Siempre. Aquí mismo, en este pajar, me dijiste que me querías.

—¿Y lo haremos todo el verano, hasta que yo...?

Elvira llenó los pulmones de aire. Aspiró tanto que pareció absorberlo todo. Su pecho subió hasta el límite y se quedó allí, firme, abarcando el horizonte de su cuerpo.

—Vas a irte, ¿verdad? —lo exhaló despacio.

—No lo sé.

—Sí, vas a irte. —Pareció a punto de echarse a llorar—. Alguien en Madrid, ¿no?

—¡No!

—¡No me engañes, que no me chupo el dedo!

—¡No te engaño! ¡Bastante he tenido con aprobar por los pelos! ¡Allí voy de puto culo!

—Pero no quieres hacerme daño y todo ese rollo.

—¡No se trata de ti, sino de mí! ¡No sé lo que haré! ¡Estoy hecho un lío, y solo me falta perder la cabeza!

—Dilo. «Perder la cabeza conmigo».

—Elvira —se vino abajo—, esos tres días fueron... un infierno para mí. Me juré que si no estabas embarazada no volvería a tentar a la suerte.

—¿Y ya está? —Abrió los ojos—. ¿Se acabó? ¿Nunca más?

—Dame un respiro, por favor.

—Iré contigo a Madrid.

—Tu padre te mata.

—¡Joder, ni que estuviéramos en los 60! ¡Estamos en 1977! ¡Tengo veinte años! Mira. —Metió la mano en el bolsillo de los vaqueros y extrajo un preservativo. Lo agitó delante de la cara de su compañero—. ¡Tengo un condón!, ¿ves? Nada de sacarla antes y luego preocuparte por la última gota. Venga, Ezequiel, ¿no me digas que no lo deseas?

Lo deseaba.

Pero ya no con ella.

Tenía miedo.

Elvira le puso la mano libre en la entrepierna, donde la excitación era más evidente.

—No hagas eso. —Retrocedió un paso.

—Ezequiel, yo te quiero. Nadie me ha tocado más que tú y lo sabes. Me da igual lo que digan. ¡No estoy loca, solo te quiero!

—Por favor...

Elvira volvió a besarlo, con la misma fuerza.

Pero esta vez él ya no hizo nada.

Se quedó quieto.

Quieto hasta que ella se apartó con expresión tensa, mitad horrorizada, mitad crispada.

—No me hagas eso, Ezequiel —gimió.

Ya no tuvo respuesta.

Ninguna.

Ni siquiera la detuvo cuando Elvira le empujó hacia atrás, le tiró el preservativo a la cara, pasó por su lado y echó a correr.

Ezequiel la vio desaparecer en la noche.

No apretó los puños, reaccionando, hasta que se sintió solo, a salvo, pero hundido en lo más profundo de su desaliento.

—No soy un cabrón, no soy un cabrón, no soy un cabrón... —repitió una y otra vez.

CAPÍTULO 4

LUNES, 20 DE JUNIO DE 1977

21

Cuando la carretera empezó a serpentear por entre los riscos, el terreno se le hizo familiar por primera vez.

Hasta ese momento le había sido imposible.

—Aquí está —exhaló.

Anita buscó algo. Marcela, en cambio, hizo la pregunta.

—¿Qué es?

—Esas ruinas —le señaló su padre.

—¿Esas?

—Sí.

—¿De la guerra?

—No, estaban ya así antes.

Las ruinas quedaron atrás y la muchacha volvió a dirigir la vista al frente.

—Entonces, ¿estamos cerca?

—Sí.

Sin darse cuenta, Rogelio redujo la velocidad y dejó que sus ojos se llenaran de recuerdos, porque de pronto el paisaje se hizo más y más reconocible.

La tierra, los escasos árboles, todo parecía distinto, pero los contornos no. Eran los de entonces, los de siempre, los de toda su vida.

O al menos los primeros veinte años de ella.

—¿Quieres que conduzca yo, amor? —le preguntó Anita.

—No, no.

—Así te encandilas. No vayas a salirte de la carretera.

—No pasa nada, cariño.

Anita iba detrás. Marcela delante, con su padre. El ánimo era distinto para cada uno de ellos. Palpitante el de Rogelio, tenso el de Anita, expectante el de su hija.

—No sé por qué no contratamos el coche con chofer —se quejó la mujer.

—Ya te lo dije. No quiero llegar en plan rico. Preferiría pasar incluso desapercibido.

—No sé por qué. —Se cruzó de brazos ella—. Si te quisieron ver muerto, es el momento de que les grites que estás vivo.

—Todos no.

—¿Todos no, qué?

—Todos no me quisieron muerto.

—¡Ay, Rogelio, a veces...!

—Estás peor que yo —se burló él.

—No estoy peor que tú —se defendió su esposa—. Pero me inquietas, ya lo sabes.

—¿Me ves acaso nervioso?

—Tú no tienes nervios, lo sé. Pero por dentro...

—Mamá, no lo atosigues —protestó Marcela.

—Siempre los dos contra mí. —Miró por la ventana.

Rogelio sonrió. Otra curva. La recta del puente. Luego la subida y al llegar al cruce...

—El desvío —señaló.

El nombre del pueblo y la flecha quedaban a la izquierda. La distancia, cinco kilómetros. La carretera, ahora, estaba asfaltada y era amplia. A ambos lados se veían casas aisladas y algunas pequeñas empresas.

—Aquí antes no había nadie. Todo esto estaba yermo —dijo Rogelio.

La propaganda electoral seguía pegada por todas partes, en

cualquier pared, hasta en los árboles más gruesos. El único periódico que llevaban era *El País* del día anterior, domingo. El primer periódico comprado en el momento de su regreso. Todavía no había resultados definitivos y oficiales de las elecciones, pese a haberse escrutado el 99 % de los votos, por culpa del retraso en los datos de seiscientas mesas de Madrid, aunque la victoria de la UCD ya era definitiva. En la portada y las principales páginas, que había devorado con tanto deleite como interés, se resaltaban algunas informaciones: los partidos democráticos pedían el control de la televisión; concluía el plazo dado por los secuestradores etarras del empresario Javier de Ybarra para el pago de su rescate de mil millones de pesetas; el Plan Barre francés expulsaba a más de cinco mil españoles de Francia, con sus mujeres e hijos, para paliar el desempleo en el país; el anuncio de que la peseta se devaluaría muy pronto, para poder resolver así el déficit en la balanza de pagos y el alto porcentaje inflacionario español tras la crisis del petróleo de octubre de 1973...

—Papá, ese hombre que ha ganado...

—Bueno, ya mandaba antes, cuando lo eligió el rey.

—¿Tú crees que es bueno?

—No lo sé. Llevaba camisa azul hace unos años, pero en cambio tuvo el valor de legalizar al Partido Comunista al llegar al poder. Valor y la capacidad de hacerlo. No parece estar ya muy de acuerdo o en sintonía con ellos, pero ya veremos.

—¿Ellos son los que ganaron la guerra?

—Sí.

—Todo dependerá del rey —apuntó Anita—. Si él es fuerte...

—Aquí a los reyes los corremos siempre. —Volvió a sonreír Rogelio—. Luego se dan la gran vida en el exilio.

Marcela le puso una mano en el brazo.

Se lo presionó con cariño.

Su padre le lanzó una mirada de soslayo.

—¿Estás nervioso? —Quiso saber la muchacha.

¿Lo estaba?

No.

Al menos creía que no.

Como mucho, inquieto. La dichosa palpitación...

El coche llegó a lo alto del paso entre los dos cerros y entonces sí, sus ojos se llenaron con el golpe de aquella poderosa imagen.

Su casa.

El pueblo.

Tal y como lo recordaba, reconocible a primera vista, el valle, el río, el campanario de la iglesia, la zona vieja; y al mismo tiempo tan distinto, con las casas nuevas, la fábrica, los bosques que antes no estaban allí envolviendo algunos contornos...

La mano de Marcela apretó más su brazo.

Anita se inclinó hacia ellos.

Y Rogelio Castro, con un nudo en la garganta, dejó que el coche se deslizara suavemente por la carretera, bajo el silencio de la mañana y el azul del cielo que se extendía por encima de sus cabezas.

22

El coche apenas era una sombra bajo el sol.

Rogelio intentaba no forzarlo, evitar que el motor rugiera más allá de lo necesario. Iba en primera, como mucho en segunda. Sorteaba las calles, se detenía en los cruces. Sentía ya las primeras miradas.

Él evitaba hacerlo.

No quería ver primero otros ojos.

Ni hablar con nadie.

Anita y Marcela guardaban silencio, presas de la emoción pero también más y más pendientes de él, de sus gestos, sus reacciones. Se habían preparado para el viaje, para el supremo instante del reencuentro, pero ahora, de pronto, nada de lo imaginado tenía sentido, todo se venía abajo, como un castillo de naipes abatido por la brisa.

Rogelio tragó saliva.

La última esquina.

La calle.

La casa.

Detuvo el coche a unos metros, aprovechando que no había nadie cerca, y miró aquella puerta.

La última vez salió por la ventana.

—Todo está igual —musitó.

Anita le rodeó por detrás. Le besó el cuello con su boca de labios grandes y generosos, siempre húmedos, tan cálidos como su amor. Marcela tenía los ojos brillantes.

—¿Es ahí? —le susurró su mujer al oído.

—Sí.

—Vamos, dale.

—Espera.

—No, dale. Te vas a poner a temblar.

—Coño, Anita...

—Mi mal hablado español... —Volvió a besarle más cerca de la oreja.

Transcurrieron un puñado de segundos.

Imposibles de contar.

Luego puso la primera y cubrió la última distancia, aquellos metros finales, hasta detenerse frente a la casa.

Las dos puertas se abrieron al mismo tiempo, la de ella y la del vehículo.

Rogelio puso un pie en tierra y Virtudes se quedó muy quieta.

La mirada.

Reconocerse.

Interpretarse después de cuarenta y un años.

No hubo palabras. La primera que se movió fue su hermana. Reaccionó, llegó hasta él y le abrazó con la fuerza de una madre, la fuerza de todos los abrazos perdidos y no dados, la fuerza de una ansiedad mal medida y desbordada al límite de la resistencia. Le abrazó y rompió a llorar, ella, que era una roca, mientras le apretaba contra sí y le sentía más y más, absorbiéndole, porque los cuerpos que se abrazan se sienten y penetran o el abrazo no es más que una caricia sin magia.

Una mano en la espalda, otra en la nuca.

Lágrimas y silencio.

Rogelio cerró los ojos.

No pudo llorar.

La olió, como el perro que identifica su mundo a través del aroma.

Anita y Marcela sí lo hicieron.

Cogidas una a la otra.

¿A fin de cuentas, con o sin sentimiento, con o sin lágrima fácil, quién no había llorado ya mucho antes en la violenta Colombia?

23

Rogelio abrió la última puerta, la que guardaba para el final, tal vez porque no sabía lo que iba a encontrarse al otro lado.

—Y esta era mi habitación —le dijo a Marcela.

Por alguna extraña razón, esperaba ver todavía su cama. Incluso las sábanas revueltas, como las había dejado aquella noche.

Pero no.

No había cama. No había nada. Cuatro paredes vacías.

No quiso que su hija notara el desconcierto.

—A mí todo me parece muy pequeño —dijo ella.

—Porque son casas viejas y entonces nadie tenía tantas cosas como ahora. Bastaba con lo necesario, por lo tanto se construían de otra forma.

—¿Esa es la ventana por la que escapaste?

—Sí.

Marcela le miró de soslayo.

Su padre parecía entero.

—Es como si todo hubiera sucedido ayer. —Suspiró Rogelio.

Oyeron unos pasos y Anita apareció por detrás de ellos.

—Mira, mamá. La habitación de papá.

La mujer se cogió al brazo de su marido. Lo apretó contra sí y lo envolvió con una sonrisa de cálida ternura. La misma que le regalaba a diario desde que se habían conocido.

Regalar.

Porque en Medellín no pedían las cosas, «Deme un...», decían: «Regáleme...».

—¿Cómo está? —preguntó Rogelio.

—Le he hecho unas hierbas.

—¿Se ha acostado?

—No quería, todo era verte, abrazarte, llenarte de besos... pero la he insistido y al final se ha rendido por puro agotamiento.

—La pobre...

—Da la impresión de ser fuerte.

—Te lo dije.

—Tenías que haberla llamado desde Madrid.

—Se hubiera desmayado, y yo sin poder hacer nada.

Los tres se quedaron mirando la vacía habitación. La de sus padres mantenía la cama, pero las de Carlos y él...

—Estabais muertos, papá —dijo Marcela como si le leyera el pensamiento—. Mantenerlo todo igual, como si fuera un mausoleo, hubiera sido peor.

—Ya, pero tú ibas a dormir aquí —señaló Rogelio—. Para mí era algo... simbólico.

La voz inesperada de Virtudes surgió desde el fondo del pasillo.

—Lo guardé todo en el desahogo, perdona. Y yo sola no podía volver a meterlo. Esperaba que llegaras tú.

—¡Virtudes!, ¿no estabas descansando?

—No tiré nada, pero no podía verlo ahí cada día, sin vosotros... Solo dejé tal cual la habitación de nuestros padres porque...

Rogelio fue hacia ella.

—Va, descansa aunque sea únicamente una horita mientras yo les enseñó la casa, el patio y sacamos las cosas del desahogo. Todavía estás temblando.

Virtudes le acarició la cara.

—Ay, Rogelio, Rogelio —susurró.

—Si vuelves a llorar, me voy.

—¿Adónde, descastado? —Le dio un suave cachete con la misma mano.

—A la pensión de la señora Lola.

—¿La pensión? ¡Anda que no hace años que desapareció!

Rogelio forzó una sonrisa.

—Ya, claro.

Anita se colocó a su lado.

—Venga, que la acompaño.

—¿Y si cuando me despierte resulta que es un sueño?

Ahora fue Rogelio el que le dio un suave cachete.

—¡Huy, bruto!

—¿Te parece esto un sueño?

Iba a volver a llorar, inevitablemente, así que Anita tiró de ella. Por un lado, la llegada de su hermano la había fortalecido y rejuvenecido. Por el otro, de pronto era como si sobrellevara un enorme peso en el alma, nervios, inquietud.

Rogelio y Marcela volvieron a quedarse solos.

—Ven —dijo el hombre.

Salieron al patio, grande, lleno de cachivaches, los tendederos vacíos, la tierra seca por la falta de agua. El desahogo era un cobertizo situado a la izquierda. Cuando lo abrió se quedó abrumado, porque su pasado sí estaba allí.

El armario, la parte baja de la cama, puesta en pie y apoyada en la pared, la cómoda, el baúl. Y lo mismo las cosas de su hermano mayor. Algunas casas tenían zaguán o desván. Ellos no. Lo que sobraba siempre había ido a parar allí.

—Vamos a tener trabajo. —Intentó controlarse.

—¿Cuál es la tuya?

—Esa. Por algún lado debe de estar mi nombre. Lo grabé con una navajita a los doce o trece años.

Marcela lo buscó.

—¡Aquí!

El reloj del campanario empezó a sonar.

Algunas cosas no habían cambiado.

El 19 de julio de 1936 había subido hasta él, con la escopeta. Aunque no llegó a disparar.

—Ven aquí, cariño.

La muchacha le obedeció. Eran igual de altos, y ella toda una mujer, hermosa, bien dotada, más bella aún que su madre, ojos enormes de mirada profunda, labios cálidos y sensuales, tiernamente grandes, nariz poderosa, cabello de seda, manos de princesa...

—Te quiero. —La besó en la frente.

—Y yo a ti.

—Me alegro de que estés aquí.

—¿Creías que iba a dejarte solo con todo esto? ¿Y lo que me gusta viajar?

—¿Qué tal?

—Hasta ahora bien.

—Sabes que eres lo más importante de mi vida, tesoro.

Marcela se apretó contra su pecho.

—Pareces tan entero.

—Intento...

—Ya lo sé. Tienes una expresión muy dulce, papá.

Anita llegó hasta la entrada del desahogo, pero no se atrevió a interrumpirlos. Sonrió al ver la escena. Su marido correspondió a su gesto guiñándole un ojo.

—Ven —la invitó a unirse a ellos.

La mujer lo hizo.

Quedaron abrazados.

—Este silencio... —susurró Anita—. Tan distinto al caos de Medellín...

24

Virtudes abrió los ojos de golpe y quedó flotando en mitad de ninguna parte, entre el sueño y la realidad, consciente de su despertar, pero inconsciente todavía del momento, las circunstancias, si era de día o de noche o la hora.

Hasta que escuchó la risa franca y abierta de Marcela surgiendo distante desde algún lugar de la casa.

Su sobrina.

Entonces se relajó porque comprendió que todo era verdad.

Su primer instinto fue saltar de la cama. Llegó a dar la orden a sus músculos sin que la obedecieran. Era feliz, tanto que se sentía agotada. Siguió igual unos segundos, unos minutos, inmóvil.

Marcela no volvió a reír.

Sin la guerra, sin la peripecia de Rogelio a través de medio mundo, aquella muchacha no estaría allí.

Todo habría sido distinto.

¿Mejor?

Iba a tomar la decisión, obligando a sus músculos a obedecerla, cuando la puerta de la habitación se entreabrió y por el hueco asomó la cabeza de su hermano.

—Estoy despierta —lo invitó a entrar.

Rogelio la obedeció. Caminó hasta la cama y se sentó en el borde. Uno y otra unieron sus manos al unísono. La única luz era la que los iluminaba de refilón desde el pasillo. A él le daba de espaldas y oscurecía su rostro. A ella le daba de frente y silueteaba sus rasgos marcándolos todavía más.

—¿Qué hora es?

—Has dormido casi tres horas.

—¿Será posible? —Abrió los ojos con desmesura.

—Estabas agotada.

—He de levantarme.

—No, no hay afán... —Sonrió—. Prisa. Allí dicen afán.

—Afán es más bonito que prisa —reconoció Virtudes.

—Tienen muchas palabras bonitas.

—Dices «tienen», como si no formaras parte de ello.

—Formo parte de ello —admitió él—. Ya soy paisa, antioqueño. Pero ahora estoy aquí, y hay momentos en que siento que no me he ido nunca.

—Yo sigo sin poder creerlo.

—Llevas veinte años sabiendo que estoy vivo.

—Jamás imaginé que volvieras. —Sus mandíbulas se marcaron un instante—. Nos han robado cuarenta años.

—Casi cuarenta y uno.

—¿Cómo lo has resistido?

—Igual que tú.

—Es distinto. Yo no me he movido de aquí.

—Sí, tragando mierda, convertidos en despojos de la tragedia —entristeció la mirada Rogelio—, como todos los hijos, hermanos o parientes de los rojos.

—¿No tragaste tú más, en esos campos de concentración, la otra guerra...?

—Era la misma guerra, Virtudes. Siempre lo es.

—He leído tus cartas tantas veces...

—Y yo las tuyas.

—Anita y Marcela son divinas. Una cosa son las fotos y otra conocerlas en persona. Y tan guapas.

—Mucho, ¿verdad?

—Siempre tuviste suerte.

—¿Yo?

—Ya eras muy atractivo entonces. Y por Dios que te has conservado bien. Nadie diría que tienes sesenta y un años. Cuando los de aquí vean a Anita... En el pueblo no hay mujeres como ella, con clase, y además con ese cuerpo...

—Ella me salvó la vida. —Reflejó la dulzura que lo envolvía haciendo que sus palabras flotaran en el aire—. Le dio un sentido, me devolvió la fe y la esperanza. Volví a creer de nuevo. Antes de conocerla iba de aquí para allá, nada me importaba lo bastante. Y de pronto...

—Pero era muy joven cuando la conociste, y tú ya, con cuarenta años...

—Tenía la edad de Marcela, pero allí esas cosas no cuentan.

—Tu hija es increíble.

—Como su madre. Pero a veces tiene gestos, miradas que me recuerdan a mamá.

—Su única nieta.

Callaron unos segundos. Los retratos colgaban de las paredes de la habitación, todos en blanco y negro, con marcos viejos, de madera unos y con ornamentos y molduras doradas otros. Los retratos de todos ellos. Al menos hasta la guerra.

Padres, abuelos, bisabuelos...

—Rogelio.

—Dime.

—¿Qué vas a hacer?

Seguían con las manos unidas. El hombre se las apretó un poco.

—Nada —dijo lleno de naturalidad—. Tomármelo con calma.

—¿Con calma? ¿A qué te refieres?

—Estoy de visita, nada más.

—No tienes ni idea de cómo está el pueblo.

—¿Tanto se acuerdan de mí?

—Los viejos sí. Tu aparición lo ha puesto todo patas arriba.

—Bueno —se limitó a decir.

—No sabía si decirlo o no, hasta que pensé que si te veían sin más... No sé, me dio miedo. Así que se lo conté a Blanca y ella a su madre. En dos días...

—Hiciste bien.

—¿En serio?

—De verdad. Tranquila. Muchos hubieran pensado que yo era un fantasma.

—Es que no... —Se puso nerviosa.

—¡Chist! —La calmó apretándole una vez más las manos—. Tranquila.

—No has contestado a mi pregunta.

—No voy a hacer nada, Virtudes.

—Pero...

—Lo que sea, será. Lo que vaya a pasar, pasará. Yo solo estoy aquí. Tengo derecho a estar. Me lo he ganado. Murió la bestia y aquello acabó. Esta es mi casa y este es mi pueblo.

—Ellos siguen aquí.

—Virtudes, no quiero más guerras —expresó con cansancio.

—Nadie quiere más guerras, pero tienes preguntas.

—Eso sí.

—¿Y crees que las respuestas vendrán solas?

—Ya veremos. ¿Por qué preocuparse de antemano?

—¡Por no preocuparnos de antemano entonces mira lo que pasó!

—Es distinto.

—¡No lo es! —Se llenó de rabia—. ¿Cómo es posible que estés tan calmado?

—Te lo dije en las cartas.

—No te creí.

—¿Por qué?

—Pensé que lo decías para tranquilizarme.

—Pues ya ves. Te lo repito: Anita me cambió la vida, y al darme a Marcela la completó. Ahí se me fueron todos los odios, las recriminaciones, las neuras y las depresiones. Ya no me sentí un derrotado ni un maldito víctima del infortunio. Al diablo el fascismo. Mata pero no puede arrancar de raíz la vida. Ahora tenía que volver y he vuelto, eso es todo.

—¿Cuándo irás a ver a la tía Teodora y a Blanca?

—Que vengan ellas aquí.

—¿Por qué?

—Porque todavía no quiero pasearme por el pueblo como si nada hubiera sucedido, sintiéndome atravesado por cien ojos o encontrándome con gente que ya ni recuerdo... o que recuerdo demasiado bien. Quiero descansar aquí dos o tres días, ya veremos. Y si salgo, lo haré en el coche.

—No entiendo...

—Virtudes, ahora todos están en guardia. No quiero que crean que he venido a por algo. Una cosa son las preguntas, y otra los actos. Cuando vean que me tomo mi tiempo, que no parezco peligroso, ellos mismos vendrán aquí y me dirán lo que quiero.

—¿Y qué quieres?

Le soltó las manos y se incorporó.

—Cerrar el círculo —dijo—. Cerrarlo y descansar en paz. ¿Vamos con Anita y Marcela?

25

Rogelio se llevó la cuchara a la boca y, al momento, cerró los ojos.

El aroma primero. El sabor después.

—Ahora sí me están entrando deseos de llorar. —Suspiró—. Tienes el mismo punto de mamá.

—Me enseñó a cocinar —se jactó Virtudes.

Tragó la cucharada de sopa y abrió los ojos de nuevo.

—¿Por qué será que los olores jamás se olvidan, y un sabor como este permanece en la memoria a salvo, pase el tiempo que pase?

Anita miró el abundante chorizo que flotaba en mitad del plato.

—Mi amor, el colesterol...

—Hoy no. —Arrugó la cara él—. Déjame disfrutar. Ya me portaré bien.

—Siempre dices lo mismo —le recriminó ella con dulzura.

—¿Tú has probado esto? —Miró a su hija—. ¿Y tú? Vamos, ¿qué me decís?

—No es un sancocho, ni un mondongo, pero está bueno, sí —se burló Marcela.

—Calla, calla, descastada. Donde esté un buen caldo como este, que se quite hasta la bandeja paisa.

—Eso sí que no, querido. —Movió la cabeza de lado a lado Anita.

Se echaron a reír. Los ojos de Virtudes iban de su hermano a su mujer, y de ella a Marcela para volver a Rogelio. Un viaje cerrado, lleno de vida y paz. Como si al otro lado de la puerta, las ventanas y las paredes de la casa, el mundo no existiera. Y si existía, fuese un paraíso lleno de amor y paz, poblado por gente amable y libre de odios.

Un mundo perfecto.

—¿Cómo os conocisteis? —preguntó la dueña de la casa.

—¿Otra vez? —protestó él—. Pero si ya te lo conté por carta.

—Quiero oírselo a ella. —Miró a Anita.

—Entró a trabajar en una de las empresas de papá. Era un industrial textil muy importante. A Medellín la llaman la Mánchester de América Latina. Pero además del textil poseía otros negocios. Uno de ellos una pequeña floristera, porque allá el clima, la altitud, todo es ideal para su cultivo. Hay un festival de Orquídeas, la fiesta de las flores del corregimiento de Santa Elena en agosto y muchas más. —Se sentía feliz de contarlo—. Rogelio sabía de flores, tenía ideas, vio las posibilidades del negocio y fue a ver a mi papá. Le convenció para que le dejara hacer unas innovaciones y en muy poco tiempo...

—Convirtió la floristera en una gran empresa —dijo Marcela—. Incluso creó una nueva variedad de rosa que tuvo un impacto inmediato. Se la premiaron en un festival y el abuelo se hinchó como un pavo.

—Tuve ayuda —trató de restarle importancia Rogelio.

—Se empezó a hablar de «el español» y a mi papá le cayó en gracia, y más cuando conoció su historia, su militancia —continuó Anita—. Le invitó a una cena en casa y ahí le conocí. Me enamoré de él al instante.

—¿No era muy mayor?

—¡Virtudes! —protestó su hermano.

—Las cosas son diferentes allá. —Sonrió Anita—. Los muchachos de mi edad no me interesaban. Rogelio era el primer hombre auténtico que conocía. No me vio tampoco como la hija del todopoderoso señor Jaramillo, porque al comienzo se mostró tímido y nervioso en mi presencia. Así que tuve que ir a por él.

—Válgame Dios. —Abrió los ojos Virtudes.

—Finalmente me hizo caso. —Mostró su orgullo ella.

—Cómo no hacérselo —asintió Rogelio—. Era irresistible.

—¿Era?

—Sigues siéndolo, cariño. —Le tomó la mano por encima de la mesa para evitar su protesta.

—Yo era la única hija de Camilo Jaramillo —lo dijo con un halo de resignación—. Ser la heredera de un pequeño imperio fue muy duro. Muchos me pretendían por el dinero. —Miró a su marido con dulzura—. Rogelio no. Nunca quiso poder, ni firmar nada, ni ser dueño de ninguna de las empresas de papá. Solo cuando murió, hace tres años, aceptó esa responsabilidad.

—Mi pasión siguen siendo las flores —advirtió él—. La crisis económica de estos años 70 le ha hecho mucho daño a la industria textil colombiana, hemos tenido que cerrar una fábrica. En cambio las flores... van en aumento. Antioquia es el segundo productor de flores de Colombia, y el país es, con un 10 %, el segundo exportador mundial, por detrás de Holanda. Tenemos rosas, claveles, pompones, crisantemos, hortensias, gerberas, calas, helechos, *baby blue*, asteres y muchas más. Exportamos a medio mundo, incluida España, y tenemos muy buenos planes de expansión.

—Puede que sin eso estuviéramos arruinados —dijo Anita.

—Siempre fuiste bueno con las cosas del campo —señaló Virtudes—. Pero nunca hubiera imaginado que vender flores diera para tanto.

—Tendrías que ver los campos, las instalaciones camino de Río Negro. Cultivamos en dos docenas de municipios del oriente, el suroeste, el nordeste y occidente.

—Me dijiste que tu suegro murió de un infarto pero a causa de sus problemas con la guerrilla.

Los tres guardaron silencio.

—¿Qué sucede? —Se alarmó Virtudes.

—Tratamos de no hablar de eso —intervino Marcela.

—Lo siento.

—No, no importa. —Rogelio estaba serio—. Tenemos graves problemas de seguridad, sí. La violencia forma parte del modo de vida colombiano. La gente es encantadora, trabajadora, sobre todo en nuestra tierra, Antioquia, pero la guerrilla por un lado, los paramilitares por el otro, y la delincuencia por el narcotráfico para acabar de adobarlo... Cada vez hay más problemas, hay que aceptarlo.

—El abuelo no quiso pagar —dijo la muchacha.

—Amenazaron con secuestrarle o hacernos daño a nosotras, y eso le afectó el corazón. —Bajó la voz Anita.

—¿Y ahora tú...? —Virtudes miró a su hermano.

—Es distinto —evadió el tema él—. Tenemos mucha seguridad.

—Pero vivir con miedo ha de ser duro.

—¿No has vivido tú con miedo desde que acabó la guerra? —preguntó Rogelio.

Volvió el silencio, rápido, breve.

Nuevas heridas, mismas cicatrices.

O quizá fuera al revés.

—Allí tenemos una sociedad en busca de su propia identidad, por encima del narcotráfico y la guerrilla o la violencia que parece formar parte de la historia de Colombia. —Rogelio habló con voz reposada—. La Iglesia ha estado en contra de toda modernidad y ha supuesto un tremendo atraso global. En Medellín elegimos a una mujer como alcaldesa hace dos años por primera vez y fue una revolución. El año pasado detuvieron al capo más importante, Pablo Escobar, con treinta kilos de cocaína. Ese hombre se está convirtiendo en un rey. Cuando yo llegué allí, a mitad de los años 50, gobernaba el dictador Gustavo Rojas, pero cayó en 1957, cuando nos casamos Anita y yo. Eso y que las cosas me iban bien hicieron que finalmente decidiera quedarme en un lugar en vez de ir dando tumbos por todas partes. En los años 60, Antioquia y su capital, Medellín, tenían el mayor número de personas sindicadas y también el mayor número de detenciones por delitos y conductas antisociales. Siempre ha habido grandes contrastes.

—Ahora tenemos la expansión de la guerrilla en los campos, las autodefensas y el implante de los narcos en las grandes ciudades, como Medellín o Cali —dijo Anita.

—Pero hay un movimiento estudiantil muy fuerte, que hace presión —habló con aplomo Marcela—. Hay nuevas ideas, ya veréis.

—Se penaliza la protesta social, no lo olvides —le recordó su madre antes de volver a dirigirse a Virtudes—. El militante político, por desgracia, se equipara al delincuente común. Hay una doctrina de Seguridad Nacional promovida por los Estados Unidos para evitar el auge del comunismo.

—Dios, parece España en los años 30. —Abrió los ojos su cuñada.

—¿Vamos a hablar de política? —Rogelio hizo un gesto de desagrado—. En todas partes cuecen habas. ¿Por qué no recordar que vivimos en la ciudad de la eterna primavera? ¿Acaso eso no hace de Medellín un paraíso? —Le dio el último sorbo a la sopa y cambió por completo el sesgo de la conversación—. ¿Cómo está Blanca?

—Bien —asintió Virtudes.

—¿Y Eustaquio?

—Bueno, él habla poco y nunca ríe. ¿Quieres más?

—¿Con toda esa carne y el arroz con leche que has hecho de postre? No, no podría. ¿Sigue encerrado en sí mismo?

—Los diez años que pasó preso le marcaron, ya te lo escribí. Han pasado treinta, pero da igual. A veces creo que sigue en esas cárceles. Ni siquiera sé por qué Blanca se casó con él cuando regresó. Es diez años mayor que ella... —Se detuvo y miró a Anita con aprensión—. Bueno...

—No importa. —Se encogió de hombros—. Cada país es distinto y las circunstancias también.

—Había pocos hombres, Virtudes —continuó Rogelio—. ¿Qué edad tenía Blanca al acabar la guerra, dieciocho?

—Diecisiete.

—Así que cuando Eustaquio volvió ya era una mujer de veintisiete, y soltera. —Hizo un gesto evidente—. Eustaquio ya estaba enamorado de ella siendo una jovencita, y si no la pretendió fue por esa misma razón, porque andaba en los catorce o quince.

—La que está insoportable es la tía. Tiene un carácter... Y habla... —Elevó los ojos al cielo.

Rogelio se sirvió la carne bajo la atenta mirada de Anita. Con el plato lleno, bebió un sorbo del rojo vino que llenaba su copa.

—Papá...

—No seáis pesadas.

—Pasarás mala noche.

No les hizo caso y se dirigió de nuevo a su hermana, ahora con el semblante más serio pero también relajado.

—Hay algo de lo que quiero hablarte.

—¿Qué es? —Frunció el ceño.

—Algo que no te conté por carta.

—¿Grave?

—No, mujer. ¿Por qué todo ha de ser malo o grave? —Su tono fue de fastidio—. ¿Sabes los terrenos que van de la parte nueva del pueblo a la carretera?

—Sí.

—Los compré hace un año.

—¿Fuiste tú? —Abrió los ojos su hermana.

—¿Qué se sabe por aquí?

—Pues... no sé, que una sociedad se hizo con ellos, pero nadie está al tanto de nada concreto, para qué se compraron o...

—Esas cosas las llevan los abogados.

—¿Y por qué lo hiciste?

—Negocios, inversiones... Esta también es buena tierra para las flores. —Se encogió de hombros—. De momento no quiero que nadie lo sepa, así que sigue siendo un secreto.

—Claro, lo entiendo, pero ¿por qué no me lo dijiste en las cartas?

—Precaución, tacto... También voy a comprar la fábrica.

Fue como si una pequeña bomba silenciosa hubiera estallado en mitad del comedor.

—Rogelio... —exhaló Virtudes.

—Es mi pueblo. —Fue lacónico él.

—Naciste aquí, pero ya no es tu pueblo —le hizo notar ella con amargura.

—Lo es. —Fue categórico—. Aquí estás tú, y están papá, mamá, Carlos... Muertos, pero siguen.

—En una tumba perdida.

—No, no está perdida.

La expresión de su hermana cambió. Los ojos siguieron abiertos, pero ahora los acompañaron la palidez del semblante y la mandíbula inferior caída por el atisbo de asombro.

—¿Sabes en qué parte del monte...? —apenas si pudo balbucear las palabras.

—Sí, lo sé.

Afloraron las primeras lágrimas.

—Dios, Rogelio...

Anita agarró su mano. Se la presionó con fuerza.

—Me dijiste en una carta que siempre mirabas el bosque con dolor, porque sabías que en alguna parte estaba esa tumba —dijo su hermano—. No quise darte pistas ni indicios, porque no los hay y habría sido peor. Pero yo sí sé llegar a ella, estoy seguro. ¿Cómo olvida uno el lugar en el que le mataron?

—Quería llevarles flores a papá y a Carlos... —La humedad resbaló por sus mejillas.

Y una de las gotas cayó de su barbilla al plato.

—Les llevaremos esas flores, descuida. —Se mantuvo firme él.

—Nadie ha hablado nunca de eso, como si no...

—Tranquila —dijo Anita.

Virtudes hundió en él unos ojos acerados.

—¿Cómo puedes hablar así?

—¿Cómo hablo?

—Pareces tan... relajado. —Pareció encontrar la palabra adecuada.

—He tenido tiempo de pensar, reflexionar, odiar... —Cortó un pedazo de carne con parsimonia, con la mirada centrada en su acción—. Cuando descubrí que no se puede vivir con odio aprendí casi todo. Anita me enseñó el resto.

—¿Así que iremos a verlos?

—Sí, pero ahora come y no te preocupes, ¿de acuerdo? No quiero hablar de ello en este momento.

—Y eso de la fábrica, ¿qué harás con ella? —Aceptó su comentario, pero le hizo la siguiente pregunta.

Rogelio subió y bajó los hombros mientras se llevaba el pedacito de carne a la boca y empezaba a masticarlo con deleite.

—Dices que no quieres vengarte del pueblo, pero lo haces. —Virtudes apretó las mandíbulas—. A tu modo, pero lo haces.

—Comprar la fábrica o terrenos no es venganza.

—Sí lo es. ¿Para que lo quieres todo?

—Llámalo respeto, dignidad, orgullo... —Rogelio bebió otro sorbo de vino—. Perdimos la guerra, nos pisotearon, tenemos tumbas perdidas en los montes pero no olvidadas, trataron de anularnos, quitarnos la identidad, nos humillaron, a los que nos fuimos por ser de izquierdas y a los que os quedasteis por haber sobrevivido. Y ahora volvemos, con la cabeza alta. No es que hayamos ganado, pero...

—Rogelio, eres colombiano. Volverás allí, a tu casa, y no regresarás aquí nunca más. Si un día no se ocupa Marcela, al final todo esto irá a parar a nuestra única familia, los hijos de Blanca, Fina y Miguel, a los que ni siquiera conoces y menudos son.

—¿Siguen en Madrid?

—Sí, odian esto, abiertamente. Bueno, tampoco soportan a su abuela. Nadie la soporta. Es mala, está amargada, pero sobre todo es mala. Tienen pareja los dos y, como no se casan y viven juntos, la tía está que echa fuego por todas partes. Dice que la novia de Miguel parece una puta porque es peluquera y va teñida además de vestir muy moderna, de colores y eso. Y con Fina se mete porque su chico, el pobre, no tiene donde caerse muerto, aunque la verdad es que Fina tiene un olfato para sus relaciones... va de mal en peor. Parece que siempre le tocan a ella.

—¿Sabes una cosa? —Dejó el cuchillo y el tenedor a ambos lados del plato y unió sus dos manos sobre el borde de la mesa sin querer oír más—. A veces no es bueno hacer planes. El instinto cuenta, y yo me he guiado siempre por él. —Respiró con placidez—. El tiempo dirá, Virtudes, el tiempo dirá.

—Debe sobrarte el dinero.

—El dinero nunca sobra, pero suele servir para algo.

La nueva pausa, más larga, la rompió Marcela.

—¿Me pasas el pan, tía?

La palabra «tía» la hizo estremecer.

Y volvió a llorar.

26

La cama era antigua y el colchón blando, muy blando, así que sus cuerpos se hundían mullidamente en él, formando pequeños grumos que sobresalían aquí y allá. Tuvieron que colocar las manos en los bordes de las altas almohadas para poder verse una vez acostados y quedar cara a cara, separados por tan solo unos centímetros de distancia.

Rogelio nunca se cansaba de mirarla.

Veinte años, cien o mil, ¿qué importaba el tiempo?

Sonrió.

Y Anita correspondió a su gesto.

De pronto, el silencio, la paz, la escasa luz que recortaba sus cuerpos bajo la sábana, se convirtieron en aliados de su complicidad y su amor.

—¿Cómo estás? —quiso saber ella.

—Bien.

—Pareces tan calmado.

—Lo estoy.

—No puedes estarlo, cariño.

—Pues lo estoy, de veras, qué manía tenéis todas. —Trató de ser convincente—. ¿Es que no me conoces? Me he estado preparando para esto. Bastante llora mi hermana.

—Ya, pero...

—No hay pero que valga. Llevo mucho tiempo esperando este día, imaginándomelo, preguntándome si sabría reaccionar. Ahora me alegro de sentirme como me siento. —Le acarició la mejilla con una mano—. ¿Quieres que me ponga dramático y me dé un patatús?

—¡Ay, no, calla!

—Pues ya está.

—Las cosas no siempre salen como uno las planea, por eso te preguntaba. Pareces otro, tanto aplomo no es muy normal.

—No seas tonta. ¿Has hecho el viaje desde Medellín sufriendo?

—Sufriendo no, pero preocupada sí.

—¿Eres feliz?

—Soy feliz cuando lo eres tú.

—Yo lo estoy por Marcela. —Se le iluminaron los ojos—. Su primer viaje a Europa, a España. No son precisamente unas vacaciones, y sé que está pendiente de mí, pero tiene todo el tiempo del mundo y sé que esto le servirá.

—Ella se muere por ir a Londres, por la música. Y luego Praga, Venecia, Roma.

—Podríamos visitar alguno de esos lugares antes de regresar a casa.

—¿Podríamos?

—Sí.

Anita se acercó un poco más, hasta que la distancia fue de apenas un par de centímetros. Lo besó en los labios.

—Me gusta como has dicho «casa» —susurró.

—¿Qué querías que dijese?

—Ahora estás en tu casa.

—No, mi casa está donde estéis vosotras.

El nuevo beso fue más largo, más denso.

—¿De veras te tomarías unos días más de vacaciones? —insistió su mujer.

—¿Por qué no? Nos lo hemos ganado. Ni que fuera indispensable allá.

—Casi.

—Desde luego, eres hija de tu padre.

—Mira quién fue a hablar.

Callaron unos instantes para que el diálogo continuara a través de sus ojos.

Pero todavía no se besaron por última vez.

—Yo tampoco sé para que compraste esos terrenos o ahora la fábrica —objetó Anita.

—Los terrenos para cultivar flores. La fábrica para dar trabajo, resarcir a los míos. Tampoco es muy complicado.

—¿Desde cuándo...?

—Dame tiempo. Vamos a ver qué pasa estos días.

—¿Por qué no se lo has contado todo a tu hermana?

—No sé. —Fue sincero—. Antes quería hablarlo con Marcela y contigo. Quizás esté loco.

—Siempre fuiste impulsivo, pero no loco.

—En unos años, todo será de Marcela.

—Falta mucho para eso.

—Ya soy mayor.

—Pero no viejo.

Anita sacó una mano de debajo de la sábana y le acarició la mejilla. Le apartó un poco el cabello.

Los dos tenían a su hija en la mente en ese instante y lo sabían.

—Espero que Marcela esté bien —susurró con ansiedad el hombre—. Visitar el pueblo de su padre, donde le fusilaron hace tantos años... No quisiera que odiara esto. Está tan llena de vida y amor.

—Y es tan guapa.

—Nos la quitarán el día menos pensado.

—Nadie nos la quitará, amor. Solo se irá.

—Tiene tu edad cuando...

—Cuando me volviste loca.

—Ya estabas loca.

Se apretó contra su cuerpo. Ahora sí. Tenía los labios generosos, cálidos. Desde el primer día, si le besaba con pasión, era como si le devorase. Rogelio le pasó un brazo por detrás de la cabeza. Introdujo el otro bajo la sábana y la rodeó por la cintura. Hacía calor, y ella estaba desnuda. Al acostarse, Anita ya se hallaba cubierta por la tela, así que lo descubría ahora y eso le excitó. Buscó la curva de su nalga, alcanzó el muslo, lo presionó, retrocedió y llegó hasta el extremo del hueso pélvico, en la cadera. Desde allí la piel descendía suave, como en un valle, hasta desembocar en el sexo.

Anita se abrió un poco y buscó el suyo.

—¿Por qué has de acostarte siempre con pijama?

—Para que me desnudes.

—Entonces ven.

Siguieron besándose, sin prisas, obviando el cansancio o las emociones del día.

—Lo necesitas, ¿verdad? —cuchicheó ella.

—Sí.

—Yo también, amor.

—Te deseo...

—Siempre quieres hacerlo, pero más cuando se muere alguien, o celebras, o estás tenso, así que lo sé, mi sol...

Rogelio cerró los ojos.

Hasta que la ansiedad se hizo paz cuando su mujer le tocó el sexo.

CAPÍTULO 5

MARTES, 21 DE JUNIO DE 1977

27

Las voces llegaron hasta ellos desde el mismo momento en que irrumpieron sus pasos en la casa.

La tía Teodora, con Blanca y Eustaquio.

—¡Pero bueno! ¿Qué pasa, vamos a ver? ¿Es que si no vengo yo, el señor no sale? ¡Soy su tía, y esta su prima! ¿Dónde está, eh? ¡Rogelio!

Oyeron a Virtudes intentando calmarla.

—¡Tía, por favor, que sigue en cama, no grite!

—¿En cama a estas horas? ¡Pues que se levante, faltaría más! ¡Por Dios, si son más de las nueve! ¡Yo no pienso volver! ¡Bastante hago con salir de casa! ¿Después de cuarenta años se ha vuelto un señor?

Rogelio acabó de vestirse.

—Parece una fiera —dijo Anita.

—No la tengas en cuenta demasiado —le advirtió una vez más—. Para ella todos los de allá deben de ser indios con plumas. Cuando te vea es capaz de decir cualquier barbaridad.

—Me visto y salgo en seguida.

—Tranquila. Déjame a mí el primer combate. —Se levantó y se abrochó el cinturón.

La voz de la tía Teodora volvió a escucharse con estridencia.

—¡Rogelio!

Y la de Virtudes.

—¡Tía!

Salió de la habitación en mangas de camisa y se dirigió al comedor. Cuando apareció por la puerta se encontró con el cuadro. La tía Teodora, en el centro, brazos en jarras, menuda pero peleona, a un lado Blanca y al otro Virtudes. Por detrás, en un discreto segundo plano, Eustaquio.

El rostro de su tía parecía tallado en una piedra oscura, el de Blanca en algodón y el de su marido...

—Hola. —Les sonrió.

Fue como si le hubiera abierto la puerta a un toro.

—¡Rogelio, hijo!

Se le echó encima, como una madre desgarrada, y mientras le abrazaba rompió a llorar envuelta en gritos y jadeos. Rogelio hizo lo que pudo, corresponder primero a su abrazo e intentar calmarla después.

No lo consiguió.

Los gritos se hicieron delirio.

—¡Ay, Señor! ¡Ay, Dios! ¡Jesús, José y María!

—¡Mamá, que te va a dar algo!

—¡Tía, cálmese!

El único que no hizo nada fue Eustaquio. Miraba la escena con indiferencia.

—Vamos, siéntese. —Le acercó una silla Virtudes.

—¡No, no, dejadme que le abrace! —Le cubrió de besos y manos—. ¡Ay, si mi pobre hermana te viera ahora! ¡Ay, ay, ay!

Consiguieron sentarla pasados unos segundos y sin que llegara a desmayarse. Casi arrancándola de sus brazos. De las lágrimas pasó a un inesperado, serio y enfadado:

—¡Desde luego...!

Rogelio abrazó a Blanca.

En silencio.

Un abrazo que duró veinte o treinta segundos.

Finalmente, él.

—Hola, Eustaquio.

—Coño, Rogelio.

Se palmearon la espalda con fuerza, con golpes que sonaron

llenos de vida y realidad. Rogelio con las dos manos. Eustaquio con una, porque la otra se apoyaba en el bastón. Al separarse descubrieron sus respectivas emociones, pero también la contención.

Su pasado era tanto su armadura como su freno.

—Estás viejo —volvió a hablar la tía Teodora.

—Mira quién fue a hablar —protestó Virtudes como si tuviera que defender a su hermano.

—Yo ya tengo mis años, pero él...

—También tengo los míos.

Y lo repitió, sin que ninguno de ellos entendiera a qué se refería:

—Desde luego...

—Gruñona como siempre —bromeó sin cortarse su sobrino.

—¿A que te doy un sopapo? ¡Que para mí sigues siendo el Rogelito de la Asun!, ¿eh? —Tomó aire y pasó al ataque—. ¿Cómo se te ocurre estar callado tantos años? ¿Es que no teníamos derecho a saber que estabas vivo?

—Todavía mandaba Franco, ¿qué quería? Mejor prevenir.

—Franco, Franco, Franco —rezongó—, como si tuviera mil ojos y cien mil manos.

—¿No me diga que se hizo adicta al Régimen? —Abrió los ojos su sobrino.

—¿Yo? ¡No! ¡Ni a él ni a nadie, que los que mandan son todos iguales, reyes o generales! ¡Los pobres morimos tal cual!

La atención general pasó de su figura a la puerta que comunicaba el comedor con el resto de la casa. Primero fue Eustaquio, después Blanca y Virtudes. La última en reparar en ella fue la anciana, porque Anita emergió de detrás de su marido.

Llevaba una blusa blanca, ceñida, enmarcando sus formas, el cabello suelto, la falda ligeramente acampanada.

Y caminaba descalza.

—Tía, esta es mi esposa, Anita —la presentó Rogelio.

La aparecida no esperó a que ella hablase ni le dio tiempo a contemplarla demasiado. Se acercó, se inclinó, le dio un beso muy fuerte y afectuoso y la abrazó con calidez.

—Tía Teodora —le susurró al oído—. Tenía tantas ganas de conocerla.

Cuando se separó ya fue incontenible.

—¿Pero qué hace un viejo como tú con una mujer así, por Dios? ¿Cómo la engañaste?

—¡Mamá!

—No me engañó. —Se rio Anita—. Más bien fui yo la que lo hizo. —Y sin esperar a más, se dirigió a Blanca y a su marido.

Dos abrazos. Dos besos.

—En Colombia besan una sola vez en la mejilla —advirtió Rogelio.

Teodora no apartaba los ojos de Anita. Los tenía abiertos con desmesura. Miró su cabello, su rostro, sus labios, su cuerpo, sus piernas, sus pies descalzos.

Mitad sorprendida, mitad afectada.

Faltaba algo más, y entró en el comedor en ese instante.

Marcela.

Ahora sí se hizo el silencio.

Como si un rayo de luz los hubiera barrido a todos.

—Esta es nuestra hija —anunció su padre pasados unos segundos.

—¡Oh, Dios! —Se llevó una mano a la boca la tía Teodora—. ¡Se parece tanto a Asun! ¡Ay... ay que me da algo!

Consiguió volver a ser el centro de atención.

—Madre, que nos vamos, ¿eh?

La mujer pasó de su hija. Extendió las manos en dirección a la aparecida.

—¡Ven, pequeña, ven!

Les sobrevinieron otro puñado más de segundos, con lágrimas, suspiros, abrazos y emociones mal medidas. Blanca estaba pendiente de su madre. Virtudes se resignaba, cruzada de brazos, algo molesta. La única que sonreía era Anita, segura, firme. Rogelio y Eustaquio seguían intercambiando miradas.

Tantas preguntas...

—¡Eres preciosa! —gimió la tía Teodora cuando Marcela consiguió separarse de su tenaza—. Solo por ti ya podría perdonarle a tu padre lo que ha hecho todos estos años.

—Vamos, tía.

—¡Cállate, descastado!

—¿Y si nos sentamos? —propuso Virtudes—. ¿Quiere agua, tía?

—¡Lo que quiero es darle un guantazo a este! —Agitó la mano por delante de su sobrino—. Tanto tiempo llorándote, y a tu padre, y a tu hermano, y el señor... —Se quedó más y más seria de golpe, pasadas las primeras emociones—. ¿Vas a contarme qué has hecho y cómo es que estás vivo? Porque yo le rezo a Dios, pero milagros...

Eran su única familia, así que tenían el derecho de saber la verdad.

Mal que le pesara.

Rogelio se dirigió a su hija.

—Marcela, cariño, has oído esto mil veces, así que te libero de la mil una. —Atrapó su mano y le dio un beso—. Sal un rato, pasea, conoce el pueblo. Los lugares hay que sentirlos a solas y descubrirlos con ojos propios.

—No, me quedo, papá.

—Marcela —dijo su madre.

—De acuerdo. —Fue suficiente para ella.

—Tráeme tabaco —le pidió Anita.

—Bien, mamá.

—¿Fumas? —tronó la voz de la tía Teodora dando aire de pecado a su exclamación.

—¡Ay, madre! —Se cansó Blanca.

Rogelio hizo lo único que podía hacer.

Reír.

Y esta vez lo hizo a conciencia.

28

Saturnino García observaba la casa de Virtudes Castro desde lejos y, en apariencia, de forma maquinal, como si únicamente descansara dentro del coche patrulla de la Guardia Civil, a la sombra de un muro, antes de que el sol de la mañana lo barriera todo. A su lado, el número Mateo Sosa se lo tomaba con calma. A fin de cuentas solo llevaba cinco meses en el pueblo y se trataba de su primer destino. Más que experiencia, le faltaba empuje. Y no era porque su sargento fuera un hueso como sus instructores de la academia, porque estaba a las órdenes del tipo más afable que hubiera encontrado vestido de uniforme. Pero mantenía la distancia e intentaba tener ojos hasta en la nuca, absorbiéndolo todo, dispuesto a comportarse, nada más.

Saturnino García tampoco era de los que hablaba demasiado.

Lo único que sabía Mateo Sosa era que allí había llegado un viejo rojo, de los de la guerra, resucitado y rico.

—¿Cómo es su pueblo, Sosa? —preguntó de pronto su superior.

—Pues... —no supo muy bien a qué se refería—, más o menos como este.

—¿Lo dice por el tamaño o por la gente?

—Las dos cosas.

—Pero en el sur son más alegres. Esto es más seco.

—Eso sí.

—No me extraña que se hiciera guardia civil. Con cinco hermanas...

—Ni el uniforme las impresiona, oiga.

—Encima todas mayores.

—Y tres, solteras.

Intercambiaron una mirada que lo dijo todo.

Luego, el primero volvió a centrar su atención en la casa, el coche aparcado fuera.

Un coche de alquiler, caro, lujoso, no precisamente un seiscientos.

—¿Conoce al alcalde?

—Bueno, lo he saludado un par de veces, pero conocerle...

—¿Tiene alguna opinión de él?

—No, no señor. —Enderezó un poco la espalda.

—Debería —señaló Saturnino García—. Un buen guardia civil ha de tener algo de psicólogo, aunque eso no se enseñe en la academia. Hay que saber calar a las personas, así uno está preparado.

—¿Preparado para qué?

—Para lo que sea. Por eso estamos aquí.

—Esto es muy tranquilo, sargento. —Mateo miró al otro lado del parabrisas—. En cinco meses no ha pasado nada. El que se salió en la carretera, la alarma por lo del etarra escapado que al final resultó que estaba a cien kilómetros, el borracho de hace una semana y la pelea de aquella pareja.

—Tiene que saber mirar a los ojos de las personas.

—Mi instructor decía que los ojos mienten.

—Al contrario. Los ojos suelen reflejar la verdad interior. Nosotros somos los que hemos de buscar las mentiras en esa verdad tan real para ellos. Sobre todo hablando de delincuentes o personas que tal vez no sean trigo limpio.

Mateo Sosa miró la casa en la distancia.

—¿Lo dice por ese?

—Lo digo por todos. —Se encogió de hombros—. Al tal Rogelio Castro ni lo he visto de lejos, aunque sé que llegó ayer.

—¿Lo cree peligroso?

No hubo respuesta.

No la tenía.

De lo único de lo que era consciente era de que el alcalde, su alcalde, era un paranoico.

Nuevos tiempos, viejos hábitos.

—¿Cree usted en la democracia, Sosa?

El número tragó saliva.

—Sí, ¿no? Quiero decir que...

—¿Su padre hizo la guerra?

—Sí.

—¿La ganó?

—Sí.

—¿Le habló de ella?

—Sí, mucho.

—Porque la ganó. Si la hubiera perdido no le habría dicho nada. ¿Luchó por convicción o porque estaba en ese lado al empezar?

—Pues...

—Vamos, hombre, que no es un examen.

—Era un crío. Le pusieron una escopeta en las manos. —Intentó aclarar algo más la cuestión—. Pero luego fue un valiente, que conste.

—Constado queda.

Dos mujeres pasaron cerca del coche. Una miró hacia él. La otra no. Más aún, hizo lo imposible por fingir que no lo veía. Se alejaron calle abajo sosteniendo sus cestos, pisando las grandes baldosas del suelo con sus alpargatas. Tenían las piernas rollizas y fuertes. Piernas de campesina.

—Sosa, este es un nuevo momento en la historia, y como tal, nos marcará para siempre. Una o dos generaciones van a depender de lo que está sucediendo ahora, no lo olvide.

—No, señor.

—¿Ha estudiado Historia de España?

—Un poco. —No quiso comprometerse.

—Dele un repaso. Falta nos hace. Este país nunca olvida. Nadie lo hace. Siempre hemos mirado más al pasado con resentimiento que al futuro con esperanza, y así nos va. Fíjese en nosotros.

—¿En... nosotros?

—La Guardia Civil, sí —acentuó sus palabras—. La gente cree que nos identificamos con unas ideas, unos nos aplauden y otros nos temen. Marca el uniforme, como si debajo del tricornio todos fuéramos iguales.

—Pero lo somos en el servicio de...

—El servicio es una cosa. Somos los buenos y actuamos contra los malos, para simplificarlo. Pero lo que cada cual tiene aquí dentro —se tocó la frente—, es propio, irrenunciable. ¿Sabe que mi padre y mi abuelo murieron en la guerra?

—No, no lo sabía, mi sargento.

—Defendieron la legalidad, fieles a la República, y murieron por ella. Los mataron sus propios compañeros. Mi abuelo era capitán. Mi padre, sargento, como yo.

Mateo Sosa ya no supo qué decir.

—En unos años el franquismo quedará atrás, habrá gobiernos de izquierdas, y si no se entiende que eso será lo normal, lo natural, volveremos a las andadas. —Le miró de soslayo y agregó—: Y si piensa que soy comunista, se equivoca. No lo soy. No creo en los totalitarismos. Es más, creo que el comunismo hoy es ya insostenible. Antes estaba Stalin. Ahora solo quedan dos bravucones y su guerra fría.

Mateo Sosa siguió mudo.

Saturnino García iba a preguntarle si sabía quién era Stalin.

Prefirió no comprometerle.

Ni siquiera sabía por qué le soltaba toda aquella arenga.

¿Rabia, quizá?

¿Rabia desde que había hablado con el alcalde?

¿Solo porque regresaba un hombre al pueblo y la primera autoridad se volvía loca?

¿Quién era aquel pobre diablo?

Iba a poner el coche en marcha, para alejarse de allí, cuando algo se lo impidió.

Se abrió la puerta de la casa.

Y por ella apareció una muchacha espléndida, alta, guapa, tan increíble allí que parecía salida de una película de las que se proyectaban en la pared de la iglesia y el cura, cuando había cura, procuraba cortar como fuera antes de que los jóvenes se desmadraran.

—Coño. —No pudo evitar la expresión Mateo Sosa—. ¿Y esa quién es?

La joven no caminó hacia ellos. Lo hizo en dirección contraria, moviendo las caderas con una irresistible fuerza y aplomo al andar.

Desapareció de su vista sin que Saturnino García le diera al encendido del motor, tan absorto como su compañero.

Así que el número de la Guardia Civil volvió a decir:

—Coño.

29

Era ya muy tarde. Lo comprendió cuando José María entró en la habitación, la sobresaltó y se sentó a su lado en la cama.

Abrió los ojos y trató de centrarlos en él.

—Esperanza...

—Me he dormido, lo siento.

—No, tranquila. ¿La cabeza?

—Sí.

—¿Te duele mucho?

—No, ya no. Me levanto en seguida.

—No seas tonta. Llamaré a Maribel para que venga a echarte una mano.

—Bastante lío tiene ella con los niños.

—Bueno, pues que se pase cuando pueda, mujer.

—No es nada.

—Los nervios.

Lo dijo con naturalidad, sin ninguna recriminación ni reproche en su tono de voz.

—Sí —admitió su mujer.

—Natural. —Le pasó la mano derecha por la frente, para apartarle un mechón de cabello.

Luego continuó la caricia por su mejilla.

En la penumbra de la habitación, Esperanza buscó sus ojos.

Siempre tan pequeños, tan tristes, como si además de faltarle el brazo izquierdo la bomba le hubiera arrancado la luz de ambos.

—José María —susurró.

—¿Qué?

—Ven.

—Estoy aquí.

—No, ven.

Se inclinó sobre su mujer y dejó que lo abrazara con ternura.

Un abrazo leve, carente de fuerza o un exceso de amor.

Solo con ánimo de compartir un suspiro.

—Perdona —volvió a susurrar ella.

—No seas tonta.

—Hubiera sido mejor...

—Lo sé, pero eso ya no importa. Las cosas son como son.

—Las cosas solo suceden una vez, pero deberían ser para siempre, no cambiar de pronto.

José María se incorporó. Intentó no ver sus muñecas, las viejas cicatrices de cuarenta años antes, las marcas convertidas en delicados sesgos rosados con los que había vivido desde su regreso de la guerra. Lo intentó y fracasó, como solía fracasar siempre, de noche, al mirarla mientras dormía plácidamente, o en el baño, si ella cerraba los ojos y dejaba que el agua de la ducha la cubriera como un manto. Un fracaso natural pero estrepitoso, porque Esperanza lo notó. Tantos años casados formaban complicidades, páginas de un libro abierto, mil veces leído y todavía por comprender.

—No te tortures —musitó Esperanza.

—¿Yo?

—Sí, tú.

—¿Tienes dolor de cabeza y te preocupas por mí?

—Mi dolor es por ti.

—Entonces olvídalo. Estoy bien.

—Pero tendremos que verle.

—Ya lo sé, aunque...

—¿Qué?

—Hazlo a solas.

—¿Por qué? —Se estremeció ella.

—Quítate de encima lo que sea, háblalo y ya está.

—¿Y tú?

—Yo le veré después.

—Era tu mejor amigo...

—Esperanza, por Dios... —Hizo una mueca—. Luché con Franco, me casé con su novia, Virtudes ya se lo habrá dicho todo. ¿Qué quieres?

—Valor.

—Yo lo tengo, ¿y tú?

—Pero no quieres que estemos juntos cuando le veamos.

—No.

—José María, tú recogiste mis pedazos, me salvaste con tu amor y tu cariño. Yo... Sabes que lo habría vuelto a intentar de no ser por ti.

—No, no lo habrías hecho.

—¿Por qué estás tan seguro?

—Porque tuviste toda la guerra para hacerlo.

—En la guerra quise resistir. Al llegar el fin... fue distinto. Entonces apareciste tú.

—Casi nos parecíamos —quiso bromear.

—Tonto. —Le miró con un dulce cansancio.

—¿Qué vas a hacer?

—Levantarme.

—No, me refiero a Rogelio. ¿Irás a verle tú o esperarás que lo haga él?

No tenía ninguna respuesta.

Se lo mostró con su silencio.

—Quédate en cama un rato más, o toda la mañana, o todo el día si quieres. Yo llamo a Maribel.

—¿Ezequiel ha ido al estanco?

—Sí, no te preocupes. Y si no, hubiera ido yo. Ahora descansa que has de estar muy guapa.

—¿Para qué?

—¿Quieres que Rogelio te vea mal? —bromeó sin ganas—. Después de cuarenta años al menos se merece ese regalo.

—Menudo regalo.

El espejo de la habitación le mostró su figura avejentada, con la manga del lado izquierdo doblada, los pantalones arrugados, el rostro cetrino.

También él tendría que arreglarse.

Decían ya que Rogelio había vuelto muy alto, muy guapo, muy de todo.

Los ricos siempre podían presumir de ello.

Encima con una mujer bellísima y una hija preciosa.

El mismo Rogelio que había perdido la guerra ganada por él.

—Voy a dar una vuelta —se despidió José María.

—Bien.

—No tardo.

Se ahorró la segunda respuesta.

Cuando su marido cerró la puerta de la habitación, ella hizo lo mismo con los ojos.

No quería ver.

Pero vio.

Porque todo seguía allí, en su cabeza.

Y esta vez lo hizo a conciencia.

30

No había nadie más en el estanco cuando entró ella.

Y Ezequiel se quedó sin aliento.

Con mucho, muchísimo, era la chica más bonita que jamás hubiese visto. Bonita, diferente, sugestiva... Un verdadero ángel hecho realidad, alta, bien dotada, de cuerpo delgado y fibroso, ojos intensos, boca expresiva, nariz poderosa, una enorme mata de cabello negro de apariencia suave, manos infinitas...

No reaccionó. No pudo.

La aparición se detuvo delante del mostrador, con la luz de la mañana aureolando su silueta por detrás, y él continuó galvanizado por el *shock*.

Imaginó su peor cara de bobo.

—Hola.

—Hola.

—¿Tienes Piel Roja?

Su voz era un canto.

—¿Qué?

—Piel Roja.

El primer parpadeo le devolvió a la realidad.

—¿Y eso qué es?

—Esto es una estanquería, ¿no?

—Es un estanco.

—Ya, es distinto. —Movió la cabeza comprendiendo el cambio—. Allá vendemos más cosas, licor...

—¿En un estanco?

—Estanquería.

—¿Y lo del Piel Roja...?

—Tabaco.

—¿Se llama así?

—Es el más popular de mi país.

—Aquí lo más popular son los Celtas.

—¿Cómo son?

Logró moverse, volver el cuerpo, coger un paquete y entregárselo. Tenía los ojos doloridos por el esfuerzo de evitar cerrarlos y que ella se desvaneciese. En unos segundos su mente estaba en blanco.

La voz de la chica era muy dulce.

—Tabaco negro —mencionó ella.

—Sí.

—Bueno. —Hizo un gesto inseguro—. Me llevaré uno para que lo pruebe.

—¿No es para ti?

—No, para mi madre.

—No sé si le gustará. Aquí las mujeres fuman Marlboro, Lucky Strike... Rubios, con filtro...

—A mi madre, las cosas americanas...

Su sonrisa también era diferente, dientes muy blancos, hoyuelos en las comisuras, el brillo centelleante de su saliva.

—No puedo decirte más. Yo no fumo —dijo Ezequiel—. No sé cómo sabe.

—¿Vendes tabaco y no fumas?

—No. —Se puso rojo.

—Yo tampoco. —La chica puso cara de asco—. Ninguna de mis amigas lo hace.

—¿De dónde eres? —se atrevió a preguntar.

—De Colombia.

—Claro —asintió él.

—¿Por qué dices «claro»?

—Eres la hija de ese hombre del que todos hablan.

Su sonrisa fue cansina, pero no dijo nada más. Vestía una blusa que entallaba su pecho dando forma a su breve cintura y una falda hasta la rodilla. De uno de los bolsillos de la chaquetilla que llevaba en la mano extrajo un billete de mil pesetas que dejó sobre el mostrador.

—¿No tienes suelto?

—Algo.

—Es que eso es mucho dinero por un paquete de tabaco. No tengo cambio.

—Espera.

Volvió a mirar en los bolsillos y reunió lo que tenía en ellos, una mezcla de monedas y algún billete más pequeño. Se lo mostró todo en la palma de la mano para que él escogiera el importe. Cuando Ezequiel lo hizo, sus dedos la rozaron.

Se estremeció.

—Si le gusta volveré a por más —dijo ella.

—Bueno, es el único estanco del pueblo. Si fuma, le guste este o no, lo harás igualmente.

—¿Estás siempre aquí?

—No. Mi madre estaba hoy enferma.

—Ah.

Iba a marcharse.

Intentó impedirlo.

—Me llamo Ezequiel. —Le tendió la mano derecha.

—Yo Marcela. —Correspondió a su gesto.

—Mis padres eran amigos del tuyo antes de la guerra.

—¿En serio? —Alzó las cejas la muchacha.

—Al menos eso he oído, porque... bueno, imagínate, son tantos años... ¿Cuándo llegasteis?

—Ayer.

Reunió todo su valor.

—No conocerás a nadie de por aquí.

—No.

—Podría ser tu guía, enseñarte esto.

—¿Tú?

—Hay lugares muy interesantes. —Mantuvo el tipo—. El recodo del río, las ruinas del molino, el cerro del Trueno, la cañada del Diablo...

Marcela se echó a reír.

Y eso fue definitivo.

Ezequiel sintió un sudor frío en las palmas de las manos, un cosquilleo en la mente, la gelatina en la que se estaba convirtiendo su espina dorsal, el temblor en las piernas.

—¡Te lo estás inventando! —dijo ella.

—¿Yo? No. —Se defendió—. Pregunta por ahí.

Marcela sostuvo su mirada.

En Medellín o en un pueblo de España. Daba lo mismo. Los chicos actuaban igual.

Lo sabía desde los catorce o quince años, cuando se convirtió en una mujer.

—¿Me estás invitando a salir? —Ladeó la cabeza con encanto.

—Bueno, no sé cómo será en Colombia... —Intentó no ponerse más rojo de lo que ya debía de estar—. Aquí es una cortesía, un deber de anfitrión.

—Y te presentas voluntario.

—Sí.

—Allá decimos «con mucho gusto».

—Pues con mucho gusto.

—Tendré en cuenta tu ofrecimiento. —Dio un paso atrás iniciando la retirada.

—Si no estoy en el estanco...

—Dicen que esto es pequeño, ¿no? Seguro que nos vemos.

—Sí, eso sí.

La muchacha llegó a la puerta.

Le mandó la última sonrisa.

—Adiós.

Ezequiel levantó la mano y cuando ella desapareció quedó tan solo el hueco enmarcando la claridad exterior.

El presagio de un día de calor.

—Adiós, Marcela —exhaló.

La vida podía cambiar en apenas unos segundos. O menos.

Estaba enamorado.

31

Ricardo Estrada se anudó el nudo de la corbata delante del espejo y observó su rostro cansado, las ojeras producto de la mala noche, la gravedad de sus rasgos, con las bolsas de la edad formadas a ambos lados de la cara mucho más caídas de lo normal. Llegaba muy tarde a la alcaldía, demasiado tarde para la mañana que le esperaba, pero en cierto modo no le importaba. Sus movimientos eran más cadenciosos que de costumbre; sus gestos, medidos por un control remoto que le gobernaba con pausas más que con nervio.

Leonor, su mujer, metió la cabeza por el hueco de la puerta.

—¿Todavía aquí?

—Sí.

—No me extraña.

—¿Por qué?

—No has parado de dar vueltas toda la noche.

—Ya.

—Tú y la política...

No le dio tiempo a contestarle. Se retiró y lo dejó solo.

—Hija de puta —rezongó él.

Concluyó su examen, el nudo correcto, la imagen que debía de dar un alcalde, aunque fuera de un pueblo cualquiera. Si también se perdían las buenas formas, España regresaría a la barbarie antes de lo esperado. Cuando veía por televisión a las hordas de barbudos, descamisados, patilleros, vestidos de manera estrafalaria, pantalones acampanados, colores llamativos...

Camisetas con la imagen del Che Guevara...

Recogió la chaqueta y salió de la habitación. No tenía hambre, así que no pasó por la cocina para desayunar. Tomaría una taza de café en la misma alcaldía. Charo, la mujer que cuidaba a su padre tras el ictus, leía en el jardín, en un banco de madera, con él sentado en su silla de ruedas a menos de dos metros.

Una mujer fuerte, aunque su padre ya no fuese más que un montón de huesos con un poco de carne recubriéndoselos.

Llegó hasta ellos sin hacer ruido.

—Oh, buenos días, señor. —Advirtió su presencia ella.

—Buenos días, Charo. ¿Todo bien?

—Como siempre, sí. Ningún problema.

Ricardo Estrada miró a su progenitor.

Le quedaban pocos cabellos en la parte superior de la cabeza, pero aún le quedaba menos energía y facultades. El ictus se le había llevado el 80 % o más de su capacidad. Algunos días todavía razonaba un mínimo. Los más era un residuo, una sombra del hombre autoritario y firme que fue una vez. Con su figura encorvada, la nariz aguileña, la boca con las babas perennes a ambos lados y los ojos perdidos, era la imagen de la desesperanza.

Casi un espejo.

Porque, de alguna forma, Ricardo se veía a sí mismo reflejado en él.

Y si algún día tenía que estar igual, mejor morirse.

Leonor era capaz de clavarle agujas entre los dedos, y martirizarle día y noche hablándole sin parar, como la mujer del muerto en aquella espantosa novela, *Cinco horas con Mario*. Ni siquiera entendía su éxito o cómo Fraga no había metido al dichoso Delibes en la cárcel, porque en los 60 todavía había una legalidad.

Todavía.

—Déjenos solos, Charo.

—Sí, señor.

La vio alejarse, con su cachazuda envergadura, y cuando la mujer hubo desaparecido acercó la silla de ruedas al banco y se sentó en él, frente al viejo Nazario Estrada Mirandés, o lo que quedaba de su persona. Ochenta y siete años. Una vida entregada hasta que su cerebro había dicho «basta». Una vida sufrida, firme. Todavía recordaba el día que se había sacado la correa del pantalón para medirle la espalda con ella. El día en que, con apenas doce años, se le ocurrió decir en casa que el comunismo igual era bueno.

Ya no volvió a tener ganas de decir tonterías.

—Papá...

El anciano no se movió.

Continuó igual, los ojos hundidos en alguna parte del suelo, o de sí mismo, el cuerpo encorvado hacia adelante, las manos llenas de manchas convertidas en filamentos y apoyadas inermes en el regazo de sus piernas, con las palmas hacia abajo.

—Papá, soy yo, Ricardo.

Esperó.

Nada.

Le puso una mano en el hombro, le echó ligeramente hacia atrás, hizo que sus ojos cambiaran de vertical a horizontal.

La mirada perdida.

—Vamos, papá.

Un brillo. Un destello. Le reconoció.

—Hola. —Suspiró el alcalde del pueblo.

—Ri...cardo...

Sabía que era inútil, pero aun así lo intentó.

—Papá, ¿recuerdas a los Castro, en el 36?

—Los Castro —repitió sin apenas emoción.

—Sí, ellos. Los hiciste fusilar.

El silencio fue largo, mientras la mente del enfermo buscaba un camino para ir hacia atrás, en pos de unos recuerdos ocultos.

Un camino tortuoso.

—El 36 —dijo.

—Aquí, en el pueblo, cuando empezó la Cruzada. Hiciste fusilar a los Castro, Lázaro, Rogelio y Carlos.

El semblante de Nazario Estrada se oscureció.

—Rojos —exhaló.

—Rojos, sí, papá.

—Rojos maricones. —Tensó sus facciones.

—Todos rojos y maricones, sí.

El hombre miró a su hijo. Tenía las pupilas pequeñas, cristalinas y húmedas. Pero ahora el tono era más y más duro, más y más seco.

Afloraba el odio.

—Ganamos.

—Sí, papá. Ganamos.

—Bien —asintió.

—¿Recuerdas aquella noche?

No hubo respuesta.

—Papá, ¿recuerdas aquella noche, cuando los fusilaste?

El mismo silencio.

Ricardo Estrada se revistió de paciencia.

—Los sacaste de la cárcel, te los llevaste al monte. A los Castro y a siete más. Allí los fusilaste, ¿recuerdas?

—Rojos.

—Papá...

—Rojos maricones. —Se excitó un poco más.

—¿Cómo es posible que sobreviviera uno? —Puso una mano sobre las suyas para evitar que las moviera—. ¿Qué pasó esa noche? Tú estabas allí.

—¡Pum! —musitó.

—Rogelio Castro está aquí. Ha vuelto. ¿Recuerdas a Rogelio Castro, el hijo de Lázaro?

—Rojo, rojo, rojo.

—Papá, sí, rojo y maricón, escucha...

Ya era imposible. Cuando se excitaba, iniciaba una espiral que podía concluir en un ataque de ira tanto como en un acceso de lágrimas.

—Rojo, rojo, rojo, maricón, maricón, maricón...

—¿Quiénes estaban en ese pelotón, papá? Tú lo organizaste todo. Me dejaste a un lado por si salía mal. Nunca me lo dijiste y ahora...

—¡Rojo, rojo, rojo, maricón, maricón, maricón!

—¡Papá!

Le zarandeó una vez, dos.

Nazario Estrada dejó de gritar y le clavó lo que le quedaba de consciencia en los ojos.

Se apagó gradualmente.

Una llama extinguiéndose.

—No te lo lleves a la tumba, por favor —rozó la súplica su hijo.

El hombre se hundió.

Como si algo, en su interior, le hiciera menguar más y más.

Todavía dijo dos palabras.

Un mundo.

Su mundo.

—Viva España...

32

Florencio Velasco miraba por la ventana acodado en el alféizar. La calle, las casas, el silencio, el sol, y a lo lejos la montaña, el mundo, la vida.

La misma vida que había recuperado.

Por eso lo primero que hizo al salir del agujero fue pisar la calle y levantar los ojos al sol, cuyos rayos no le tocaban de lleno desde el día que llegó a casa para no volver a salir en treinta y cinco años.

Tantas noches, tantas lunas.

El miedo a ser descubierto, el miedo a que Eloísa quedara preñada, el miedo a que alguien encontrara algo en la basura, el miedo a tener una enfermedad grave y no poder llamar al médico, el miedo de que en el mercado una u otra se extrañara de que su mujer y su hija comieran tanto.

Miedo, miedo, miedo.

Y rabia.

El día que había muerto la bestia todo le pareció un sueño.

Luego, la espera final.

Creía que era la última, y no, siempre había una más.

Florencio siguió mirando la calle vacía.

—No vendrá —escuchó la voz de Eloísa a su espalda.

Tantos años de casado para eso, para que ella interpretara sus silencios, incluso lo que pensaba o sentía.

—Cállate, mujer.

—Me callo, pero no vendrá.

La miró con acritud. Estaba parada en mitad de la entrada, con los brazos cruzados sobre el resistente pecho y su habitual cara de pocos amigos, seria y atravesada por tantas arrugas prematuras.

—Ha de hacerlo —dijo él.

—Mira que eres burro. —Movió la cabeza con pesar—. Burro e ingenuo. ¡Ha venido a ver a su hermana, por Dios! ¡Ni sabe que los demás existimos! ¿Para qué ha de saberlo? ¡No le importa ni le interesa! Y si lo sabe, ¿qué? Es rico. Los ricos olvidan pronto los malos ratos. ¿Qué más le da remover toda esa mierda?

—Eloísa, no fue una mierda.

—¿Ah, no? —Su actitud se hizo más retadora—. ¿Cómo llamas a tu vida en estos años?

—Supervivencia.

—¿Y yo qué?

—Los dos —quiso aclararlo Florencio—. Hemos sobrevivido.

—¿A qué precio? ¡Somos viejos, tenemos una hija amargada que se nos queda para vestir santos y un hijo al que vemos de peras a uvas!

El hombre abandonó su puesto en la ventana. Caminó hacia su mujer pero no llegó a cogerla. Sabía que ella daría un paso atrás. Cuando discutían no soportaba que la tocara.

—¿Qué te pasa? —inquirió con pesar.

—¡Nada!

—¿Entonces por qué estás de mal humor?

—¡Y yo qué sé!

—¿Es porque Rogelio ha vuelto rico y feliz?

—¡A la mierda él, su dinero y su felicidad! ¿No te acuerdas de antes de la guerra? Siempre me pareció un poco tonto, creído, y la gente no cambia.

—Sí cambia. En cuarenta años todos lo hacemos.

—Él y Esperanza, la parejita perfecta —pronunció con tono resabiado—. Ahora dicen que ha venido con una que...

178

—¿Guapa?

—¡Y yo qué sé!

—Cuando venga no quiero que estés así.

—¡No vendrá, Florencio, no vendrá, mételo en la cabeza! ¡Dicen que no sale de casa, que ni se deja ver!

—Llegó ayer, ¿no? Tendrá que hablar con su hermana. Pero luego...

—¿Por qué estás tan seguro de que vendrá a verte?

—Porque ya debe de saber mi historia y porque me lo debe.

—Entonces ve a verle tú.

—No.

—¡Sigues encerrado ahí atrás, Florencio! —Señaló la pared tras la cual había vivido.

—No se trata de eso, sino de dignidad.

—¡De qué dignidad me hablas, por Dios! —Pareció a punto de echarse a llorar.

Florencio ya no le respondió. Escuchó un ruido a su espalda. Volvió la cabeza justo a tiempo de ver cómo Martina llegaba a la puerta de la casa, la abría y se colaba dentro, con el cesto de la compra colgando de su brazo izquierdo.

Su madre acudió en su ayuda.

—Cómo está el pueblo, por favor —fue lo primero que dijo la aparecida—. Ni que haya llegado qué sé yo. Todo son rumores.

La cesta ya había cambiado de manos, pero ninguno de los tres se movió de donde estaba.

—¿Rumores? —preguntó su madre.

—Que si ha venido a morirse aquí porque está enfermo, que si ha venido para lucir a su guapa mujer y a su hija y que nos muramos de envidia, que si ha venido a restregarnos que se haya hecho rico cuando de aquí salió por piernas, que si ha venido a vengarse...

—¿Vengarse? —Se alarmó Eloísa.

—De los que fusilaron a su padre y a su hermano y a él le dieron por muerto.

La mujer miró a su marido.

—Si está aquí para vengarse, vendrá a verme incluso antes —dijo el hombre.

—¡Florencio!

No hizo caso del estallido de su esposa. Le dio la espalda y volvió a acodarse en la ventana, ajeno a la tormenta desatada entre ellas.

Las mujeres no entendían.

Lo suyo era sufrir y llorar.

—Mierda —le escupió a la calle.

33

Virtudes arreglaba las camas con la ayuda de Anita. La primera llevaba la voz cantante. La segunda hacía lo que podía. La obedecía y poco más. Aunque en Colombia se usaba el tratamiento incluso entre padres e hijos, había conseguido que las dos se tutearan de una vez.

—En tu casa tendrás criadas, claro.

—Bueno, sí, aunque...

—Que no lo digo por criticar, mujer. —Quiso dejarlo claro la hermana de Rogelio—. Ojalá pudiera yo, porque una ya no está para muchos trotes.

—Bueno, pienso que estos años no te has atrevido a gastar mucho, para que nadie sospechara, y él tampoco te enviaba demasiado por la misma razón, solo lo justo, que no despertara sospechas, y para cubrir una necesidad. Pero ahora ya no hay motivo para que sufras la menor estrechez. Rogelio te dará lo que quieras y más. Podrás vivir como una reina.

—¿Y para qué quiero vivir como una reina yo?

—Todos nos merecemos lo mejor. Has sufrido mucho, demasiado. Así que ya es hora de que eso cambie. Rogelio no dejará que sigas así.

—Esta es mi casa, y mi pueblo.

—Puedes comprarte otra, o arreglar esta para que sea más cómoda, no sé. Y también puedes venir a pasar una temporada a Medellín, conocer aquello, disfrutar un poco de la vida. En avión no es nada, mujer. Luego vuelves tan contenta. —Abrió las manos en un gesto explícito—. Ya sé que esta es tu casa, pero con más comodidades... Piensa también en lo feliz que estará él por ayudarte.

—Ya es feliz, se le nota —repuso Virtudes ignorando el tema del viaje en avión.

—Gracias.

—Me cuesta reconocerle. —Se sentó en la cama recién hecha. Anita lo hizo a su lado.

—Es el hombre más bueno que jamás he conocido —dijo—. Con todo lo que pasó, lo que le hicieron... Otro estaría lleno de odio, amargado, con cicatrices como carreteras, visibles o invisibles. Él sin embargo es... hermoso, ¿comprendes lo que quiero decir? Nosotros empleamos esta palabra para definir algo muy grande.

—Hermoso —lo repitió Virtudes.

—Sí. —Sonrió Anita.

—No le conociste aquí, antes de la guerra. —Bajó la cabeza—. Hasta los amigos se burlaban de él y le llamaban tonto, por soñador e idealista.

—Eso no lo perdió. Es justo lo que le hace único y especial. Solo un soñador podría crear las flores que creó, y solo un idealista podría haberme enamorado como lo hizo él.

—No le he preguntado por qué tardó tanto en decirme que estaba vivo.

—Por precaución, ¿por qué si no? No quiso dar señales de vida. Me hablaba mucho de ti, de la casa, del pueblo, de lo que sucedió aquella noche, pero tenía miedo. Ni siquiera sabía si estabas viva y seguías aquí, aunque estaba seguro de que así era pese a las noticias que hablaban siempre de la represión franquista con los vencidos. Hasta que no pudo hacerte llegar aquella primera carta a mano prefirió mantenerse oculto. No quería que te hicieran daño.

—Entonces ya no había represalias.

—Eso no lo sabía.

—¿De verdad te hablaba de mí y de todo esto? —La miró a los ojos con un deje de ansiedad.

—No puedes ni imaginártelo. Siempre era «en España ya es primavera», «en el pueblo son las fiestas», «hoy es el cumpleaños de mi hermana» y cosas así. Lo llevaba... lo lleva en el corazón. Sé que le di la paz que no tenía, y que al nacer Marcela cerró un círculo, se completó como ser humano. Pero hasta que no se comunicó contigo no consiguió poner su vida en orden.

—¿Qué te dijo de aquella noche?

—Lo que sabes. —Fue sincera Anita—. No hay mucho más. Todos estos años se ha estado preguntando qué pasó, por qué está vivo.

—El destino.

—Quizá.

—¿Qué otra cosa si no? ¿La suerte?

—Algunas noches, al comienzo, se despertaba gritando en sueños, sudoroso. Revivía el fusilamiento, la caída en la fosa junto a su padre ya muerto. También soñaba que aquellos hombres, en lugar de fumarse el cigarrito y esperar para enterrarlos, los habían rematado a sangre fría de inmediato y entonces ya no lograba escapar.

—¿Ya no sueña con eso?

—No, ya no. Un día me pidió que no volviera a mentarle la guerra y eso hice. Es aquí donde todo ha vuelto.

—Y volverá todavía más. —Se estremeció Virtudes.

—¿Cuántos quedan vivos de aquellos días?

—Los suficientes.

—No me asustes...

—No lo hago. Pero todo depende de él.

—No le dejaré que se meta en problemas.

—Más te vale, Anita.

—No vino aquí con nosotras para eso.

Virtudes miró los retratos familiares que colgaban de las paredes. Aquellos rostros graves en blanco y negro, impasibles, sin ninguna sonrisa que mostrara un atisbo de felicidad.

—¿Cómo es Medellín? —Quiso saber.

—Bello, terrible, duro, esperanzador, en crecimiento constante... No sabría decirte. Es mi ciudad y la amo. Ella, y también Colombia, son contrastes puros entre lo que somos y lo que ansiamos ser, entre la paz que necesitamos y la violencia que nos ha dominado por tantos años, desde la independencia. Hay secuestros, robos y muertes, y también está la vida de la gente normal, sencilla, que ríe y sueña. Sé que te gustaría. Estoy segura.

—No me veo yo en un avión.

—¿Por qué no? —La alentó—. Hoy en día viajar en avión no es nada, en serio. Mira, Medellín está en el centro del valle de Aburrá, atravesado por el río, a mil quinientos metros de altura pero con un clima privilegiado. Todo son montañas verdes, nubes enormes, la sensación de que seguimos creciendo a pesar de todo.

—Casi resulta extraño que él se quedara en un lugar así. Huía de la violencia, las guerras, los campos de concentración y de exterminio.

—Pero allí descubrió las flores, y pensó que si una ciudad podía criarlas y venderlas, es que había una esperanza.

Virtudes se puso en pie.

—Hay algo que Rogelio no me ha dicho. —Vaciló.

—¿Qué es?

—Cuánto tiempo va a quedarse aquí.

—Tampoco me lo ha dicho a mí. No hay planes al respecto. Supongo que el tiempo necesario.

—¿El necesario para qué?

—Para recuperar la memoria, el tiempo perdido, llevarle flores a su padre y su hermano...

La dueña de la casa se llevó una mano a los labios.

Pálida.

—Ya es hora de que los muertos de vuestra guerra descansen en paz, ¿no? —dijo Anita con dulzura.

34

José María no tuvo que llamar a la puerta. Siempre estaba abierta. Como todas. Puso la mano en el tirador, lo movió hacia abajo y la empujó despacio.

Pronunció el nombre desde el vestíbulo.

—¡Maribel!

No obtuvo ninguna respuesta, así que la cerró y dio unos pasos, hasta llegar al comedor.

—¡Maribel!

La voz de su nuera le llegó desde el patio. Y con ella la de sus nietos, Marta e Ismael.

—Es el abuelo, corred.

Los dos pequeños aparecieron por el pasillo. Primero Marta, que con seis años ya era casi una niña perfectamente formada. Luego Ismael, que con tres se empeñaba en seguir a su hermana y hacer lo mismo que ella. José María se arrodilló para estar a su altura.

Primero se lanzó sobre él Marta. Después, Ismael.

A veces, en momentos así, era cuando más lamentaba tener un solo brazo.

—Hola, fieras.

—Hola, abuelo. —La pequeña le abrazó con fuerza.

—¿Traes algo? —preguntó su hermano.

Solía aparecer muchas veces con «cosas maravillosas». Una piedra rara, una hoja extraña, un bicho fantástico o un cuento comprado en el quiosco de la plaza.

—Hoy no —se excusó—. ¿Y mamá?

—En el patio, ven. —Marta se separó de su lado, le cogió de la mano y tiró de él.

—Espera, espera que me ponga en pie, que ya me está costando. —Resopló.

—Con un brazo menos deberías pesar poco, ¿no?

—Díselo a mis piernas. —Sonrió por la ocurrencia.

Les había tenido que contar tantas veces cómo lo había perdido...

Siguió a sus nietos por el pasillo hasta desembocar en el patio. La escuela había terminado no hacía mucho, la jornada laboral no. Se fijó en la hora. Tanto tiempo perdido en el bar, sin hacer nada, y encima todavía era temprano para ver a su hijo.

—Hola, abuelo —lo saludó Maribel acabando de tender la ropa.

—Hola, hija. —Se acercó para darle un beso en la mejilla—. ¿Vicente no ha llegado?

—No, todavía es pronto. —Comprobó la hora—. Además, lleva unos días llegando más tarde.

—¿Por qué? ¿Trabajo extra?

—Yo creo que es acerca de todos esos rumores. Se estarán poniendo las pilas.

—Vicente es bueno. No creo que pase nada, al menos con él. Lo sé porque me hablan mucho de cómo está en la fábrica. Le tienen en mucha consideración.

—Ya. —Maribel recogió el cesto vacío—. ¿Vamos adentro? Está haciendo ya mucho calor. ¿Un vasito de agua?

—Bueno.

—Niños...

—Nos quedamos aquí, mamá —dijo Marta—. ¿Verdad, Ismael?

—Sí. —Fue rotundo su hermano.

Entraron de nuevo en la casa. Ella dejó la cesta en la cocina. Tomó un vaso, abrió la nevera y lo llenó con agua fría. Alcanzó a su suegro en el comedor. Ya se había sentado.

—¿Pasa algo? —Se extrañó mientras dejaba el vaso en la mesa.

—Esperanza no se encontraba bien esta mañana. —Lo observó sin llegar a cogerlo.

—Vaya por Dios, ¿qué tiene?

—Dolor de cabeza. Si te pasaras luego un rato...

—Claro, hombre, pero ¿por qué no me lo ha dicho antes?

—Me he despistado. —Rehuyó su mirada volviéndola a depositar en el vaso de agua.

No olía a vino, pero daba igual. A tabaco sí. Como todo el que se metía en el bar de Paco.

—¿Está enferma o...?

—No, solo la cabeza.

—¿Y usted?

—¿Yo qué?

—¿Está bien? —Le observó de hito en hito.

—¿Por qué no iba a estarlo?

—Todo el mundo habla de ese hombre, el que llegó ayer vivito y coleando después de que le dieran por muerto todos estos años. Vicente me ha dicho que era muy buen amigo suyo.

—Crecimos juntos, eso es todo.

—Ya, pero...

—Maribel —se enfrentó a sus ojos—, a él le fusilaron por rojo, yo luché con los nacionales. Eso no hay amistad que lo resista.

—Bah. —Hizo un gesto de indiferencia—. Seguro que se ven, se abrazan, recuerdan los buenos tiempos, antes de la guerra, y luego se echan a reír.

José María ya no esperó más. Atrapó el vaso, se lo llevó a los labios y lo apuró de tres largos sorbos.

Luego se pasó la mano por la boca.

—Está fría —dijo.

—¿Quiere más?

—No.

Reapareció Marta, con Ismael a un par de pasos. La niña llevaba algo en las manos.

—Mira, abuelo.

Era el ala de una mariposa.

Solo el ala.

—Bonita —dijo por decir algo.

—¿Crees que habrá podido volar con una sola ala?

—¿Acaso no vivo yo con un solo brazo?

—Ya, pero si te faltara una pierna necesitarías una muleta, y no
hay muletas para mariposas.

—Si me faltara una pierna llevaría una de metal.

—¿Ah, sí?

—Claro, como los robots esos.

—¿Y por qué no te pones un brazo de metal? —preguntó el
niño.

—La pierna me haría falta para caminar, pero el brazo no lo
necesito para comer, vestirme o hacer lo que quiera, como cuando
os hago cosquillas.

Dieron un paso atrás, esperando que los persiguiera como solía
hacer.

—Venga, dejad al abuelo que hoy está cansado. Luego iremos
a casa de la abuela, que está en cama.

Se les ensombreció la cara.

—¿Qué tiene?

—Nada, le duele la cabeza.

—¿Se ha tomado una medicina? —Quiso saber Ismael.

—Sí, claro.

Marta seguía sosteniendo el ala de la mariposa.

—¿La quieres? —Se la ofreció a su abuelo.

—No, déjala en el patio, por si vuelve ella y algún bicho médico se la pega o se la cose.

—¿Y eso cómo se hace?

—No lo sé, pero los animales son más listos que nosotros.

—Venga, al patio —les ordenó su madre.

Desaparecieron de allí seguidos por la atenta mirada del hombre. A veces le parecía que eran un milagro.

—Padre —dijo Maribel.

—¿Sí?

—Si lo necesita... contará con Vicente, ¿no es así?

—Claro.

—Lo digo por si su amigo...

—Rogelio. Se llama Rogelio.

—Bueno, pues lo digo por si pasa algo, lo que sea, ¿de acuerdo?

—¿Qué quieres que pase?

La respuesta murió en alguna parte de ella, porque en ese momento escucharon el ruido de la puerta abriéndose y cerrándose, y al instante los pasos de Vicente.

—Hola, cariño. —Escucharon su voz antes de que su presencia se materializara en el comedor.

CAPÍTULO 6

MARTES, 21 DE JUNIO DE 1977

35

Los golpes en la mesa de mármol eran constantes, rápidos. Sobre todo al acercarse al clímax de la partida. A ninguno de los cuatro contendientes se le ocurría, simplemente, dejar la ficha en su lugar sin hacer ruido. Todos acompañaban su voz y su gesto con el chasquido de la pieza sobre la blanca superficie picoteada y desgastada por años y años de servicio.

—¡Pito seis!

—¡Y yo me doblo!

—¡Coño, qué guardado que te lo tenías! ¡Paso!

—¡Ahí va el seis tres!

—¡Se lo vas a dar, Mariano!

Blas colocó la última ficha, el tres cinco.

—¡Cagüen Dios!, ¿lo ves?

—¿Y qué querías que hiciera? ¡No tenía otra!

—¡Haber jugado antes a treses, que eres tonto!

—¡Mira quién fue a hablar, que solo has ganado dos partidas!

—Tres.

—¡Dos!

—Ha ganado tres —dijo Blas recogiendo el dinero y colocando las fichas boca abajo para mezclarlas.

—A ver si las mueves bien, ¿eh? Porque menuda racha llevo.

—Al no saber jugar lo llaman racha. —Se burló Genaro.

—¡Bah, cállate, eminencia del dominó!

Tenían público. Cinco espectadores. Tres sentados y dos de pie. Alguno esperaba que cualquiera de los cuatro se levantara para ocupar su puesto, porque aquella era la mejor mesa y la mejor partida. Si estaban Blas, Mariano y Genaro, la disputa era de buen nivel. El cuarto miembro era Jacinto Pérez, y también el más joven, porque todavía no pasaba de los sesenta.

—¿Unos vinitos más? —les preguntó Paco asomándose por encima de sus cabezas.

—Sea —aceptó Mariano.

—Para mí también —dijo Genaro.

—Yo paso —dijo Jacinto.

—¿Blas?

—No.

Le miraron con el ceño fruncido mientras colocaba ya las fichas en el centro de la mesa para que cada uno cogiera las siete que le tocaban. Las cuatro nuevas monedas quedaron a un lado.

—A Jacinto se lo prohíbe el médico, pero tú estás muy comedido esta noche, Blasillo —le endilgó Mariano.

No respondió. Tomó sus fichas una a una, estudiándolas y colocándolas en orden.

—¿Qué pasa, que te has vuelto *arsénico*? —insistió su compañero.

—Ya me he tomado tres vasos, y no se dice *arsénico*, burro. Se dice abstemio.

—No, si *arsénico* es lo que te voy a dar para que la palmes y dejes de joder la marrana.

Se rieron todos.

—Salgo —dijo Blas poniendo la primera ficha en la mesa.

—La madre que te parió... ¡Paso!

Jacinto colocó su ficha. Mariano, otra. Blas continuó:

—Tengas o no tengas más, la salida taparás...

—Eh, ¿habéis visto lo buenas que están la señora y la hija de ese que ha llegado? —dijo de pronto Genaro.

Se hizo el silencio en la mesa.

Breve.

Lo rompía tan solo el golpe de cada ficha al caer sobre el mármol.

—¿Cuándo las has visto tú? —preguntó Mariano.

—Esta tarde. Han salido a pasear o algo así. Por Dios, que pedazo de mujer, de lo que no hay por aquí. Tiene unas tetas...

—A mí me lo ha dicho Pedro —convino Jacinto—. Y también ha mencionado lo de las tetas, y la boca, que dice que está para chuparlo todo.

—Yo también me habría ido al quinto coño con tal de volver con un pedazo de mujer así —mencionó Genaro.

Ahora jugaban maquinalmente, concentrados, pero sin decir en voz alta la ficha que colocaban sobre la mesa.

—¿Alguno llegó a conocer a ese, el que ha vuelto?

Nadie dijo nada y la pregunta de Jacinto se quedó sin respuesta. Blas puso un doble cinco.

—¡Esta es mía! —se jactó Mariano—. ¡Te voy a dejar sin los ahorros que tienes, Blasillo!

—Como sigan saliendo más rojos de debajo de las piedras... —habló Jacinto de nuevo—. ¿Os acordáis la de banderas comunistas que salieron a la calle en Semana Santa, cuando lo de la legalización del PC? ¿Dónde las guardaban? Porque hay que tener huevos para vivir tantos años con eso en casa.

—Aquí no aprendemos nunca. —Genaro golpeó tan fuerte el mármol que hasta hizo temblar las restantes fichas.

—Y que lo digas —asintió Mariano.

—Y volverá a liarse —dijo Jacinto.

—Fijo —insistió Genaro.

—Porque los militares no van a dejar pasar ni una —sentenció Mariano.

—A la que se huelan algo... sacan la espada otra vez y ¡hala, vuelta a empezar! —masculló Jacinto.

—País —escupió las cuatro letras Genaro.

Solo hablaban ellos, como si el derecho fuera exclusivamente suyo. Los espectadores no abrían la boca. Estaban atentos a la partida.

Los tres jugadores miraron a Blas.

—¿Tú qué dices?

—Sí, que estás muy callado.

—Y a ver si pasas.

Blas continuó estudiando sus fichas, contando las que había en la mesa, calculando quién podía tener las que faltaban a tenor de lo jugado hasta el momento.

—¿Queréis parar de hablar? Claro que no ganáis. Dejadme pensar, coño.

—¿Y desde cuándo piensas tú? —Se burló Mariano.

Blas puso su penúltima ficha.

Ninguno pasó.

—Pienso desde que existo. —Colocó la última y se levantó de la mesa.

—¿Otra vez? —protestó Genaro.

—¡La madre que te parió, qué suerte tienes! —gritó Jacinto.

—¡Que ganaba yo, joder! —Mostró la ficha que le quedaba Mariano.

—Hala, que os den. Me largo —se despidió él recogiendo de nuevo sus ganancias.

—¿Adónde?

—A tomar el aire, ¿pasa algo?

—¡Pero si son...!

—¿Te vas a ver la jodida tele o qué?

—¡Venga ya, hombre!

Uno de los que esperaba ocupó su lugar.

—Desde luego... —Suspiró Genaro.

—Te vas a morir igual. —Se puso macabro Mariano.

Blas ya no dijo nada. Les dio la espalda y se encaminó hacia la puerta del bar.

Los días eran mucho más largos en primavera, y más en junio, cerca ya de la Noche de San Juan.

El sol, cárdeno, desaparecía en aquel momento por la parte más alta de la montaña.

36

La casa olía bien.

Un aroma capaz de abrir el apetito a cualquiera.

—¿Qué tal el paseo? —Rogelio rodeó a su mujer por detrás, cruzando los brazos sobre su vientre.

—Bien, bien.

La besó en el cuello.

—¿Alguien os ha dicho algo?

—No, nada.

—¿Miradas?

—Eso sí. Todas.

—Seguro que habéis sido una conmoción.

—Marcela desde luego.

—Y tú.

Anita se dio la vuelta para quedar frente a él.

No la soltó.

Ella le pasó las dos manos por las sienes plateadas.

—Me encanta que conserves tanto cabello. —Suspiró.

Rogelio la miró a los ojos.

—Pareces cansada —dijo.

—El cambio de horario. —Se resignó ella—. Todavía me siento rara.

—Marcela en cambio...

—Ella es joven. Sabes que puede pasarse dos noches sin dormir y lucir radiante. Acaba de decirme que no tiene sueño y que saldrá a dar una vuelta.

—¿De noche?

—Sí, ¿por qué?

—No me gusta que ande sola por ahí.

—Tú mismo dijiste que esto era un pueblo y que aquí nunca sucedía nada.

—Nada antes de que llegáramos.

—Rogelio...

—Está bien. —No quiso discutir—. Supongo que en el fondo sí estoy un poco nervioso.

—Es lo normal. Y cuando te encuentres a la gente que te conoció lo estarás más.

Virtudes y Marcela hablaban en la cocina. Sus voces llegaban hasta ellos. Parecían felices.

—Mi hermana está haciendo gachas.

—¿Y eso qué es?

—Ella las hace cociendo granos de avena machacados en leche, pero si no te gustan, tú dile que están buenísimas. Es su plato favorito.

—Pero las hará para ti.

—Por supuesto. Le toca mimarme.

—Sabes que a mí me gusta todo, no te preocupes.

La besó en los labios brevemente. Luego deshizo el nudo formado con sus brazos y caminaron hasta la cocina. El olor allí era mucho más intenso.

—Mira, mamá. Se llaman gachas —la informó Marcela al verlos aparecer.

—Cenaremos en cinco minutos —dijo Virtudes.

—Voy a poner la mesa —asintió él.

—Ya está puesta. —Lo detuvo su hija.

—Vaya, te estás volviendo muy casera tú. —Se sorprendió su padre.

—¡Esto me está encantando! —Se le echó al cuello para darle un beso en la mejilla.

—Tu madre me ha dicho que vas a salir después de cenar. —Lo aprovechó.

—Sí, ¿por qué?

—Esto es un pueblo. Aquí de noche no hay nada. Todo está silencioso y oscuro, ¿no es verdad, Virtudes?

—Tampoco tan oscuro, que ya no estamos en los años 30. —Le hizo ver su hermana.

—Papá, ya sabes que me gusta pasear, caminar, ver cosas, y de noche más. Aquí el cielo es distinto, ¡no hay nubes! ¡Ni una! Se ven más estrellas que en Medellín.

—Prométeme que no hablarás con nadie.

—¿Por qué no puedo hablar con alguien?

—Prométemelo.

—Ay, papá, no seas así. ¿Qué quieres, que salga corriendo si alguien se me acerca?

Rogelio miró a su mujer.

Anita se encogió de hombros.

Estaba solo.

Y ya no podía con su hija. Demasiado mayor. Demasiado firme. Demasiado madura.

—¿Y tú cuándo vas a salir? —Los detuvo la voz de Virtudes.

Se había pasado el día en casa.

Una primera espera sin frutos, salvo por la tía Teodora, la prima Blanca y su marido.

—Mañana. —Las sorprendió a las tres.

Virtudes dejó de prestarle atención a lo que estaba cocinando.

—¿Adónde vas a ir?

Rogelio llegó hasta ella, por si acaso.

—Al monte —dijo.

Notó el estremecimiento de su hermana, la convulsión, el zigzag de los ojos buscando un punto de apoyo en un universo que, de pronto, se hacía inestable y resbaladizo.

Virtudes vaciló.

—¿A...? —No pudo articular la pregunta.

—Sí.

—Quiero ir contigo.

—Iremos todos, descuida.

—Rogelio...

La abrazó para que no se desmoronara. Para que el peso de tantos años de incertidumbre no le hiciera doblar las rodillas. Luego esperó a que lo hicieran Anita y Marcela.

Los cuatro formaron una piña junto a las gachas.

Parecían estar ya en su punto.

37

Ezequiel llevaba una hora apostado frente a la casa de los Castro cuando la vio salir.

Marcela se detuvo en la puerta. Pareció mirar de reojo, arriba y abajo de la calle. Iluminada por el resplandor de la única luz cercana, dio la impresión de que sonreía.

Pudo ser una sombra.

Luego echó a andar justo en dirección contraria a donde se encontraba él.

No perdió ni un segundo de su tiempo. No quiso alcanzarla por detrás, tal vez asustándola y, en cualquier caso, haciendo evidente que la esperaba. Lo que hizo fue salir disparado para rodear las casas y ver la forma de tropezarse con ella de cara.

Tropezarse.

No fue una larga carrera, aunque sí angustiosa, por si su objetivo retrocedía, cambiaba de rumbo o se encontraba con alguien más. Sus pasos retumbaron en el silencio hasta conseguir apostarse en una esquina, con los dedos cruzados.

Se asomó y la vio.

Marcela caminaba despacio, muy despacio, como si paseara.

O como si supiera que estaba allí y le diera tiempo.

—Sí, ya, ojalá —murmuró para sí.

Contó hasta tres, acompasó su respiración agitada por la carrera, serenó su ánimo y salió de la esquina caminando tan despacio como ella, con la vista fija en el suelo, dando la sensación de que estaba muy pensativo.

Los dos se detuvieron a menos de tres pasos el uno del otro.

Caras de sorpresa.

—Vaya, hola —la saludó Ezequiel.

—Hola.

—¿Cómo estás?

—Bien.

No tenía nada preparado, ni ensayado, y comprendió que aunque lo hubiese hecho, la realidad se habría impuesto igual, desarbolada por aquella mirada, aquella sonrisa, aquella dulzura casi pura.

—¿Estás... dando un paseo?

—Sí. La noche es preciosa.

—¿El cambio horario y todo eso?

—Allá ahora es por la tarde, así que no tengo sueño.

—Entonces...

—¿Dónde ibas tú?

—También daba una vuelta —mintió sabiendo que ella lo sabía.

—Bueno.

Fin de la primera parte del encuentro.

Siguieron quietos, separados por un abismo, bajo el silencio y la noche que de todas formas era su cómplice.

—¿Puedo acompañarte? —Se arriesgó Ezequiel.

Marcela no respondió de inmediato. Le escrutó los ojos.

—Si quieres estar sola...

—¿Por qué querría estar sola? —repuso.

—No sé. Hay gente a la que le gusta. Yo suelo pasear solo. Quizá quieras pensar. Si tienes novio allá...

—No tengo novio.

—Bien.

No fue una simple aceptación. Fue casi un suspiro de alivio.

Marcela reemprendió el paso, llegó hasta él y le lanzó una última mirada. No hizo falta que dijera nada más. Ezequiel se colocó a su lado y sincronizó el movimiento de sus piernas con las de ella. Pie derecho, pie izquierdo, pie derecho, pie izquierdo.

No hablaron en varios segundos.

Y se sintió en la necesidad de hacerlo él.

—¿Qué tal el día?

—Normal. Todo es nuevo para mí.

—¿Te gusta?

—Sí, mucho. Es tan distinto a mi casa.

—¿Y tu padre?

—¿Por qué lo preguntas?

—No se le ha visto el pelo.

—No. —Fue lacónica.

—¿Está bien?

—Sí. Feliz.

—¿No tiene curiosidad por ver cómo está el pueblo después de tantos años?

—Ni que nos fuéramos a ir mañana.

—¿Os quedaréis mucho? —Evitó la ansiedad en su tono.

—No sé. No hay planes. De momento lo que importa es el reencuentro de papá con su hermana. Un descanso tampoco viene mal.

—Si os quedaseis todo el verano sería fantástico. —Se dejó arrastrar por el entusiasmo.

—¿Por qué?

—Podría enseñarte mucho más que el pueblo o los alrededores. Haríamos excursiones, iríamos a Madrid...

—¿Tú y yo? —Le observó de soslayo.

Ezequiel luchó por no enrojecer. Demasiada velocidad, lo sabía. Se atropellaba. Sentía como si ella fuese a desaparecer al día siguiente o al otro.

Visto y no visto.

—No tienes amigos aquí. —Se encogió de hombros.

—Así que me haces un favor y te portas como un buen samaritano.

—Yo también estoy de vacaciones.

Marcela ya no escondió su sonrisa.

—Eres muy rápido.

—¿Yo? No.

—¿Y tú, tienes novia?

—No.

—Pues pareces mayor.

—Tengo veintitrés años.

—En Medellín, a esa edad, muchos ya son padres. ¿Tienes hermanos?

—Uno de treinta y cinco años, que vive aquí, en el pueblo, con su mujer y mis dos sobrinos, y otra de treinta y cuatro que vive en Madrid.

—¿Y tú veintitrés? Llegaste descolgado.

—A mi madre se le murieron dos antes de nacer yo.

—Lo siento.

Ezequiel puso cara de circunstancias. De hecho, de no haber sido por el tesón de su madre, él no habría sido engendrado. Ella se había jugado la vida para tenerle.

—¿Tu padre te ha contado lo que sucedió aquí cuando estalló la guerra?

—Sí —dijo Marcela.

—Tienes suerte. A mí los míos nada. Mi padre luchó, perdió un brazo... y eso que estuvo en el lado bueno. —Rectificó rápido y agregó—: Bueno, quiero decir que fue de los que ganaron.

—Mi padre era de izquierdas. Por eso quisieron matarlo.

—¿Tú...?

—Yo no entiendo de política, y menos de la vuestra.

Dieron media docena de pasos en silencio.

—Supongo que lo pasaron mal todos, unos y otros. —Quiso contemporizar él.

—Habéis tenido a un dictador muchos años.

—En Madrid intervine en manifestaciones estudiantiles en su contra, porque el Régimen ya llevaba años pudriéndose.

—Así que eres valiente.

—¿Yo? —La idea le pareció sugestiva, y más si ella lo apreciaba así—. Creo que todos los jóvenes de hoy lo somos, por mucho que nuestros padres hicieran la guerra. Ha pasado una eternidad. Es hora de construir otro país.

—Mi padre dice lo mismo.

Abandonaron la última calle y se encontraron en la plaza mayor, iluminada, con los bancos vacíos, los árboles quietos por la ausencia de viento, la sensación fantasmal de la soledad y el silencio.

Entonces se detuvieron sin más.

—En Medellín cada barrio tiene su plaza —dijo Marcela.

—Eso es la alcaldía, la iglesia...

—La tía Virtudes me ha dicho que las películas se proyectan en la parte de atrás de la iglesia.

—Sí.

—Me encanta el cine.

—Pues aquí lo tienes mal. Entre que son siempre películas viejas y que el cura las censuraba... A ver si el próximo tiene más manga ancha.

Marcela se puso delante de él.

Tan cerca, tan lejos.

—¿Qué hacéis aquí para pasarlo bien? —preguntó.

—Los días de cada día, como hoy, nada. Los fines de semana, depende.

—¿Y de qué depende? —Le envolvió con una sonrisa ella.

38

Blas entró en el patio por el corral, saltando la pequeña tapia con esfuerzo. Hizo un gesto de dolor cuando se golpeó la rodilla con una piedra y maldijo por lo bajo.

Cada vez le costaba más.

Cuando tuviera setenta u ochenta...

Bueno, cuando tuviera setenta u ochenta ya no haría nada. Igual estaba muerto, o impedido, o simplemente se le habrían pasado las ganas.

Parecía imposible que a un hombre se le pasaran las ganas.

Caminó despacio, vigilando donde ponía los pies, hasta llegar a la ventana de la habitación. La luz se perfilaba tenue al otro lado, por detrás de la persiana bajada y la cortina corrida. Primero aplicó el oído al cristal. Después tomó aire. Finalmente llamó con los nudillos.

No tuvo que repetirlo una segunda vez, señal de que estaba despierta.

La cortina se desplazó a un lado, la persiana subió y la ventana se abrió.

Martina apareció en el hueco, con su camisón, los senos marcados, los pezones taladrando la tela, los hombros desnudos, el cabello revuelto, sus rasgos de mujer dura ensombrecidos por la noche.

Se lo quedó mirando.

—Un día van a verte —mencionó sin pasión.

—Hasta ahora nadie lo ha hecho. Me cuido.

—Pero si te ven, yo seré una puta.

—Mataré a quien diga eso.

—Ya.

Siguieron observándose el uno al otro, seria ella, repentinamente incómodo él. El pecho femenino subía y bajaba al compás de la respiración y el vaivén, más rápido de lo normal, reflejaba algo parecido al disgusto. El cuerpo masculino, en cambio, rezumaba inquietud, quería saltar ya, tocarla, quitarle la combinación.

Más que nunca.

Aquella noche.

—¿Vamos a quedarnos aquí mucho rato?

—¿Qué quieres?

—Déjame entrar.

—No.

—Vamos, Martina...

—Mis padres aún están despiertos.

—No es cierto. Ya no hay luz.

—Pues los despertarás con tus gritos, que mira que gritas.

—Cerraré la boca.

—Si es que pareces un crío que nunca lo haya hecho.

—Venga, mujer —exclamó con fastidio.

—Encima con prisas.

—Que no, pero aquí afuera...

—Solo vienes a desahogarte, hijo de puta.

Empezó a rendirse.

—¿Tú también te vas a poner borde? —rezongó.

—A ver. —Martina se cruzó de brazos—. El señor solo viene por aquí cuando necesita meter el rabo en algo caliente. Mi coño. Un polvo rápido y adiós, hasta la próxima. Y yo si te he visto no me acuerdo.

—Entonces casémonos de una vez.

—Ya te dije que no.

—No quieres casarte, protestas si vengo... Joder, Martina, que ya no somos críos, ni tú ni yo.

—Tú eres un viejo, yo una mujer madura. Hay diferencia.

—¡Hostias!

—¿Quieres bajar la voz? ¡Solo faltaría que mi padre o mi madre nos vieran! ¡Con la que lleva él por eso de que le quieren entrevistar para la tele, que parece que le pidan qué sé yo en lugar de aprovecharse! —Le observó de arriba abajo, la cara, el mal afeitado matutino, la ropa ajada—. Estás hecho un asco.

—Encima.

—No sé cómo tengo estómago.

—A ti también te gusta, no me vengas con esas.

—Desde luego...

Blas se cansó del juego. No quería rogar ni suplicar. No esa noche. Sostuvo la mirada de Martina y fue directo.

—¿Vas a dejarme entrar o no?

Ella también estaba cansada. Los últimos tres segundos fueron para la rendición. Se apartó de la ventana y le dejó espacio para que pasara un pie por el hueco. Una vez asentado en el alféizar, Blas pasó el otro y aterrizó en la habitación.

—¡Quítate los zapatos, no vayas a embarrármelo todo!

Se los quitó.

—¡Dios, cómo te huelen los pies!

Blas la cogió por un brazo y la aplastó contra su pecho. Primero buscó sus labios. Martina apartó la cara. Después puso su mano libre en su seno izquierdo y se lo presionó. El primer gemido fue de dolor. El segundo, de placer. Bastaba con tocarle el pezón, pellizcárselo o lamérselo. Era como darle al encendido de un coche. Se ponía en marcha. Volvió a buscar sus labios y esta vez sí los encontró, entreabiertos, húmedos.

Por abajo también se mojaba rápido cuando se le disparaba el ardor.

—No corras...

—No.

Bajó la mano para buscarle el sexo.

—Te he dicho que no corras. —Se la detuvo.

—¿Qué te pasa?

—Házmelo despacio.

—¿Por qué?

—Házmelo como si me quisieras.

—Pero si yo te quiero, Martina.

—Bueno, ya sabes.

—No, no sé —repitió la pregunta—. ¿Qué te pasa?

—Lo que a todos.

—¿Rogelio?

—¿Tú qué crees?

Tuvo un bajón. La erección menguó, y con ella la intensidad de la presión en el pecho, el roce de los dedos con el pezón a través de la tela, el beso final. Quedaron frente a frente, buscándose los ojos.

—Siempre fuiste guapa. —Suspiró.

—Ya, sí.

—Y muy mujer.

—Eso sí.

—Un desperdicio.

—Tenía que estar aquí, con mi madre. Si me iba la dejaba sola con su secreto tras la pared. Si metía a un hombre en casa lo ponía en peligro. Y más tú, que peleaste con Franco.

—Eso fue...

—Peleaste con Franco. Si mi padre te pilla aquí te mata. Para él no hay perdón ni reconciliación que valga. No desaparecen de la noche a la mañana tantos años de odio.

—Una vida perdida.

—No. Malgastada quizá, perdida no. —Sabía que él se refería a ella.

—Y ahora con Rogelio aquí...

—Exacto.

—Él es él, ¿pero tú? ¿A ti que más te da la llegada de ese hombre?

209

—Ha revolucionado el pueblo, Blas. A ti también. Mi padre no hace más que esperarle. Dice que vendrá a verle, que se lo debe.

—¿Qué es lo que le debe?

—Sus treinta y cinco años metido en esa pared, resistiendo aquí, mientras él se hacía rico y vivía en otro mundo.

—¿Y por qué crees que también me ha revolucionado a mí?

—¿No erais todos amigos?

Ya no había erección. La deseaba pero...

—Todos éramos amigos. —Bajó la cabeza—. Tu padre era el mayor, yo iba un año por detrás, luego Rogelio y José María, el más pequeño.

—¿Y Ricardo Estrada?

—Quería estar con nosotros, pero era el hijo del alcalde.

—Del cacique del pueblo, querrás decir.

—Pues eso.

Martina jadeó.

Y él volvió a tocarle el pecho, ahora con las dos manos.

—Te irás después de hacerlo, como siempre.

—Me quedaré más.

—No.

—Entonces...

—Te lo he dicho. Házmelo despacio, sin prisas, con cariño.

—¿Y si me corro?

—Pues aguanta, coño, que ya no eres un adolescente.

Se quedó quieta mientras le quitaba la combinación. Le habría gustado comprarle una de seda, como las de las mujeres de las revistas. Y de color rojo. O blanco. Muy blanco, para que resaltara la oscuridad de los pezones y el sexo. En cambio llevaba la de siempre, vulgar, rala a causa de tantos lavados, de un indefinible color amarillo.

—Ya la tengo dura.

—Pues yo todavía no me he mojado, que estoy tensa, así que aviva, que luego me duele.

—¿No estás mojada?

—¿Crees que soy automática?

—Siempre...

—Pues hoy no.

Se arrodilló y le besó el sexo.

—Tienes coño de niña.

—Y tú tranca de caballo, que parece mentira, a tu edad.

—Si es que estoy casi nuevo. La he usado poco. —Quiso bromear mientras le daba otro beso y la olía.

—Anda sube, ven.

Sonreía.

Buena señal.

Comenzó a desnudarle, botón a botón, y él mantuvo las manos quietas.

—Anda que no se armaría una buena si nos casáramos —susurró casi para sí misma mientras continuaba su paciente desabrochado.

—No sé por qué. Y en dos días se olvidarían.

—Te pondrías la medalla que te dieron en la guerra y a mi padre le daría un infarto.

—Martina, ¿cuánto hace que tú y yo...?

—Siete años.

—¿Ya? —Se asombró.

—Siete años, un mes y tres semanas.

—Joder...

—Ya ves.

—¿Cómo te acuerdas tanto?

—Esas cosas no se olvidan. Me pillaste en un mal momento.

—O bueno, según se mire.

—No, Blas. —Empezó a quitarle la camisa—. Todo fue un desatino y lo sigue siendo. Tú aún estabas de buen ver a los cincuenta y cuatro y a mí se me pasaba el arroz con treinta y cinco. Ahora...

—Ahora es lo mismo. Tú estás muy guapa, más mujer que nunca...

Martina pasó una mano por su velludo pecho. La bajó poco a

211

poco hasta el pantalón. Le desabrochó el cinturón, los botones de la bragueta y lo dejó caer al suelo.

—Vaya por Dios. —Contempló su erección.

—Chúpamela.

—No quiero, que luego...

—No me correré, palabra. Fue un accidente. Lo hacías tan bien... Por favor...

—Desde que se murió Franco y veis películas guarras estáis todos salidos.

—Hay que ponerse al día. Va, sé buena.

Martina se mojó los dedos de la mano con saliva, luego se arrodilló y humedeció su pene. En el momento de cubrírselo con la boca, Blas cerró los ojos.

Gimió por primera vez.

Tuvo que abrirlos casi de inmediato, de nuevo, porque allí, en la oscuridad de su mente, agazapado, vio a Rogelio.

39

El paseo les había apartado ya del casco viejo. Bordeaban el desnivel que conducía al río. No tenían rumbo, simplemente se dejaban llevar. Pasos perdidos en la noche. Para Ezequiel era una lástima que nadie le viera. Quería que por la mañana hubiera expectación, sentirse importante por una vez. Para Marcela lo más hermoso era la libertad.

Poder andar bajo la luna, sin miedo.

Sin que le pesara ser la nieta de Camilo Jaramillo y la hija de Rogelio Castro.

Llevaban unos segundos sin hablar, con la vista fija en el suelo, para no pisar ningún hueco o tropezar con una raíz. El murmullo del agua llegaba hasta ellos formando un eco cristalino y perpetuo. A veces sus brazos se rozaban.

El lenguaje de los gestos.

Las pequeñas sensaciones.

También saltaban de un tema a otro, quizá conociéndose, quizá por hablar de algo y no dejarse arrastrar demasiado por el silencio.

—¿Por qué no me presentas a tus amigos?

—No tengo amigos —respondió Ezequiel.

—¿Cómo que no tienes amigos? Todo el mundo tiene amigos.

—Yo no.

—¡Anda ya!

—Te lo digo en serio. Aquí, ahora, o son demasiado jóvenes o

ya mayores y casados. En la fábrica trabajan mujeres mayoritariamente. Mi hermano es de los pocos hombres. Además, estudio en
Madrid y cada vez estoy menos en el pueblo.

—¿No será que no quieres que te vean conmigo?

—Al contrario. —Fue sincero—. Lo que más me gustaría es
que me vieran contigo.

—Tonto.

—Marcela, como te quedes mucho tiempo vas a ser la sensación. —Mantuvo el mismo acceso de sinceridad—. Bueno, ya lo
eres. Tu madre, tú y él. Los tres. Pero vosotras...

—¿Las chicas de aquí no son guapas? —Se sintió libre, capaz
de coquetear, y lo hizo rezumando inocencia.

—Guapas sí, pero hay pocas. Y como tú desde luego que no.

—Será por lo exótico, por lo de ser colombiana.

—No te hagas la ingenua. —Sonrió cansino.

—Para nada.

—Te digo que aquí son muy jóvenes o ya mayores, porque a la
que pueden se van a vivir a Madrid, o Barcelona, en busca de algo
mejor. La excusa es estudiar, pero luego...

—¿Tú también te irás?

—Probablemente, sí.

—¿Por qué dices probablemente? ¿No lo tienes decidido?

—He terminado los estudios, tengo un diploma, debería buscar trabajo, y ahora mismo lo único que desearía es... no sé, desaparecer, o tomarme un año sabático. Quería reflexionar durante el
verano.

—¿Qué has estudiado?

—Ingeniería.

—¿Y no te gusta?

—Ya no lo sé. No he sido mal estudiante, sin embargo...

—Cuando uno se va a otro lugar siempre tiene expectativas
nuevas, espera que suceda algo, como si fuera a cambiarle la vida,
¿no crees?

—Supongo que sí.

—Mis amigas de Medellín me dijeron que no volvería, que me echaría un novio español.

—¿Dejarías tu casa y tu país?

—No, no creo. Papá ya quiere que empiece a trabajar con él, para que vaya tomándole el pulso a nuestras empresas.

—¿Y te gustaría eso?

—Tampoco lo sé. —Se encogió de hombros—. Estoy como tú, indecisa, preguntándome qué es lo que quiero y cómo lo quiero. El cuándo es cosa del destino.

Miraron las oscuras aguas del río. Había grandes piedras arrastradas por los torrentes cuando la corriente bajaba brava de las alturas montañosas. Una rana croaba en algún lugar. Marcela se abrazó a sí misma y se estremeció.

—¿Tienes frío? —Lo notó él.

—No, es esta sensación de paz. Parece irreal.

—¿Quieres sentarte en una de esas piedras o regresar?

—Regresemos. Quiero caminar.

Lamentó haberlo preguntado. Hubiera preferido la opción de la piedra. Se estaba dejando llevar por un romanticismo a la vieja usanza y era como si quisiera grabar cada momento.

No olvidarlo jamás.

Ella era distinta.

Absolutamente distinta.

Dejaron el río y caminaron de regreso a las primeras casas del pueblo. El silencio esta vez fue un poco más largo. Marcela lo disfrutaba. Ezequiel buscaba la forma de romperlo. Examinaba por los recovecos de su mente nuevos temas de conversación que estuvieran a la altura. Evitaba las preguntas demasiado personales.

Aunque aquella lo fuera.

—¿No te angustia ser la heredera de todo ese imperio?

—No es un imperio.

—Pero dicen que tu padre es muy rico.

—No he pensado en ello.

—¿A qué se dedica exactamente?

—A muchas cosas, pero lo que más le gusta es la floristera.

—¿Vendéis flores?

—Las crea, las cultiva, las exporta... Sí, vendemos flores.

—Si tuviera dinero, en lugar de tomarme un año sabático, me tomaría dos, o tres, o cinco. Daría la vuelta al mundo.

—¿Te gusta viajar?

—Me gustaría.

—Sí, a mí también —reconoció ella—. Es la primera vez que salgo de Colombia —dejó caer la cabeza sobre el pecho—, y la primera vez que puedo pasear sola, sin nadie que me vigile.

—¿Te vigilan?

—Por miedo a un secuestro.

Ezequiel tragó saliva.

La nueva pregunta murió en sus labios sin llegar a formularla porque de pronto, apostado junto a su coche patrulla y a oscuras, protegido por las sombras de la esquina que iban a dejar atrás, vieron a Saturnino García.

Marcela dio un respingo.

Ezequiel la retuvo, sujetándola por un brazo.

—Hola, Saturnino —dijo él.

—Hola. —Movió la cabeza de arriba abajo el guardia civil.

—Esta es Marcela.

—Señorita. —Repitió su gesto.

—Buenas noches —susurró ella.

—Es la hija del señor Castro, el que llegó ayer al pueblo, el hermano de la señora Virtudes —continuó Ezequiel.

—Espero que disfrute de nuestra hospitalidad. —Saturnino García hablaba despacio—. De momento tiene un buen guía.

Ezequiel tiró de su compañera.

—Bueno, hasta mañana —se despidió del uniformado.

—Hasta mañana.

Le dieron la espalda, pero sintieron el cosquilleo de sus ojos fijos en ella hasta que doblaron otra esquina y volvieron a quedarse solos.

Ezequiel esperaba cualquier comentario menos aquel:

—Mi padre dice que esos son los que se pusieron del lado de Franco cuando estalló la guerra.

—No todos.

—Aquí sí.

—Saturnino es buen tío. Una noche me pilló algo bebido y no dijo nada. Me llevó a casa y todo.

—¿Tú bebes?

—No.

—Pero si estabas borracho...

—Fue un desliz. Y he dicho algo bebido, no borracho.

—Odio a los borrachos —dijo con firmeza Marcela—. El padre de mi mejor amiga está en la cárcel por matar a su esposa en una borrachera. A ella también la maltrataba.

Unos pasos más.

—Tu vida debe de ser agradable. —Suspiró él.

—¿Lo dices por el dinero?

—No, por lo de las flores. —Su rostro reflejó una dulce ternura—. No es lo mismo fabricar tornillos o embutidos que estar rodeado de olores y colores, ¿verdad?

40

No había gritado.

Se había mordido el labio inferior, se había tensado, se había tragado cada gemido y cada espasmo, agarrado a la almohada y a ella, pero no había gritado.

Y lo hubiera hecho.

Porque el orgasmo había sido muy, muy fuerte.

Ahora, en la oscuridad únicamente rota por el suave resplandor que penetraba por la ventana, Blas miraba la forma apenas intuida del techo, con las vigas de madera atravesando las alturas igual que barrotes de una celda celestial.

Un brazo recogía el cuerpo de Martina, que respiraba sobre su torso. El otro descansaba sobre la mano de su compañera, abierta por encima de su pecho.

Sus respiraciones ya se habían acompasado.

—No te duermas —dijo ella.

—No duermo.

—Es que como nos descuidemos... amanecemos aquí.

—No duermo —se lo repitió.

—Pues yo debería hacerlo, que madrugo.

—Porque quieres.

—Muy señorito tú.

—Déjame que descanse un rato. Me gusta estar así.

—Bueno.

—¿A ti no te gusta?

Martina no respondió.

—Dime.

—Sí, me gusta —admitió.

—Tener que vestirme y salir por la ventana...

—¿Quieres que vayamos a un hotelito, como los señores?

—No, mujer.

—A mí es que se me caería la cara de vergüenza.

—Pero podría gritar. —Esbozó una sonrisa triste—. Y tú también.

—Yo no grito, gimo.

—Lo has tenido bien, ¿no?

—Regular.

—Va, mujer.

—¿Quieres que te regale el oído?

—Has gemido más que otras veces, que lo he notado.

—¿Cómo se llama ese que vuela, el de la capa?

—Superman.

—Pues eso: Superman.

—Desde luego...

Retomaron el silencio, pero no la quietud. La mano de Martina jugueteó con el vello del pecho de Blas. La de él con el cabello de su amante.

Blas volvió la cabeza para besarla en la frente.

Martina, de pronto, hizo la pregunta.

Inesperada.

—¿Qué pasó aquella noche, Blas?

—¿Qué noche?

—Ya sabes, la del 19 de julio.

—Coño, Martina.

—No, nada de «coño, Martina». ¿Qué pasó?

—Pero si ya lo sabes.

—¿Yo? Aquí la gente habla mucho, pero el único que estuvo ahí esa noche fuiste tú.

—¿Y a qué viene ahora eso?

—El hermano de la Virtu. —Chasqueó la lengua—. Está aquí por algo. Fusilado, resucitado, vivo... ¿Cómo es posible eso?

—Todo el mundo se volvió loco, ¿qué quieres? Medio pueblo se puso del lado de la República y el otro medio, del lado de la sublevación. Eso fue lo que pasó. Unos perdieron y otros ganaron.

—Tú no eras de derechas, me lo dijiste cuando empezamos a hacerlo.

—No, no era de derechas, pero se trataba de vivir o morir, y yo elegí vivir.

—Traicionaste tus ideales.

—¿Ideales? —Movió otra vez la cabeza para tratar de verle el rostro—. ¿Qué es eso? Más aún, ¿qué era entonces? Nosotros no éramos más que los mismos muertos de hambre de siempre, y a los pobres, si tienen ideales, se los mata y se los entierra con ellos. Ideales, principios, lealtad... Son palabras bonitas, hasta que llegan ellos, los del dinero y el poder, y se acabó lo que se daba. En el 36, cuando el alcalde y la Guardia Civil tomaron las armas para apoyar el Alzamiento, ya no hubo forma de mantenerse fiel a nada. La suerte estaba echada. Tuve que decidir en cuestión de minutos, ¿sabes? Minutos. Y escogí vivir.

—¿Mataste a alguien?

—No.

—¿Quiénes fusilaron a esos diez?

La mano de Blas se crispó.

—No lo sé —dijo con voz átona.

—Tienes que saberlo, no mientas.

—¡No lo sé!

—Mi padre dice que eras uno de ellos.

—Joder, Martina... ¡joder! —Estuvo a punto de saltar de la cama—. ¿Qué coño sabe tu padre? Él se largó primero y no le pillaron, por eso no está en esa fosa. Ni siquiera sé cuándo regresó al acabar la guerra y se encerró aquí.

—No fue al acabar la guerra. Lo hizo antes —reveló ella—.

Apareció una noche, le dijo a mi madre que todo estaba perdido y...

—¿Cuándo lo supiste tú?

—Cuando tuve edad para entenderlo y callar.

—Joder... —Resopló Blas—. Nunca me lo habías dicho, pero han pasado cuarenta años y seguimos hablando de lo mismo.

—Porque los muertos están resucitando —le hizo ver Martina—. Unos vuelven y otros están pidiendo a gritos descansar en paz, que se los saque de sus tumbas para que los suyos tengan la oportunidad de rezarles y llevarles flores.

—¿Rezos tú?

—Que yo no rece no significa que no piense en los demás.

—¿Sabes la de muertos que debe de haber en cunetas y montes de toda España?

—Y aún se os escaparon muchos, como ese Rogelio.

—No pluralices. Yo no era...

No acabó lo que iba a decir. Martina se le echó encima de improviso, las piernas abiertas a ambos lados de su cuerpo, el suyo inclinado sobre él, con las puntas de los pezones apuntándole como ojos ciegos, las manos apoyadas en el colchón y los ojos centelleantes.

—Dime la verdad, Blas, o no vuelves a esta cama en tu puta vida.

—¿Qué verdad? Ya te la he dicho.

Mantuvo la mirada fija en él unos segundos. Luego enderezó la espalda y le agarró el sexo con la mano derecha.

—¿Qué haces? —Estuvo a punto de gritar su compañero.

—Dime la verdad o te capo.

—¡No sé quién estuvo en ese pelotón de fusilamiento, por Dios, me haces daño!

—Mientes. —Le apretó un poco más.

—Martina que los despierto...

Sus ojos eran de fuego.

Los de los dos.

Hasta que la mano perdió la presión inicial, aflojando poco a poco la rabia, y acabó convertida en un mero soporte, casi dulce, mientras el pene, inesperadamente, volvía a erguirse.

—Cabrón —dijo ella.

Blas no supo qué estaba pasando.

Lo único que notó fue que Martina volvía a introducirse el miembro por la vagina.

—Ahora sí estoy mojada, hijo de puta, así que aviva, va, y no me digas que acabas de hacerlo porque me da igual y lo único que quiero es volver a correrme.

41

Habían caminado más de lo esperado, sin sentarse en ninguna parte. Ezequiel lo intentó un par de veces, y en ambas, Marcela prefirió seguir.

Moverse.

De pronto estaban en la última calle, con la casa de Virtudes a unos pasos, y el tiempo ya se los había comido.

—¿Tienes sueño?

—No, pero es tarde. No quiero que mis padres se inquieten. Se supone que he paseado sola.

—¿Te veré mañana?

Marcela estudió sus rasgos, el brillo de la mirada. Le gustaba el deje de ansiedad de su voz, la ternura que emanaba. Era bastante guapo. No el ideal pero sí bastante guapo. Nariz firme, boca hermosa, cuerpo bien formado, manos grandes...

—Supongo —dijo.

—Bueno...

—Esto es un pueblo, ¿no? Cada día os debéis encontrar todos una docena de veces.

—No tanto. A veces es mejor quedar.

—¿Quieres quedar?

—Me gustaría.

—Bien —asintió ella—. ¿A qué hora?

—¿Por la mañana?

—No, por la mañana no. Hemos de hacer algo.

—Entonces después de comer.

—Listo pues.

Se echó a reír al ver que él no acababa de comprender su expresión.

—Nosotros lo empleamos mucho —le hizo ver—. «Listo pues» para acabar un diálogo, «que esté muy bien» para despedirnos, «muy amable» para mostrar satisfacción por el trato recibido, «¿qué le provoca?» para preguntar qué es lo que alguien quiere, «me regala» para pedir lo que sea... Es paisa.

—¿Qué es paisa?

—Nosotros somos paisas. Los antioqueños somos paisas. Medellín es paisa.

—¿Me enseñarás?

—Si tú me enseñas palabras de por aquí.

—Claro.

La puerta de la casa se abrió inesperadamente. Los sobresaltó. Un chorro de luz iluminó la calle. No los alcanzó, pero sus siluetas quedaron reflejadas sobre las sombras del suelo, proyectándose a su espalda por encima del empedrado.

Rogelio apareció en el quicio.

—Hola, papá —habló primero Marcela.

—Ah, hola, hija.

—¿Salías a tomar el aire?

—No, quería ver si te veía.

—Ya entraba.

Rogelio miró a su compañero.

Sus rasgos.

—Este es Ezequiel, papá.

Le tendió la mano y el muchacho correspondió a su gesto.

—Haces amigos rápido —se dirigió a ella.

—Nos hemos conocido en el estanco esta mañana, al ir a por el tabaco de mamá.

Lo conocía todo a través de las cartas de Virtudes. Todo. Pero ahora estaba allí.

Y él era el hijo de Esperanza.

Se mostró sereno.

—Te pareces a tu madre —dijo.

—Sí, ya lo sé. Todo el mundo lo dice, y más cuando era joven.

—Yo me fui cuando ella tenía diecinueve años —manifestó despacio.

—Oh, claro. —Tragó saliva Ezequiel.

—Veintitrés años, ¿verdad?

—Sí. —Abrió los ojos al ver que conocía el detalle.

Rogelio volvió a tenderle la mano.

—Buenas noche, hijo —le deseó.

—Gracias, señor. Lo mismo digo.

Marcela ya estaba en la puerta, bañada por la luz.

—Buenas noches, Ezequiel.

—Adiós. —Iba a decir «hasta mañana», pero prefirió callar por un extraño pudor.

Rogelio le vio dar media vuelta. Luego entró en la casa y cerró la puerta. A Marcela le brillaban los ojos.

Mucho.

—¿Qué tal el paseo?

—Bien, muy bien.

—¿Y él?

—Me lo he encontrado y me ha hecho compañía. Es muy agradable.

Rogelio no dijo nada.

Se acercó a su hija y la besó en la frente.

—Vete a acostar —ordenó—. Mañana será un día duro.

—Sí, papá. —Se le ensombreció el rostro.

Un minuto después de que ella se hubiera ido, Rogelio seguía en el mismo lugar, de pie, atravesado por un sinfín de sensaciones contradictorias.

42

Virtudes le había mandado algunas de las viejas fotos familia-res. Gracias a ellas, la lejanía había sido más soportable. Sus padres, Carlos, la propia Virtudes. Cuarenta años apretados en apenas unos recuerdos y unas imágenes.

Ahora estaba allí, y las fotos eran muchas más, lo mismo que las sensaciones.

Las pasó una a una, despacio. Sus ojos estaban húmedos. Sus manos temblaban. El corazón le latía rápido. Las únicas que no se atrevió a pedirle, ni ella le mandó, eran las más personales.

Esperanza y él.

Jóvenes, sonrientes, felices, en el cumpleaños de su madre, en la fiesta del día del compromiso, en la cena de Nochebuena, en la última fotografía tomada el siete de julio, apenas doce días antes del fin.

¿Cómo olvidar el primer amor?

Era feliz, muy feliz, más de lo que nunca hubiera imaginado a tenor de los años de guerra y cautiverio o en el periplo americano, yendo de un lado a otro, sin recalar en ninguna parte, sin identidad ni futuro. Pero nunca había olvidado a Esperanza.

Sus ojos al decirle que le amaba, sus caricias, sus besos.

Aquellos besos cálidos y tiernos.

Jamás la había poseído. Eran otros tiempos. Iban a llegar vírgenes al matrimonio. Todo para la noche de bodas. Como mucho la había visto en bañador, en el río. Esperanza era preciosa, cuerpo delgado, manos y pies deliciosos. Una bendición. El día que, en plena guerra, lo hizo por primera vez, con una puta que tenía más cola esperando turno que la de un cometa surcando el cielo, se corrió pensando en Esperanza y gritando su nombre. La mujer, andaluza y graciosa, le dijo: «Sí, hijo, sí. Eso, esperanza es lo que necesitamos. Eso y pan, que mira que estás delgado, mi alma».

Sin la guerra seguiría allí, en el pueblo, con Esperanza.

Ezequiel sería su hijo.

Y también Vicente y Rosa.

Jamás hubiera imaginado que José María...

Eran las dos de la madrugada, creía que estaba solo, insomne, víctima todavía del cambio horario. Al escuchar el roce a su espalda se sobresaltó. Lo primero que hizo fue colocar las fotos con Esperanza abajo de todo. Lo segundo, volverse.

—¿Qué haces levantado? —le preguntó Anita con un atisbo de preocupación.

—No podía dormir.

—Yo tampoco si no te tengo —lamentó ella.

—Perdona.

—Vamos, ven.

Tenía suficiente. Pasaba las imágenes una y otra vez. Cuanto más tardase en conciliar el sueño, peor. Por la mañana había de buscar una tumba.

Y quizás el monte hubiera cambiado.

Si no daba con ella...

—Voy. —Se resignó.

—¿Te ayudo?

—No. —Metió las fotografías en la caja y luego la cerró.

—Hay que ver —musitó Anita.

—Estoy bien.

—Pareces calmado, pero yo te conozco bien. —Le tomó de la mano para que no se resistiera—. Vamos, te abrazaré y te haré olvidar.

—No he venido aquí a olvidar, cariño.

—Un ratito, ¿sí?

La cama seguía revuelta. Anita cerró la puerta. Luego le acompañó al vencerse sobre las sábanas y se quedó a su lado, acariciándole el rostro.

—Te amo —le recordó.

—Lo sé —reconoció él.

—Me diste la vida.

—Y tú salvaste la mía.

—Entonces me perteneces. —Le besó en los labios.

—Acuéstate.

—Abrázame.

—Claro.

Anita apagó la luz. Después se fundió con su cuerpo. Sus respiraciones se acompasaron.

Rogelio se durmió casi de inmediato, sin darse cuenta.

CAPÍTULO 7

MIÉRCOLES, 22 DE JUNIO DE 1977

43

Graciela se quedó mirándole un tanto sorprendida. Incluso deslizó la vista en dirección a su reloj de pulsera para comprobar la hora.

—Póngame con Matas. —Fue su saludo de buenos días.

—¿Eduardo Matas? —Quiso estar segura.

—¿Tenemos muchos Matas en el directorio?

—No, no señor.

—Pues ya.

Ricardo Estrada se metió en su despacho dando un portazo. Lo peor de las malas noches era la espesura mental de las mañanas. Se sentó en su mesa y se mordió el labio inferior.

A veces reaccionaba tarde.

A veces no veía más allá de su poltrona.

Y los tiempos estaban cambiando. Demasiado rápido. Si no se movía...

Pasaron dos minutos.

—¡Graciela!

Su secretaria hizo lo que hacía siempre cuando la llamaba a gritos: meter la cabeza por el hueco de la puerta, sin acabar de entrar.

—Todavía no ha llegado, señor alcalde —dijo antes de que le preguntara—. Suele hacerlo más tarde.

—Llame cada cinco minutos.

—Sí, señor.

En Madrid se tocaban los huevos. Mucho cambio, mucha democracia, mucha historia, pero los hábitos seguían como si nada. Llegar tarde, la hora del *cafelito*, la tertulia futbolera de los lunes, las comidas de dos horas...

El país se iba a la mierda y ellos...

¿Por qué coño llegaba tarde Eduardo Matas a su trabajo?

¿Qué era, Dios, un potentado?

Tenía la mesa llena de papeles, documentación, mapas catastrales, solicitudes, problemas, disposiciones, pero no hizo nada por coger siquiera una hoja. El futuro del pueblo dependía, de pronto, de dos detalles.

Y él estaba ciego.

A oscuras.

Cinco minutos. Diez. Quince. Estuvo a punto de volver a gritar el nombre de su secretaria. Se contuvo porque sabía que era eficiente y que obedecía sus órdenes a rajatabla. Tampoco iba a dejar que nadie le molestara. Conocía el paño. En el fondo, de no ser por ella, no todo fluiría de la misma forma.

Sonó el teléfono.

Lo descolgó rápido.

—El señor Matas —escuchó la voz de Graciela.

—Bien.

Un crujido y del otro lado de la línea surgieron algunas voces distantes.

—¿Eduardo?

—¡Hola, campeón! ¿Qué tal por tus dominios?

—¿Dónde estás?

—Pues en mi despacho, ¿dónde voy a estar?

—¿Con gente?

—Sí, tengo una pequeña reunión...

—Échalos.

—Coño, Ricardo...

—Échalos o vete a otro teléfono, va.

—Vale, vale, un momento.

Tardó medio minuto en reaparecer en la línea. Y lo hizo con otro tono de voz, entre circunspecto y molesto.

—¿Qué pasa, que te han hecho ministro o qué?

—No me jodas, Eduardo, que por aquí todo está patas arriba.

—¿Y qué te crees, que aquí estamos tocando la flauta, señor Ordenoymando?

—Necesito información. —Fue al grano.

—¿Sobre qué?

—Rogelio Castro, colombiano de...

—Espera, espera, que tomo nota.

Ricardo Estrada contó hasta cinco.

—¿Ya?

—Sí, ya, dime.

—Rogelio Castro, colombiano de adopción pero nacido aquí, en mi pueblo. Se le dio por muerto al comenzar la guerra, fusilado, pero por lo visto escapó. Llegó a Colombia, se casó con una rica heredera, supongo que en plan braguetazo, y ahora no solo es rico sino que ha vuelto vete a saber tú por qué.

—Lo tengo, ¿qué es lo que quieres?

—Saberlo todo de él. No creo que te sea difícil conseguirlo siendo un personaje adinerado y con negocios. Si es necesario, llama a la Embajada de España en Colombia, o a la colombiana de aquí. Y al Ministerio de Asuntos Exteriores. Necesito datos, información del tipo que sea, cuántas empresas tiene, si son suyas o hay socios, si son legales, si existen tapaderas, sociedades en las que esté relacionado, consejos de administración en los que aparezca su nombre...

—¿Y todo eso para cuándo lo quiere usía? —Se burló su interlocutor.

—No me jodas, Eduardo.

—¿Qué, le pongo un detective? ¿Sabes lo que me estás pidiendo?

—¡Haz lo que puedas, consígueme lo que sea, pero dame algo! —Se aferró al auricular del teléfono—. ¡Tal vez nos vaya la vida en ello!

—No te pongas dramático, hombre.

—Que sé lo que me digo.

—¿Te recuerdo que eres el alcalde de un pueblo de mala muerte?

—No me seas cabrón. Tú no.

Les sobrevino un silencio envenenado.

—Sabes que haré lo que pueda, hombre.

—Eso espero. No te llamaría si no fuera importante.

—¿Qué está haciendo ese tipo?

—Todavía nada, pero... no me fío. Uno no regresa a su pueblo cuarenta años después solo para dar un paseo o ver a una hermana perdida.

—¿Y por qué no?

—Porque no, Eduardo, que te lo digo yo. Esos cabrones están saliendo de debajo de las piedras y no han olvidado, son vengativos. Si encima tienen dinero... apaga y vámonos.

—Bien. —Se escuchó un suspiro—. Te llamaré en cuanto tenga algo.

—Lo que sea.

—Lo que sea, sí.

—Por lo que respecta a nuestros asuntos... Ahora mismo es mejor no mover las cosas y esperar a ver qué pasa.

—¿Qué quieres que pase? Suárez sigue, ¿no? Pues todo seguirá igual.

—¿Y por cuánto tiempo?

—Estás tú muy derrotista hoy, Ricardo.

—Por si acaso.

—Vale, campeón...

—Me gustaría tener tu buen humor.

—Porque no quieres. —Él mismo puso fin a la conversación—. ¡Hala, cuídate! ¡Te llamo!

—Hazlo.

—Venga. —Alargó la primera vocal.

Luego se cortó la comunicación.

Ricardo Estrada continuó con el auricular en la mano, sin depositarlo en la horquilla de la base. Miró la puerta de su despacho, el disco con los números, y con el dedo índice marcó él mismo el de su siguiente llamada.

Ella tardó en responder.

Todavía no era hora de que estuviese despierta.

—¿Sí? —Escuchó su voz pastosa y dormida.

—Teresa, soy yo.

—Ah, hola... —Una vacilación y el desconcierto—. ¿Qué hora es?

—Escucha, cielo, no tengo demasiado tiempo para hablar. —La interrumpió—. Solo quería decirte que no podré venir esta semana.

—¿Ningún día?

—No.

—¿Por qué?

Le gustó su ansiedad.

La imaginó en la cama, deliciosa, sugestiva, con sus pantaloncitos de seda y su camisetita de tirantes, tan llena de vida.

Tan suya.

—Tengo problemas aquí. —Fue lacónico.

—¿Y yo qué hago?

—Cariño...

—No, cariño no —se lamentó—. ¿Ningún día? ¿Ni un ratito?

—Imposible.

—Pues no voy a quedarme en casa, te lo advierto. Madrid está precioso estos días.

—Por favor....

—Problemas, negocios... Qué cómodo es para ti. —Su voz se hizo débil, femenina por la dulzura de la protesta—. Pues me iré a cenar con Felipe.

—No, eso no.

—¿Celoso?

—De ese imbécil sí.

—Bien. Pícate.

—Teresa, no me compliques tú también las cosas.

—Pues a ver si abres los ojos.

—¡Me estoy jugando el futuro!

—Y yo me estoy tocando el sexo, desnuda, muerta de ganas, mientras tú estás en tu maldito pueblo de mierda jugando a ser político.

Ricardo cerró los ojos.

A su padre, en sus mejores tiempos, le había descubierto hasta dos amantes. Y las tenía mudas.

—Haré una escapada en cuanto pueda. —Se contuvo.

—Ir y volver.

—Teresa...

—Se te acaba el crédito, cariño. Yo... ni siquiera sé por qué te quiero.

Le quería.

Aunque a veces...

Veintinueve años, tan guapa, libre.

¿Le quería?

—Sigue durmiendo, va —se despidió cansado—. Volveré a llamarte esta noche, o mañana.

Si la llamaba por la noche y no la encontraba en casa sería peor.

—Intenta venir, amor —le pidió.

—Lo intentaré. Un beso.

—Bueno.

Ahora sí dejó caer el auricular en la horquilla, despacio.

Se quedó un largo minuto mirando el negro teléfono.

Tenía que hacer que le pusieran uno de góndola, gris, o rojo, mucho más moderno.

44

Subieron al coche sin necesidad de decir dónde iba a sentarse cada cual, como aceptando su papel en la obra. Rogelio al volante, Virtudes a su lado. Detrás, Anita y Marcela.

Todo era silencio, contención.

O casi.

—No sé por qué no quieres que venga Blanca —protestó por última vez Virtudes.

—Te lo repito: porque entonces querría venir la tía, y eso no. —Fue tajante él.

—Si no se lo decimos, no se entera.

—Vaya una. —Resopló Rogelio.

Puso el motor en marcha. Miró por el retrovisor a su mujer y a su hija y luego arrancó recompensado por sus sonrisas de ánimo. Condujo despacio por las callejuelas sintiendo, aquí y allá, las miradas curiosas de los que se cruzaron con ellos o los observaron desde detrás de unas cortinas.

Caras y ojos.

Cinco minutos después salían del pueblo.

El trayecto, a pie, era de unos veinte minutos. Veinticinco a lo sumo, teniendo en cuenta que ahora Virtudes y él eran ya mayores y la subida al monte siempre requería un esfuerzo. En coche no era mucho más rápido, diez minutos por la carretera, pero al menos rodeaban la montaña y desde el claro la ascensión podían hacerla en otros diez o quince.

La única vez que habló fue para asegurarse del camino.

—Es por aquí, ¿no?

—Sí —dijo su hermana.

—Esa bifurcación no estaba, ni esa vereda.

—Vas bien.

Iba bien.

¿Cuántas veces había imaginado aquello?

Primero en la guerra, luego en el campo de refugiados del sur de Francia, después en la otra guerra, más tarde en el campo de exterminio, y finalmente en América.

Cada cerro, cada montaña en Argentina, México o Colombia. Otra tierra, otros árboles, los mismos sentimientos.

Era un día hermoso, cálido.

También lo habían sido el 18 y el 19 de julio, y el 20, mientras corría y corría, enloquecido, alejándose de allí.

La vida era extraña.

Siguió conduciendo, despacio, muy despacio, como si no quisiera llegar antes de tiempo.

Tan extraña.

45

José María se había escondido al ver aproximarse el coche.

Una estupidez.

O no.

No era todavía el momento de que se vieran. Y menos en mitad de la calle, uno en coche, otro a pie. ¿Iba a pararse para hablar con él, como si nada, como si fuera el reencuentro de dos viejos camaradas? ¿Allí, en medio de todo, con su familia de testigo y medio pueblo a la expectativa?

Cada cosa a su tiempo.

Desde su parapeto, un portal que olía a viejo, con el humo de mil guisos pegados a sus paredes y los peldaños de la escalera combados por las pisadas de un millón de pies, vio pasar y alejarse el automóvil que conducía Rogelio.

La polvareda subió y bajó, pero él continuó allí un poco más.

Sabía adónde iba.

Al monte, a buscar la tumba de su padre y su hermano. Y la de los otros siete muertos. Porque ahora allí no había diez cuerpos, sino nueve.

Hora de cerrar heridas, o abrirlas.

Si era así, el pueblo se desangraría.

Nadie sabía dónde se los había fusilado. Nadie conocía el emplazamiento de la tumba. Nadie, salvo los que tomaron parte en todo ello. Y si ninguno había hablado en tantos años, menos iba a hacerlo ahora.

Las madres, las esposas y las hijas de los fusilados buscaron durante años el rastro sin éxito, primero discretas, casi invisibles, porque se las represalió mucho tiempo y tenían que hacerlo en secreto. Solitarias, miedosas, en silencio, a veces casi al amanecer o con la última luz de la noche, escarbando con sus manos aquí y allá, donde parecía que había un túmulo o un desnivel en la tierra. Algunas habían llevado flores para dejarlas en cualquier parte. De eso hacía ya mucho. Un pasado remoto. Las madres murieron, las esposas se convirtieron en viejas calladas, y las hijas se marcharon del pueblo.

La maldita tumba, de pronto, volvía a la vida.

Porque Rogelio sí conocía su emplazamiento.

José María salió del portal y miró la montaña.

Grande, arbolada, silenciosa.

Se puso de nuevo en marcha, con la medicina que acababa de comprar en la farmacia en la mano, y aceleró el paso al comprobar la hora en el campanario de la iglesia. Sin darse siquiera cuenta se encontró en su casa, en la puerta, con Esperanza ya en pie, vestida, dispuesta para salir.

—Lo siento —dijo él.

—Has tardado.

—Ya. —Le entregó la medicina—. ¿Cómo te encuentras?

—Mejor. Me tomo una pastillita y ya está.

—Pero si tienes dolor de cabeza...

—No, casi nada. Voy al estanco.

—Bien.

La siguió hasta la cocina. La vio abrir la cajita, el tubo, depositar una pastilla en un vaso y llenarlo con dos dedos de agua. Los dos contemplaron absortos cómo se disolvía burbujeando.

La montaña era silenciosa, sí.

Pero en las últimas horas su casa lo era más.

Como si un muro acabase de ser construido entre los dos.

José María escuchó las voces de su cabeza:

240

«Se caso contigo por piedad, por lástima, porque no había nadie más, porque eras lo más cercano y parecido a Rogelio», «nunca dejó de amarle», «intentó matarse por él, sobrevivió, pero ha sido una sombra».

Esperanza bebió la medicina.

—¿Qué te pasa? —le preguntó.

—Nada.

—Estás tan serio, y pálido. ¿No has dormido bien?

—Estaba preocupado por ti.

Sostuvo su mirada.

Ella dejó el vaso en la repisa. No lo lavó de inmediato, como solía hacer siempre.

—Ya estoy mejor, en serio.

—Bien.

Esperanza pasó por su lado. No le dio un beso. Le acarició con una sonrisa apacible y poco más, dejando tras de sí el aroma de su colonia como única huella de su presencia.

46

Rogelio detuvo el coche al llegar al claro. Por aquel lado, la montaña parecía surgir de la nada, abrupta, exuberante en su verdor primaveral, con pequeñas semillas blancas flotando en el aire. No se elevaba de forma gradual, sino que arrancaba en seco, rumbo al cielo, surgiendo de la planicie delimitada por la carretera. No había ninguna senda, pero tampoco estaba tan empinada como para que fuera inaccesible o agotadora. Bastaba un buen calzado, y los cuatro lo llevaban. El pueblo quedaba al otro lado de su contorno.

—Aquella vez también paramos aquí —dijo él.

Virtudes tragó saliva. Anita se colgó de su brazo. Marcela se mordió el labio inferior para no empezar a llorar.

—Estoy bien. —Las tranquilizó.

Tomó la iniciativa, dio el primer paso.

Pero no dejó de hablar.

Necesitaba escuchar el sonido de su voz.

—Tened cuidado —dijo la primera vez—. ¡Qué bonito está esto! —dijo la segunda vez—. ¿Te ayudo? —dijo la tercera vez tendiendo una mano a su mujer.

Subieron durante cuatro o cinco minutos, no de forma vertical, sino más bien horizontal, rodeando la curva del monte. Sobre uno de los peñascos divisaron ya el pueblo a sus pies.

—Recuerdo que veía las luces, y pensaba que todo era un mal sueño, una pesadilla.

—No sé cómo tienes estómago. —Pareció reprocharle Virtudes.

—¿Y qué quieres? Es lo que pasó.

—Por Dios, Rogelio.

No se lo tuvo en cuenta. Reanudó la marcha. No había ninguna senda, y la vegetación crecía salvaje, a veces incluso hostil. Zarzas, telas con gigantescas arañas en el centro, el bajo bosque formando un entramado de ramas difícil de superar, árboles caídos formando barras insalvables...

Hasta que Rogelio se detuvo.

A un lado, a lo lejos pero no tanto como para que no vieran sus detalles, el pueblo. Y allí, el verdor de la tierra confundiéndole después de cuarenta y un años.

Todos estaban pendientes de él.

—Yo veía las luces —repitió—. Pero esas rocas no sé...

Miró los árboles, la tierra, dio unos pasos más, se detuvo.

—Era de noche, ¿cómo puedes estar seguro de que fue por esta zona? —insistió Virtudes, más y más nerviosa.

—Conocíamos esto como la palma de la mano, todos, nosotros y ellos.

—Yo he estado aquí, Rogelio. —Le hizo ver su hermana—. Y otras también lo han hecho. Nunca encontramos nada.

—Porque no nos fusilaron en el sitio más accesible. —Paseó una mirada circular por su entorno—. Alguien dijo: «Escondedlos bien, que no aparezcan».

Virtudes se llevó una mano a la boca. Anita la sujetó.

—La fosa tampoco era muy grande. —Rogelio parecía hablar solo—. Lo justo para que cayéramos todos en ella, revueltos. Si no llega a ser por eso... Entre nosotros y ellos no había más que unos metros, siete u ocho, diez a lo sumo. Por eso resulta raro que no me dieran.

Caminó unos pasos por entre las zarzas, que se pegaron a sus

243

pantalones con insistencia, hundiéndose en la gruesa tela. Una le desgarró una pernera. No se detuvo. Acabó subido a otra roca, con las tres mujeres cerca.

—Lo encontraré... —Apretó los puños—. Aunque tenga que pasarme todo el día, y volver mañana, y al otro...

47

Blas nunca estuvo muy seguro de por qué había guardado aquellos binoculares.

Eran grandes, aparatosos, antediluvianos, incómodos, más normales para un cazador avezado que para alguien como él, que desde hacía ya demasiado solo pegaba tiros a los conejos muy de vez en cuando, aunque ni se acordaba de cuándo había sido la última vez. Pero se los habían regalado como veinte años atrás, y los conservaba.

El último regalo de su último familiar vivo.

¿Cuántas veces pensó en venderlos, llevarlos al Rastro de Madrid y sacar algo por ellos?

No lo hizo y ahora...

Continuó mirando la silueta de Rogelio, en la roca, colgado de la montaña, buscando el rastro de la fosa a su alrededor.

—Más a la izquierda, y más arriba... —susurró.

Temía respirar, perderle. Por suerte la muchacha llevaba un suéter o una camisa de color rojizo, granate. Ella había sido su punto de referencia.

También él había visto pasar el coche.

Y sabía adónde se dirigían.

Rogelio vacilaba, dudaba.

—Vamos, no te rindas ahora, coño —rezongó de nuevo.

Le vio saltar de la piedra, caminar por la derecha, regresar, internarse por la izquierda, desaparecer en la espesura. Contuvo la respiración y se le aceleró el corazón. De haber podido hubiera gritado, aunque allí, en lo alto del campanario, habría llamado mucho la atención.

Rogelio reapareció subido a las ramas más bajas de un árbol.

—Ahí, ¡ahí!, al frente... ¡Míralo, míralo! ¿A qué esperas? ¿No ves esa maleza? ¡Joder, Rogelio!

Se aferró más y más a los binoculares.

Le veía a él, era de día, 22 de junio de 1977, pero también volvía a esa noche, las primeras horas del 20 de julio de 1936, la locura, su escopeta, los diez, la fosa, la orden de abrir fuego dada por Nazario Estrada, el estruendo...

«Vamos a fumarnos un pitillo y luego les echo tierra encima».

«¿Y si alguno aún respira?».

«¿Para qué malgastar una bala?».

Rogelio movía los brazos. Las tres mujeres le ayudaban a bajar.

—Bien, amigo. —Suspiró Blas.

Había encontrado la fosa.

48

Rogelio no pudo evitar la emoción.

—¡Es aquí! ¡Aquí, sí, seguro! ¡Recuerdo que miré esa roca! ¡No sé por qué, pero la miré y me sentí cansado y con ganas de sentarme en ella! ¡Estábamos...!

La roca no era muy alta, apenas medio metro, puntiaguda por un lado y plana por el otro. Sentarse en ella era incómodo pero posible. Surgía del suelo sin más y estaba relativamente lisa, con vetas surcándola de arriba abajo. Virtudes, Anita y Marcela se la quedaron mirando como si fuera la señal del mapa de un tesoro.

—Yo la veía desde... desde este lado...

Comenzó a arrancar la maleza con las manos, tirando de las plantas y quebrando las ramas. Algunas, las más secas, se rompían sin más, con secos chasquidos. Otras, vivas, se resistían a ser desgajadas. Los movimientos se hicieron más rápidos, y también más imprecisos.

De pronto ya no había calma, todo era febril.

—¡Papá, cuidado!

—¡A ver si te haces daño, cariño!

—¡Virtudes!

Su hermana se puso a su lado, haciendo lo mismo que hacía él. El primer corte, la primera punzada, no la arredraron. Marcela acabó completando el trío que desbrozaba la tierra.

Hasta que Rogelio se detuvo.

—Fue aquí —exhaló—. La fosa iba de aquí... hasta allá. —Señaló una extensión de apenas cinco metros—. Cuando vi que no estaba herido y no nos cubrían de tierra todavía, salí, gateé y me oculté... —Miró un poco más allá y divisó la roca—. Me oculté tras esa piedra, apenas unos segundos antes de desaparecer por el bosque en la noche. Ellos... —se volvió para mirar a su familia— estaban ahí.

Marcela se apartó del lugar, como si el mal todavía flotara en su espacio.

Virtudes cayó de rodillas y unió las dos manos.

Anita fue la única que llegó hasta él, para abrazarle e infundirle ánimo y valor.

—Los he encontrado —dijo Rogelio—. Mi padre, mi hermano, los demás... Los he encontrado, mi amor. Están ahí.

49

Saturnino García escuchó los gritos de Rogelio.

—¡Es aquí! ¡Aquí, sí, seguro! ¡Recuerdo que miré esa roca! ¡No sé por qué, pero la miré y me sentí cansado y con ganas de sentarme en ella! ¡Estábamos...!

No quiso subir más. Era suficiente. No llevaban picos y palas, así que no iban a desenterrarlos. Ni se les ocurriría hacerlo después, no estaban locos. ¿Adónde iban a llevarlos? ¿Y cómo saber quiénes eran unos y otros? Tampoco quería delatarse, tropezar o que alguna de las mujeres volviera sobre sus pasos y se lo encontrara. ¿Cómo justificar su presencia? ¿Un paseo? ¿El sargento de la Guardia Civil del pueblo dando una vuelta precisamente por allí? Lo mejor era regresar, volver al coche patrulla y marcharse.

Los muertos, con los suyos.

Él ya había enterrado a su padre y a su abuelo.

Bueno, él no. Su madre y su abuela. Él tenía un año y pocos meses en el 36, cuando los asesinaron.

Por lo menos dejaron sus cadáveres en la calle.

Inició la retirada.

—¡Papá, cuidado!

—¡A ver si te vas a hacer daño, cariño!

—¡Virtudes!

Apretó el paso para irse cuanto antes. Se sentía un intruso. Las lágrimas de cada cual eran lo más personal de la vida. Las risas se compartían. El llanto era propio, por más que uno se abrazase a otro en busca de consuelo o tratando de establecer un puente por encima del dolor.

Las voces de Rogelio Castro y su familia quedaron atrás.

Formando parte del monte.

Y Saturnino García acabó corriendo y saltando los últimos metros, por encima de rocas y zanjas, la tierra y su vida.

50

Durante unos minutos, con más calma, paciencia, evitando hacerse daño por una prisa o una urgencia que ya no era necesaria, desbrozaron parte del lugar, echando los rastrojos a un lado. La tierra estaba aplanada, lisa. No parecía que allá abajo, a uno o dos metros, hubiera nueve cadáveres ocultos por el tiempo y el silencio. Ningún túmulo, ninguna curva por ligera que fuese. Los asesinos lo hicieron bien, no dejaron ninguna huella, por precaución o para no dejar el menor rastro, y luego los años se ocuparon del resto. Tampoco se trataba de una zona inclinada, sino llana, de unos quince o veinte metros de diámetro, encajonada en la ladera montañosa y siempre, siempre, con el pueblo recortado en la distancia.

El pueblo, presidido por el campanario de la iglesia.

Desde allí podía verse cómo una de las campanas centelleaba, aunque eso era extraño, porque las campanas no brillaban.

Rogelio acabó sudoroso, empapado. Virtudes volvía a estar de rodillas, con las manos unidas, rezando. Anita y Marcela se sentaron un momento para recuperarse del esfuerzo y la emoción. Ninguno de los cuatro habló hasta que la muchacha rompió aquella tregua.

—Podemos ir a casa y regresar con picos y palas —dijo.

Rogelio se dio cuenta de que siempre habían hablado de la fosa, pero nunca de lo que hacer con ella si la encontraban.

—No podemos hacer eso, hija.

La chica abrió los ojos.

—¿Por qué?

—Pues porque no es posible.

—¡Pero son tu padre y tu hermano!

—Marcela, ahí abajo hay nueve cuerpos irreconocibles. Mejor dicho, nueve esqueletos. Quizá podría dar con Carlos, que tenía los brazos rotos, pero... Cariño, hay otras familias implicadas. Nadie puede desenterrar a los muertos sin más, aunque sean suyos. Es ilegal.

—¿Cómo va a ser ilegal? ¿Los asesinaron y ahora es ilegal llevarlos a un cementerio? ¿Pero qué clase de justicia es esta?

Rogelio se acercó a su hija. Virtudes también levantó la cabeza para mirarlos.

—Respira.

—Papá...

—¡Sssh...! Respira.

—Vuelves a estar tan tranquilo...

—Porque ya pasó todo. Los encontré. El resto...

—No lo entiendo. —Movió la cabeza de lado a lado tratando de no llorar.

—Marcela, debe de haber cien mil cuerpos o más enterrados en montes como este, en toda España. Montes, cunetas, fosas comunes en cementerios... —Sostenía su rostro entre las manos. La miraba directamente a los ojos—. La mayoría están ya en paradero desconocido, porque murieron quienes sabían su emplazamiento, asesinos o familiares. Si los primeros vivieran nunca hablarían, y los segundos han pasado cuarenta años con miedo y la mayoría sin certezas de los lugares exactos donde fueron enterrados. No es fácil superar eso. Nosotros hemos tenido suerte. Eso no significa que pueda ser fácil sacarlos de ahí. No se puede exhumar un cadáver sin más. Habría que pedir permisos, pelear con los intransigentes, buscar jueces que estuvieran de acuerdo...

—¿Cómo no iban a estar de acuerdo?

—No hace ni dos años que murió Franco. Que haya habido

252

elecciones ya es algo increíble. Pero esos muertos eran republicanos. ¿Crees que los que ganaron la guerra querrán que se sepa lo que hicieron?

—¿Y... van a quedarse aquí? —Marcela miró la tumba horrorizada.

—Las cosas no son sencillas, y más en este país, por rápido que haya ido todo en estos últimos meses. Quizás en unos años.

—¿Cuántos?

—No lo sé. —Fue sincero—. Si un día hay un gobierno de izquierdas...

—¿Y si no lo hay?

—Lo habrá, tarde o temprano. Y será una de las primeras cosas que deberá hacer para poner el punto final a la guerra y la reconciliación nacional, porque las guerras no acaban hasta que el último muerto descansa en paz.

—No lo entiendo, papá. No lo entiendo —repitió Marcela con desaliento.

Rompió a llorar mientras su madre llegaba hasta ellos y la abrazaba.

Rogelio y Virtudes se miraron.

—Han tenido una buena vista —dijo ella.

CAPÍTULO 8

MIÉRCOLES, 22 DE JUNIO DE 1977

51

La comida era silenciosa.

Con la emoción todavía colgando de su ánimo.

Habían pasado la mañana allí, en el monte, acabando de desbrozar la fosa, limpiándola, marcando su emplazamiento con piedras. La calma se había impuesto poco a poco. Virtudes con sus rezos, Marcela con su incomprensión, Anita con su solidaridad y él...

Él no estaba muy seguro de lo que sentía.

Paz, reconciliación, rabia, nostalgia, emoción...

Si la bala destinada a él no hubiera fallado, estaría allí abajo, y lo que era peor, nunca se habría encontrado la tumba. Una más, perdida en el olvido.

Si la bala no hubiese fallado.

A tan corta distancia.

—¿Queréis más? —preguntó Virtudes de pronto.

Todos volvieron a la mesa, apartando los pensamientos que alejaban su mente de la realidad.

—Yo no, gracias, tía.

Rogelio y Anita también negaron con la cabeza, así que la dueña de la casa no se movió de su silla.

El silencio ya se había quebrado.

—¿Se lo puedo decir a Blanca?

—Ahora ya sí. Díselo a quien quieras.

—¿En serio?

—Claro —asintió él—. Primero porque tiene derecho. Segundo para que lo sepa todo el pueblo. Que se enteren de dónde están esos hombres.

Virtudes seguía seria.

—Bien —dijo.

—¿Y si otros los desentierran? —preguntó Marcela.

—No lo harán —contestó su padre.

—¿Cómo estás tan seguro?

—Porque te lo he dicho antes: no pueden.

—¿Y si ese hombre, el alcalde, hace algo? —inquirió Anita.

—¿Qué quieres que haga?

—Me dijiste que su padre fue el instigador de todo. Quizá quiera borrar esas huellas.

—¿Crees que mandará a una brigada de obreros al monte para que saque los cadáveres y los esconda en otra parte? —Chasqueó la lengua—. No seas absurda, por Dios.

—Ya, pero no hacer nada...

—Os lo dije. Dejad que las cosas sigan su curso. Nosotros solo queríamos saber en qué lugar estaban y es lo que hemos averiguado. Es una tumba como otra cualquiera a la que se le pueden llevar flores. Lo peor es siempre la ignorancia, no saber nada. Ahora ya es distinto.

—Me gustaría tener tu aplomo —dijo Virtudes.

—¿No te sientes mejor sabiendo dónde están papá y Carlos? —Alargó la mano Rogelio para coger la suya.

—Sí —reconoció la mujer.

—Entonces...

No pudo concluir la frase. Sonó el teléfono. La misma Virtudes se levantó para descolgarlo. La conversación fue rápida. Miró a su hermano y le tendió el auricular.

—Es para ti —dijo.

—Será Lucio. —Se levantó Rogelio.

—¿Quién es Lucio? —le preguntó Virtudes antes de que llegara hasta el teléfono.

—Mi abogado en España. Le di el número.

—¿Tienes un abogado aquí? —Abrió los ojos sorprendida.

Rogelio ya había atrapado el auricular.

—Sí, la compañía. Luego te lo cuento. —Se llevó el aparato al oído y dijo—: ¿Sí?

La voz clara y transparente del abogado, con su deje canario, llegó hasta él.

—¿Señor Castro? Soy Lucio Fernández.

—Sí, hola, buenas tardes. ¿Cómo va todo?

—Bien, señor. —Fue tan rápido como comedido—. Tengo lo que nos pidió.

—¿Todo correcto?

—Sí, sí. Ningún problema. ¿Se lo mando por correo?

—No —hizo un gesto de desagrado ante la propuesta—, por correo no. Tardaría dos o tres días. Envíe un coche con los papeles, por favor. Si puede ser hoy mismo, aunque llegue de noche. Si no mañana, lo más temprano que pueda.

—Como usted diga.

—¿De lo otro hay algo?

—Prácticamente cerrado.

—¿Qué ha averiguado?

—A título personal... tiene una querida aquí, en Madrid. Una tal Teresa Salgado Mina. Chica de alterne y poco más. Antecedentes por prostitución y robo. La tiene en un pisito aunque ella sigue haciendo su vida a espaldas de él. Con discreción, eso sí. A título oficial se confirma lo que ya sabíamos, aunque todavía estamos desenterrando algunas cosas y atando cabos, uniendo nombres de aquí y de allá. El rastro no deja de ser claro, como si actuaran con absoluta impunidad y seguros de que no les iba a pasar nada. Los terrenos que usted compró los recalificó él mismo para facilitar la venta y se quedó una buena parte de la tajada, por eso negociamos los pagos de varias formas. Ese hombre ha sido muy adicto al Régimen y ha sacado pingües beneficios de ello. Antes también hizo algunas operaciones fraudulentas, difíciles de probar, pero no del todo opacas. Si se le investigara a fondo, pero a fondo de verdad, saldría mucha porquería, señor Castro.

—De momento está bien. —Suspiró.

—Tengo al detective en ello.

—Puede que sea suficiente, pero dedíquele unos días más.

—Como usted diga.

—¿El padre?

—Desde que tuvo el ictus, nada. Vive pero ya no razona.

—Buen trabajo, Lucio.

—Voy a ver si puedo mandarle todo esto hoy mismo.

—Se lo agradeceré, pero tampoco es cuestión de vida o muerte. Si no puede ser hoy... mañana, tranquilo.

—Gracias, señor Castro.

—Buenas tardes.

Colgó el auricular y al darse la vuelta se dio cuenta de que Virtudes, Anita y Marcela estaban pendientes de él.

52

Eustaquio cogió el bastón, se caló la gorra sobre los ojos para evitar el sol que caía a plomo sobre sus cabezas y caminó en dirección a la puerta de la calle. Justo al llegar a ella escuchó la voz de Blanca surgiendo a su espalda.

—¿Adónde vas?

—A dar una vuelta.

—¿A esta hora y después de comer?

—¿No me dijo el médico que caminara un poco cada día?

—A buenas horas. —Hizo un gesto de fastidio con la boca.

Eustaquio mantuvo la mano en el tirador de la puerta, sin llegar a abrirla.

—¿Por qué estás siempre enfurruñada?

—¿Yo?

—No quiero que acabes pareciéndote a tu madre.

—Desde luego... —Cabeceó un par de veces y se dio media vuelta.

Él salió finalmente al exterior.

Había días que la pierna le dolía. Otros no. Dependía principalmente de la humedad y llevaban muchas jornadas con un tiempo de lo más seco. Julio y agosto eran un infierno, junio casi, pero más soportable. Le gustaba el sol. Le gustaba sentir su calor. En las cárceles de Franco el sol era una quimera salvo cuando se

261

cantaba la letanía abyecta del *Cara al sol*. Ellos, los presos, ni lo veían. A veces los sacaban de noche. Nunca de día.

Salvo una vez, que los tuvieron tres días al sol y sus pieles blancas por meses de incomunicación y sombra se quemaron.

Cosme y Adrián habían muerto entonces.

Era extraño que todavía se acordara de ellos, cuando había personas más recientes de las que se olvidaba el nombre a las pocas horas.

Miró hacia atrás al llegar a la esquina. Y luego otra vez en la siguiente. No creía que Blanca le siguiese, pero por si acaso lo comprobó. Una vez seguro apretó el paso y se encaminó a su destino.

Allí todo eran trayectos cortos, sobre todo en el casco viejo del pueblo.

Le abrió la puerta Virtudes. No se sorprendió al verle. Le franqueó la entrada y la cerró para evitar la bocanada de calor que emergía de la calle. Eustaquio se quitó la gorra.

—Hola, Virtu, ¿molesto?

—No, hombre, no.

—¿Está Rogelio?

—Hace la siesta.

—Entonces me espero.

Dieron apenas tres pasos en dirección al comedor.

—Hola, Eustaquio. —Los detuvo la voz de Rogelio—. Te he oído. No dormía.

—Puedo volver luego.

—Solo descansaba un poco, tranquilo. Allá no hacemos la siesta, así que tampoco es que esté acostumbrado. Anita sí se ha quedado frita.

—Gracias. —Bajó la voz.

Virtudes desapareció. Vista y no vista. Se quedaron solos, se estrecharon la mano y reanudaron la marcha hasta llegar al comedor. El recién llegado dejó el bastón apoyado en la mesa y se sentó en la silla más próxima.

—Esta casa siempre ha sido fresca —dijo.

262

Rogelio señaló su pierna.

—¿Te duele?

—No. —Le quitó importancia al tema con un gesto de la mano.

—Algunos llevamos bastones en el alma. No se notan pero... ¿Quieres agua?

—Estoy bien. He bebido antes de salir de casa.

Se miraron el uno al otro por espacio de unos segundos. Rogelio esperó. Le tocaba hablar a su visitante. El rostro de Eustaquio se revistió de más sombras de las que ya tenía. Las arrugas se hicieron más profundas. Los ojos flotaban rígidos a través de los cuévanos.

Tomó aire y se lo preguntó.

—¿Qué haces aquí, Rogelio?

—He venido a ver a mi hermana. —Abrió las manos.

—Me refiero aquí, en tu casa, encerrado.

—Esperar. —Fue lacónico.

—¿A qué?

—Acontecimientos. ¿Sabes lo que es un catalizador?

—No.

—Un elemento que no interviene directamente en una reacción, pero la provoca. O algo así.

—O sea que has venido a remover estas aguas.

—Las aguas llevan quietas muchos años. Más bien he venido a agitar a los viejos fantasmas.

—Tú también te haces preguntas, ¿verdad?

—Todo este tiempo.

—La principal, saber por qué estás vivo.

—No es la principal.

—¿Entonces cuál es?

Rogelio llenó los pulmones de aire. Lo soltó despacio. Sus dedos tamborilearon sobre la mesa.

—¿No vas a decírmelo? —insistió su visitante.

—No, hasta que no tenga algunas respuestas.

—¿Y si no das con ellas?

—Mala suerte.

Eustaquio se inclinó sobre la mesa para dar más énfasis a su tono de voz. Los ojos dejaron de ser dos piedras para transformarse en una súplica batida por el sentimiento.

—Rogelio, puedes confiar en mí, lo sabes.

—Sí, lo sé.

—Estábamos del mismo lado. A ti te fusilaron, a mí me metieron en una cárcel diez años al acabar la maldita guerra... Las hemos pasado putas, muy putas.

—¿Crees que lo he olvidado?

—Entonces déjame que te ayude.

—¿A qué?

—A vengarte. —Bajó todavía más la voz.

Su compañero esbozó una sonrisa amarga.

—No he venido a vengarme —dijo.

—¡Te hicieron daño!

—Nos lo hicieron a todos. ¿Te has vengado tú acaso?

—Cuando salí de la cárcel lo único que quería era un poco de paz, tranquilidad, olvidar. Fui de los últimos presos que quedaron en libertad. Llegué aquí, estaba Blanca, me aceptó... Tenía diez años más que ella, estaba tullido, pero me aceptó. Me mentí a mí mismo. Hasta ahora. Contigo aquí...

—Sigues teniendo a Blanca, tu paz y tu tranquilidad.

—Pero no he olvidado —espetó con amargura—. ¿Y tú?

—Tampoco, y eso que me ha ido bien. Sobre todo los últimos veinte años.

—¿Compensan veinte años de felicidad lo que pasamos entonces?

—No, pero lo equilibra.

—A mí me equilibraron mis dos hijos, hasta que se fueron de casa y volvimos a quedarnos solos Blanca y yo. Sé que he cumplido. Pero tu vuelta me ha abierto otros ojos. Llevo años muerto, Rogelio. Años. Callar y callar. Seguir y poco más. Sea lo que sea que quieras hacer, cuenta conmigo, por favor.

—Eustaquio, de verdad que no he venido a eso.

—Pues es una pena. —Se mostró desconcertado—. Esos hijos de puta siguen haciendo lo que les sale de los cojones, comenzando por el Ricardo aquí.

—Se les acaba todo.

—¿Tú crees?

—Sí, lo creo. Ya lo verás. En cinco años no vas a conocer este país.

—Te veo muy optimista.

—Nunca he sido optimista, sí realista. Ya no podemos vivir aislados, separados de Europa, mirándonos el ombligo, con la Iglesia dictando lo que hemos o no hemos de hacer.

—¿Tú estudiaste historia en la escuela?

—Claro.

—Cada vez que en España se ha querido tocar a la Santa Madre Iglesia ha estallado una guerra. Esos cabrones, desde sus púlpitos, son peor que los generales.

Rogelio forzó una sonrisa.

—Creo que estamos hartos de guerras. La última fue demasiado. Han pasado cuarenta años y las heridas siguen abiertas.

—¿Y todo el revuelo que has armado en el pueblo?

—Cuando las conciencias se remueven...

—¿Qué?

—Lo único que tengo son preguntas, y no quiero hacerlas. Si hay respuestas, vendrán a mí, sin moverme.

—¿Por eso no sales de casa ni has visto a nadie?

—Por eso.

—No te entiendo muy bien.

—Dame unos días —asintió—. De todas formas, gracias.

—Cómo me encantaría...

—No lo digas. —Le detuvo—. Pero quiero que sepas que cuento contigo para otras cosas en un plazo muy breve.

—¿Otras cosas?

—Negocios.

—¿A mis años? —Levantó las cejas exageradamente.

—La edad no importa. La sangre sí.

Virtudes metió la cabeza por la puerta del comedor. Esperó a que los dos miraran hacia ella antes de hablar.

—¿Queréis algo?

—No, gracias —le respondió su hermano.

—Voy a ver a tu mujer —se dirigió primero a Eustaquio y luego regresó a Rogelio—. ¿Ya se lo has dicho?

—No, iba a hacerlo ahora.

—¿Qué es lo que tienes que decirme? —Frunció el ceño su visitante.

Virtudes desapareció de la puerta.

Ni la oyeron salir a la calle.

53

Lo primero que le preguntó a Blanca cuando la vio fue:

—¿Dónde podemos hablar sin que tu madre nos oiga?

Su prima volvió la cabeza, como si Teodora estuviera siempre allí, omnipresente, con el oído dispuesto y las uñas afiladas.

—¿Damos una vuelta?

—No, que hace un sol de perros.

—Pues en el patio.

—Venga.

—Ve tú. Ahora voy yo. Me aseguro de que esté bien y distraída.

Bien era difícil. Nunca lo estaba. Distraída sí. El volumen del televisor se percibía casi al máximo a pesar de que, por la hora, solía quedarse dormida frente a la pantalla.

Virtudes caminó hasta la parte más alejada del patio. No tuvo que esperar mucho. Sabía que había puesto la ansiedad en la mente de su prima. En apenas unos segundos la vio aparecer secándose las manos en el delantal que llevaba siempre en casa.

—¿Qué sucede? —la exhortó hablando en voz baja a pesar de todo—. ¡Ay, no me asustes!, ¿eh? Que bastante llevo en el cuerpo.

—No pasa nada. —Le puso la mano en el brazo—. Caray, ¿por qué estás siempre alterada? Solo he venido a contarte un par de cosas.

—Ya. La última vez que viniste a contarme algo me soltaste lo de que tu hermano estaba vivo, mira tú.

—Escucha. —No quiso perder tiempo por si, pese a todo, Teodora aparecía por allí y las interrumpía—. En primer lugar, ¿cuándo vendrán tus hijos al pueblo?

—¿Mis hijos? Pues... no sé, ¿por qué?

—¿No les has dicho que Rogelio está aquí?

—Sí, pero ellos no le conocen, y bastante trabajo tienen.

—Pues llámalos y que vengan, este fin de semana. Rogelio quiere verlos.

—¿A los dos?

—Sí.

—Pero...

—Blanca. —Le puso la otra mano en el otro brazo—. Oye, mira, esto es muy, muy secreto, ¿de acuerdo? O tienes la boca cerrada, no solo con tu madre sino con quien sea, o te juro que Fina y Miguel se quedan sin nada.

—¿De qué estás hablando? ¿Con qué van a quedarse?

—Júralo.

—¡Ay, que sí, mujer! ¡Ni que fuera de las que va por ahí contándolo todo al primero que pasa!

—Tú no, pero tu madre sí.

—¡No se lo diré, pero ya sabes que se entera de todo igualmente, que menuda es!

—Pues de esto no va a enterarse porque solo lo sabremos nosotras, y tus hijos cuando vengan. Y por la cuenta que les llevará tampoco largarán nada, te lo aseguro.

—Bueno, ¿vas a decírmelo o no? —Se impacientó.

—Aquí van a cambiar las cosas, Blanca. —Le brillaron los ojos al decirlo y sonrió levemente.

—¿Aquí? ¿Dónde?

—¡En el pueblo! ¿Dónde va a ser? —Esperó un segundo y se lo soltó—: Rogelio va a comprar la fábrica y a montar una empresa de flores en los terrenos del río.

Blanca se demudó.

—¿Qué dices?

—Lo que oyes. Los terrenos ya son suyos. Lo de la fábrica se cierra estos días.

—¿Eso significa...?

—Que habrá trabajo para todos y la familia es lo primero —proclamó con orgullo—. Fina y Miguel tienen un futuro aquí, no tendrán que malvivir en Madrid ni estar despendolados por allí.

—Mujer, que tampoco están...

—Blanca, que Fina ha vivido ya con tres y Miguel no aguanta un trabajo más de un mes.

—Es que han tenido mala suerte. —Los defendió su madre.

—Lo que sea, pero se acabó.

—¿Y tú cómo sabes eso? —Reaccionó Blanca.

—Porque Fina me cuenta cosas.

—No, si encima la mala voy a ser yo. ¿Se puede saber qué te cuenta mi hija?

—¿Quieres olvidarte ahora de eso? —Se enfadó Virtudes—. ¡Es su oportunidad, la de todos, incluso la tuya para recuperarlos y que vivan aquí, felices, con un futuro! ¿Por qué crees que Rogelio compra la fábrica? ¿Venganza? ¿Solo negocios? ¡No! ¡Tiene dinero y el dinero sirve para muchas cosas! ¡Quiere lo mejor para este pueblo, aunque un día saliera de él medio muerto! ¡Lo quiere y es el momento de quitárselo a ellos, a los Estrada y todos los demás!

—Pues si no es una venganza se le parece.

—No seas corta de miras.

—Le fusilaron, por Dios. Le dieran o no, le fusilaron.

—Quiere borrar el pasado. Me lo ha dicho y yo le creo. Es otro, tan tranquilo, sereno, y la mejor forma de hacerlo es esta, cambiando las cosas para bien, dejando una huella positiva. Espero que Fina y Miguel sean lo suficientemente listos para entenderlo.

—Como no lo sean, su padre los mata.

—Y Rogelio.

—¿Cómo es posible que tu hermano piense así? —No pudo creerlo Blanca.

—No lo sé, pero le miro a los ojos y... A veces veo en él a papá, otras a mamá. No ha venido con sangre en las manos. Quizás un día los odiara a todos por lo que nos hicieron. Probablemente sobrevivió deseando matarlos. Pero mira, conoció a esa mujer y cambió. Supongo que esa es la fuerza del amor.

—Se quieren, ¿verdad?

—Mucho. No parece que lleven casados veinte años. Y la niña es preciosa, lista, un ángel.

Guardaron silencio unos pocos segundos. Seguían solas, bajo el chamizo del patio, un tendido de cañas con tela asfáltica por encima. El sonido de la televisión llegaba hasta ellas de forma queda. Una voz intermitente y lejana.

A veces, envuelta en música.

—Has dicho que eran un par de cosas —recordó Blanca.

—Sí. —Le presionó los brazos de nuevo.

—Ay. —Suspiró su prima.

—Hoy hemos estado en el monte. Rogelio, su mujer, su hija y yo.

—No entiendo. —Vaciló ella al ver que dejaba de hablar.

—Rogelio ha encontrado la fosa.

Blanca se quedó como su nombre.

—¿Qué? —gimió llevándose las manos a los labios.

—Ya está localizada. El lugar donde los fusilaron y los enterraron. La hemos marcado incluso con piedras.

—¡Oh, Dios, Virtu! —Se echó a llorar víctima de la impresión—. El tío Lázaro, Carlos, los demás...

Virtudes la abrazó y la mujer se vino abajo, liberando todas sus emociones.

—¿Cómo es que...? —gimió.

—¿Crees que uno olvida el lugar en el que le han matado? —le susurró al oído mientras le acariciaba la cabeza.

54

Llevaba ya días sin verla, con Ezequiel de vigilia supliéndola, así que cuando entró en el estanco a por su tabaco, Blas se encontró por primera vez con Esperanza detrás del mostrador.

Cambiada.

Más delgada, pálida, ojerosa.

—Hola, Blas.

—Hola.

No le preguntó qué quería. Le puso los dos paquetes de Celtas y esperó a que le diera el dinero para cobrárselos. Mientras abría la caja sintió los ojos del hombre fijos en ella.

A veces no hacía falta preguntar.

Pero Blas lo hizo.

—¿Le has visto?

Esperanza cerró la caja. Dejó el cambio sobre el mostrador. Intentó que su voz sonara de lo más normal cuando dijo:

—¿A quién?

Blas soltó un bufido.

—Vamos, Esperanza.

—¿Le has visto tú? —Lo fulminó con los ojos.

—No.

—Pues ya está.

—Pero voy a verle.

—Si se queda es inevitable que le veamos todos, ¿no te parece? Esto sigue siendo un pueblo.

—Un pueblo lleno de rumores y ninguna certeza.

—Blas, por favor.

—¿Sabes por qué está aquí? —Obvió su súplica.

—No.

—Yo sí.

—¿Por qué está aquí, Blas? —exhaló llena de cansancio.

—Por mí.

Logró sorprenderla, hacer que frunciera el ceño y cambiara de expresión, del agotamiento a la duda, de la tristeza a la inquietud.

—¿De qué estás hablando?

—Es así, Esperanza. Él todavía no lo sabe pero es así. —Y se lo repitió de nuevo, como certificando su propia seguridad o reforzando sus palabras para que ella le entendiera—: Es así.

—¿Te encuentras bien?

—Sí.

Esperanza escrutó su rostro, sus ojos tristes, su semblante serio. Blas no era de los que bromease. Nunca. Y menos hablando de lo que hablaban.

—¿Tú...? —No supo cómo formular la pregunta porque ni siquiera sabía qué preguntar.

—¿Sabes por qué está vivo?

—No —reconoció ella.

Blas recogió los dos paquetes de tabaco. Guardó uno en cada bolsillo de su chaqueta. Escuchó su propia voz muy dentro de sí. Una voz que no llegó a salir al exterior:

«Solo quedo yo, Esperanza. Solo yo, el más joven de los que estaban allí esa noche. El más joven del pelotón de fusilamiento. Y yo me puse delante de él. Lo hice para salvarle, para apuntar por encima de su cabeza, porque éramos amigos. Mi amigo. Yo evité que tu novio muriera, aunque luego pensé que había caído igualmente en la guerra. Lo pensé hasta ahora, ¿entiendes Esperanza? Y he vivido con la mirada de Rogelio en mi cabeza todos estos años. Sus ojos... Sus ojos...».

—Cuídate. —Dio media vuelta para irse del estanco.

Ella estuvo a punto de llamarle.

No lo hizo.

A veces creía que el cerebro iba a estallarle.

En la calle, Blas apretó el paso. No se detuvo hasta llegar a la esquina y ocultarse tras ella. Entonces sí extrajo uno de los paquetes, lo abrió, cogió un pitillo y lo encendió.

La primera calada fue densa.

Mantuvo el humo muy adentro, acariciándole los pulmones.

Luego lo expulsó despacio.

Dio otras tres caladas, lentas, apoyado en la pared, antes de que Martina se materializara delante de él, como surgida de la nada.

—¿Qué haces aquí? —Se extrañó la mujer.

—Fumo.

—Ya veo que fumas, no te fastidia. Te pregunto qué haces aquí, parado.

—Nada. —Se encogió de hombros—. He salido del estanco y me apetecía fumarme un pitillo. He visto a Esperanza.

—Ya, ¿y qué?

—Nada. ¿Y tú dónde vas?

Logró sorprenderle.

—A casa de Rogelio.

—¿Por qué? —Se alarmó.

—Mi padre ya no quiere esperar más, está histérico. Se ha pasado toda la mañana pegando gritos y me ha pedido que vaya y se lo diga, que él no piensa ir. Ha vuelto con lo mismo que te conté, que se lo debe y todo eso.

—¿Crees que Rogelio irá?

—No lo sé.

—Bueno. —Bajó la cabeza—. Todos habremos de verle tarde o temprano. Mejor que empiece por tu padre.

—¿Y tú a qué esperas, por qué no vas?

—Martina... —Hizo un gesto de desagrado.

—Dímelo.

—¿Qué necesidad hay...?

—Dímelo o te juro que... —Detuvo su queja.

Blas miró a su derecha, en dirección a la plaza.

La isla donde todos convivían de una forma u otra.

—Ahora. —Lo apremió Martina.

—Es por Virtudes —dijo él.

—Maldita sea, Blas. —Ella apretó las mandíbulas—. Me contaste que estabas enamorado de Virtudes hace cuarenta años, pero ahora...

—No es por eso. —Detuvo su protesta.

—¿Y por qué es si no?

Volvió a mirar a la plaza. Los ancianos del pueblo buscaban la sombra de los árboles. Los niños jugaban. La alcaldía, la iglesia, la estampa eterna.

Y él allí, a un millón de años luz.

Se rindió.

Ya no podía más, así que se rindió.

—Porque Virtudes cree que yo maté a su padre y a su hermano, Martina. Por eso.

—¿Por qué ha de creerlo? —No le dejó ni un segundo de respiro.

Blas contuvo las lágrimas de sus ojos.

¿Cuánto hacía que no lloraba?

—Se lo habrá dicho Rogelio —susurró.

—Blas...

—Tenías razón, ¿de acuerdo? —Se enfrentó a su mirada, mitad atrapado y vencido, mitad aliviado después de tanto tiempo—. Anoche, cuando me preguntaste... Tenías razón, yo estaba con ellos cuando los fusilaron. Estaba allí pero...

Y volvió la voz, la misma que unos minutos antes, solo que ahora la escuchó saliendo de sus labios, no oculta en su cabeza:

—Solo quedo yo, Martina. Solo yo, el más joven de los que

estaban allí esa noche. El más joven del pelotón de fusilamiento. Y yo me puse delante de él. Lo hice para salvarle, para apuntar por encima de su cabeza, porque éramos amigos. Mi amigo. Yo evité que muriera, aunque luego pensé que había caído igualmente en la guerra. Lo pensé hasta ahora, ¿entiendes Martina? Y he vivido con la mirada de Rogelio en mi cabeza todos estos años. Sus ojos... Sus ojos...

55

Rogelio abría las últimas cajas del cobertizo. Las cajas más ocultas, la mayoría llenas de polvo o herrumbre. Las cajas que habían aparecido una vez sacadas las camas y algunas maderas viejas.

Juguetes de infancia, recuerdos de adolescencia, vestigios de su pasado.

Era asombroso que Virtudes no lo hubiera tirado todo.

Quizá pensase que si un día se casaba y tenía hijos...

Estaba solo. Prefería enfrentarse a los recuerdos sin Anita o Marcela haciéndole preguntas. Anita ya le soportaba bastantes cosas, aunque fuera por amor. Marcela tenía que disfrutar y vivir. Por la mañana las dos habían pasado una dura prueba.

No podía exigirles más.

Aunque fuesen una familia.

Sus álbumes de cromos, casi podridos; sus tebeos medio destrozados; aquella pistola hecha de madera y tallada a mano; el reloj del abuelo...

No escuchó la llegada de Virtudes hasta que le sorprendió el carraspeo a su espalda.

—Rogelio.

—¿Sí? —Volvió la cabeza.

—Quieren verte.

—¿Ahora? ¿Quién...?

—Martina, la hija de Florencio.

—Florencio —repitió el nombre con un aura expectante.

—¿Sales o le digo que venga ella?

—Ya salgo, ya salgo.

Virtudes se marchó. Guardó los recuerdos en la caja y la cerró con esmero, tratando de que la tapa encajara debidamente. Cuando se puso en pie notó el aguijón de la inmovilidad y el frescor del cobertizo impregnándole los huesos.

Martina estaba sentada en el comedor. Sola. Virtudes no era de las chismosas, porque preparaba ya cosas para la cena en la cocina y no daba la impresión de que fuera a salir al pasillo a escuchar nada. Rogelio se encontró con una mujer cuarentona y de facciones duras, secas, pero atractiva, de buen ver, manos firmes, cuerpo rotundo, pecho en alto, ojos de mirada fuerte y labios hermosos. Recordó que Florencio, el mayor de todos ellos, la había tenido un año antes de la guerra.

Su visitante se puso en pie al aparecer él.

—Siéntate, mujer. —La tuteó.

Ella no lo hizo.

—Perdone que venga a molestarle... —Continuó de pie.

—No molestas, en serio. —Sonrió para infundirle calma, porque parecía nerviosa—. Dios... la última vez que te vi eras así. —Puso sus dos manos abiertas una frente a la otra, separadas por apenas dos palmos de distancia.

—Ya. —No supo qué responder.

—¿Cómo están tus padres?

—Por eso vengo. —Inclinó la cabeza casi con sumisión—. Ya sé que lleva poco aquí, y que tiene cosas que hacer, estar con su hermana, recuperar el tiempo perdido, pero... Mis padres están bien —respondió a su pregunta—. No sé si sabe que él ha estado todos estos años oculto.

—Lo sé, lo sé. Increíble.

—Yo vengo de parte suya, de mi padre.

—¿Necesita algo?

277

—Que vaya a verle, señor.

Rogelio mantuvo la serenidad. Ya no la invitó a sentarse de nuevo. Estaba claro que quería darle el recado y marcharse.

—¿Por qué no viene él?

Martina tenía la respuesta preparada.

—Dice que ha de ir usted, que se lo debe.

Lo esperaba casi todo, menos aquello. Se tomó su tiempo para digerirlo.

—Él se quedó aquí, señor Rogelio —quiso aclarárselo Martina.

—¿Y yo hui?

—No creo que sea eso, señor. —Ganaba fortaleza a medida que hablaba, quizá por la conducta serena y amigable de su interlocutor—. Pero no hace mucho que salió de... bueno, del agujero, y no es muy dado a dejarse ver. Los de la televisión no paran de perseguirle para hacerle una entrevista, filmar la habitación en la que estuvo encerrado y todo eso. Incluso le ofrecen dinero.

—Y él no quiere. —Sonrió Rogelio.

—No, no quiere.

—Ese es Florencio. —Sonrió aún más—. Tozudo como una mula.

—Por favor.

Los demás habían hecho la guerra con Franco. Florencio no.

Sí, tenía razón: se lo debía.

—Dile que iré, descuida. Probablemente hoy mismo. Y dile también que siento que hayas tenido que venir a buscarme.

—Gracias.

—No, de verdad. Cuando Virtudes me lo contó por carta... No sabes lo mucho que he pensado en él.

Martina suspiró con alivio. Pero casi al instante se mordió el labio inferior.

—Hay alguien más que quiere verle —avanzó.

—¿Quién?

—Blas Ibáñez.

El apellido no era necesario. Blas era el único Blas que conocía. Sin embargo ella se lo dijo, como si quisiera ser muy precisa.

O recordarle que había más vivos en el pueblo.

Rogelio se escudó de nuevo en un silencio que, esta vez, fue mayor, más ambiguo.

—No quiere venir aquí, por su hermana Virtudes. —Bajó la voz ella—. Pero es importante que le vea, se lo aseguro. Me ha contado una historia...

—¿Qué historia?

—No, eso es cosa suya, de usted y de él. —Afianzó su súplica contrayendo su expresión—. Pero créame, ha de verle, y cuanto antes mejor. Puede que entienda todo de una vez, si es que todavía no lo ha hecho.

—¿Y si no me interesa?

—¿Cómo no va a interesarle la verdad?

La puerta de la calle se abrió. Escuchó las voces de Anita y Marcela que regresaban de pasear. Debían haberlo hecho a pie, porque no había oído el ronroneo del coche. En un minuto los interrumpirían.

—¿Blas sigue viviendo en su casa?

—¿Dónde si no? —dijo Martina como si la pregunta fuese la más absurda del mundo.

56

Quizás alguien los espiaba, porque a los cinco minutos de irse Martina, sonó el teléfono.

—Cógelo —le pidió a Anita.

Obedeció la petición de su marido. Descolgó el auricular y preguntó con su característica voz dulce:

—¿Aló?

La voz del otro lado tembló un poco.

—¿Está Marcela, por favor?

—Sí, ¿quién la llama?

—Ezequiel.

—Un momento.

Puso la mano en la bocina y alzó las cejas para dirigirse a Rogelio.

—Ese chico, Ezequiel. Pide por Marcela.

Casi le dio por sonreír.

—No pierden el tiempo.

—¿Ella...?

—No, me refería a él.

—¿Qué hago?

—Llámala. —Se le antojó una pregunta absurda.

Anita salió de la sala. Rogelio se quedó mirando el teléfono. Por un momento pensó en retirarse, para que su hija hablase con entera libertad. Cambió de opinión al verla aproximarse. No corría, pero tampoco iba despacio. Se puso al aparato sin importarle que estuviera de testigo.

—¿Ezequiel?

—Hola.

—Hola, ¿qué hay?

—Nada, solo... bueno, quería saber si vendrías a cenar esta noche conmigo.

—¿Esta noche?

—Si no tienes nada que hacer...

—No, no tengo nada que hacer.

—Igual salías a pasear, como ayer.

—Espera, espera.

Bajó el auricular. Miró a su padre. Rogelio fingió leer algo apasionadamente. No la miraba de forma directa, solo de refilón. Ella se tomó unos segundos para pensar.

—Oye.

—¿Sí?

—¿Adónde iríamos?

—Hay un restaurante aquí cerca, en la carretera, antes del cruce. A veinte minutos. Se come bien y tiene una vista espléndida.

—Suena bien.

—Claro que suena bien. —La voz era animosa—. No conoces a nadie. Hago de anfitrión.

—Pero no puedo salir de noche sin más.

—¿Ah, no?

—Un momento.

Volvió a bajar la mano, y esta vez cubrió con la otra la bocina del auricular. Rogelio fingió seguir leyendo.

—¿Papá?

—¿Sí? —Levantó los ojos del periódico.

—Ezequiel me invita a cenar esta noche.

Ezequiel, el hijo de Esperanza, su novia.

La vida tenía golpes extraños.

—Haces amigos rápido —comentó.

—Papá...

—Ya, ya, esto es pequeño, lo sé.

Anita apareció en la puerta. Se quedó en el quicio, apoyada en uno de los lados.

Ella sí parecía divertida.

—¿Una cita?

—Papá se lo está pensando.

La mujer miró a su marido.

—¿No pretenderás que se pase estos días aquí, encerrada, y con diecinueve años?

—No, pero tan rápido...

—¿Le conoces?

—¿A Ezequiel? Sí, sé quién es.

—Es el hijo de la estanquera —agregó Marcela.

No amplió la explicación. No dijo que también era el hijo de José María Torralba.

El mismo José María Torralba que se acercaba por la calle, visible al otro lado de la ventana, reconocible a pesar de los años porque, además, la falta de su brazo izquierdo le delataba.

Rogelio se puso en pie.

—Dile que sí. —Fue rápido.

—¡Gracias, papá! —Se le iluminaron los ojos.

—Anita, abre la puerta. —Señaló la ventana y la figura que ya estaba casi en la entrada—. Dile que espere un momento y luego dejadnos solos.

—¿Quién es?

La voz de Marcela se confundió con la suya.

—¿Ezequiel? No hay problema. Recógeme esta noche, ¿de acuerdo? Ahora he de colgar.

—Es el padre de ese chico, el del teléfono —dijo Rogelio a su mujer.

—¿Entonces...?

—Sí.

Marcela ya había colgado. Anita se quedó un instante en suspenso. Los golpes en la puerta anunciaron la visita.

Rogelio cerró y abrió los puños, solo eso.

57

No sabía si le daría la mano.

Pero se la tendió igual.

Y Rogelio se la estrechó.

No sabía si le echaría a patadas.

Pero no lo hizo.

Y los dos se sentaron en sendas sillas del comedor, cara a cara, después de casi cuarenta y un años.

Jamás se hubieran reconocido en ninguna otra parte.

Salvo allí, en el pueblo, donde todo era posible de pronto.

El visitante fue el primero en hablar.

—Se me hace raro verte —dijo.

—Y a mí verte a ti con eso. —Señaló la bocamanga doblada de su brazo izquierdo.

—Una bomba. Bueno, un mortero. Me lo arrancó de cuajo. Peor les fue a dos que estaban a mi lado. Uno se quedó sin cara. El otro murió en el acto.

—Fue duro, ¿no?

—Sabes que sí.

—Pero ganasteis.

Lo dijo sin acritud, solo constatando un hecho irreversible.

José María hizo lo posible por sostener su mirada.

—Sobrevivimos.

—¿Nada más?

—Sí. —Se encogió de hombros.

—¿Puedo preguntarte...?

—Lo que quieras. Para eso he venido.

No había tiempo para la cortesía, ni para las florituras, ni para fingir. No entre ellos.

—Entonces dime por qué te cambiaste de bando —dijo Rogelio.

—Para no terminar en esa fosa.

—Nos fusilaron por la noche, ya de madrugada. Tú tomaste la decisión el día antes, cuando los primeros tiros. Pero en el fondo ya eras de derechas, solíamos discutir acerca de ello.

—Sabía qué iba a pasar, Rogelio.

—¿Por qué estabas tan seguro?

—¿Con Nazario Estrada y la Guardia Civil del lado de los sublevados? Era como sumar dos y dos.

—¿Y la dignidad?

—Me la tragué y escogí la vida.

Rogelio se tomó unos segundos.

—Hoy la he encontrado —dijo.

—¿Has venido a eso, a buscar la tumba de tu padre y tu hermano? —Supo de qué le estaba hablando.

—Y a ver a mi hermana, y a estar en mi casa, y a recordar, y a vivir, después de tanto tiempo.

—Mucho, ¿verdad?

—Demasiado.

—¿Cómo escapaste?

—Es una de las dos cosas que he venido a averiguar.

—¿No lo sabes?

—No.

—¡Por Dios, te fusilaron!

—No me dio ninguna bala. Caí porque sujetaba a mi padre, que no se tenía en pie. A él le alcanzaron dos, en el pecho. Luego ellos se entretuvieron fumando un pitillo antes de cubrirnos de tierra. Yo me arrastré hasta el borde y desaparecí en la espesura, sin volver la vista atrás.

—Pero ¿cómo es posible?

Ya no tenía otra respuesta. Mantuvo el silencio. José María parecía empequeñecerse por momentos, pasarlo mal. Incluso escuchó el ruido de sus tripas descomponiéndose.

—Dices que has venido a averiguar dos cosas. ¿Cuál es la otra?

—Quién nos delató.

El silencio se hizo mayor, denso como una niebla en la mañana y frío como un invierno recién llegado a la tierra.

—¿Por qué crees que alguien lo hizo? —preguntó José María, pálido—. Os sorprendieron...

—No. —Su tono era firme—. Sabían dónde estábamos y fueron a por nosotros. El alcalde y los demás.

—Alguien os vería.

—Nos cuidamos mucho de escapar con sigilo y no dejar rastros. Yo solo se lo dije a una persona.

—¿A quién? —La palidez se acentuó.

—A Esperanza.

—Ella no pudo...

—Lo sé. Le juré que volvería.

—Y lo has hecho.

—Un poco tarde pero sí, lo he hecho.

—Pudo ser alguno de los otros.

—Cuando nos encerraron, antes de darnos el paseíllo, lo comentamos a fondo. Ninguno le dijo nada a nadie. Tampoco había tiempo. El único fui yo.

—Joder, Rogelio, esto es absurdo. —Se pasó una mano por la cara.

—Probablemente me iré sin respuestas. Después de tanto tiempo...

—¿Queda alguien de los que formaron ese pelotón?

—Sí.

José María abrió los ojos.

—¿Quién?

—Eso es cosa mía.

—¿Vas a matarle?

—¿Por qué todo el mundo cree que he venido a matar a alguien?

—Porque es lo que haría cualquiera.

—Yo no soy cualquiera. —No quiso seguir el rumbo de la conversación por aquellos derroteros y cortó la serie de preguntas de su visitante—. ¿Por qué has venido, José María?

Lo recibió como un golpe.

Suave, pero golpe al fin y al cabo.

—Supongo que a pedirte perdón.

—¿Por cambiarte de bando?

—No, eso no. Las circunstancias fueron las que fueron. Pedirte perdón por casarme con ella.

—Vaya por Dios.

—Cuando acabó la guerra...

—¿La quieres?

—Sí.

—¿La querías entonces?

—Estaba sola, desvalida y triste.

—No has contestado a mi pregunta.

—Sí, la quería.

—Entonces está bien. —Movió una mano llena de conciliación mantenida con la serenidad de su rostro—. Sé que has cuidado de ella, habéis tenido hijos... Sí, está bien.

—¿Te lo ha contado Virtudes?

—Sí.

—¿Todo?

—¿Que os arreglasteis al acabar la guerra, que tuvisteis cinco hijos pero que se os murieron dos, que Vicente es muy bueno en la fábrica y tiene un gran futuro, que Rosa está bien en Madrid, que Ezequiel es un buen chico... Sí, lo sé todo.

—Entonces te falta algo, amigo.

Amigo.

Si no lo pronunció con amargura, a él sí le supo amargo.

En sus entrañas.

—¿Qué falta?

—Esperanza se cortó las venas cuando supo tu muerte.

Rogelio enderezó la espalda.

—Dios...

—No quiso vivir, ¿entiendes? Enloqueció. Ibais a casaros y enloqueció al perderte. Por suerte yo fui el que la encontró. Quise verla para darle ánimos cuando corrió la voz del fusilamiento. La encontré ya desangrándose y le salvé la vida. Luego la ocultaron sus padres y el médico, don Raimundo, murió a las pocas semanas porque se lo llevaron también al frente. Nadie lo supo. Siempre ha ido con manga larga o llena de pulseras y abalorios. Ni nuestros hijos lo saben. Ellos creen que tuvo un accidente en la guerra. Unos cristales.

Le costó recomponer su ánimo.

Y no lo consiguió.

—Maldita sea, José María... Mierda de guerra.

—Yo era tu mejor amigo. Uña y carne, ¿recuerdas? Tenía que hacer algo y...

—Sabía que sentías algo por ella.

—Era la chica más bonita de por aquí.

—Un ángel.

—Sí, un ángel —convino su visitante.

Tenía la garganta seca, pero no quería levantarse. Quizá ni podía. Tampoco le ofreció agua a él. De pronto la conversación era un pulso. El pasado y el presente. Dos viejos pasando cuentas.

—A ti te ha ido bien —dijo José María.

—Supongo que sí.

—Sobreviviste, tienes una mujer joven y guapa, una hija maravillosa, eres rico...

—Hace veinte años me habría cambiado por ti.

—Pero la conociste a ella.

—A Anita, sí. Y me salvó la vida.

—Esto ya no es lo que era, Rogelio. —Fue como si quisiera pasar página.

—Creo que sí lo es —se lo rebatió él—. Incluso el alcalde es el hijo del de entonces. Y amigo tuyo.

—No es mal tipo. Ha hecho mucho por el pueblo.

—Es un hijo de puta corrupto y fascista al que se le acaba el cuento —lo dijo despacio, mirándole a los ojos—. Y su padre lo era aún más.

—¿Cómo lo sabes?

—Sé muchas cosas, José María. Y te diré algo: tienes razón en un detalle. Soy rico. Lo suficiente como para abrir muchas puertas.

El hombre se dejó caer hacia atrás.

La ausencia de su brazo izquierdo se hizo más notoria.

—Me desprecias, ¿verdad? —Se pasó la mano derecha por la cara.

—Más bien pienso que te desprecias a ti mismo y has venido a redimirte.

—No estoy aquí para que me insultes.

—No te insulto. Siempre te dije la verdad. Para eso éramos amigos.

Era suficiente. José María se puso en pie.

Rogelio no.

Los dos hombres se miraron desde una enorme distancia.

—¿Te quedarás mucho tiempo?

—No lo sé.

La primera pregunta no fue más que una antesala de la segunda.

—¿Verás a Esperanza?

—No si no quieres que lo haga.

—Ella querrá verte a ti.

—Entonces sí —asintió.

—Dile...

La vacilación marcó el comienzo de su derrota.

—¿Qué, José María? ¿Qué quieres que le diga cuarenta años después y resucitado?

Dio tres pasos. Llegó a la puerta del comedor. Se detuvo bajo su marco.

—Nada —reconoció.

Después salió de allí y le dejó solo.

CAPÍTULO 9

MIÉRCOLES, 22 DE JUNIO DE 1977

58

Lo esperaba todo menos aquello.

Tan rápido.

—Señor Estrada, el señor Matas al teléfono.

Intentó parecer normal, tranquilo, pero en cuanto Graciela cerró la puerta, saltó sobre el aparato y descolgó el auricular. Esperó a que su secretaria colgara el suyo y cuando escuchó el «clic» soltó las dos palabras a bocajarro.

—¿Qué hay?

—No te quejarás, ¿eh?

—¿Has averiguado algo?

—Algo.

—Va, Eduardo, coño.

—Déjame que lo disfrute, hombre. Tampoco ha sido muy difícil pero tiene su mérito. Cuestión de saber a quién llamar.

Ricardo Estrada cerró los ojos.

A veces pensaba que en Madrid todos vivían tan bien que eran tontos.

—Va, suéltalo —pidió paciente.

—De entrada he de decirte que este tipo, el tal Rogelio Castro, es transparente. Tanto que es como si dejara un rastro a su paso, igual que un caracol. Mucha sociedad, mucha empresa, pero hace los negocios y las operaciones a pecho descubierto. En España no lo conoce ni Dios, aunque ya está operando aquí, pero allá, en Colombia, es famoso. Se ve que los negocios le van bien, y en concreto el de las flores... da para mucho. El tipo maneja un pequeño imperio.

—¿Tan rico es?

—Sí, tanto. Y puede hacer lo que le dé la gana, así que...

—¿Qué? —Se envaró al ver que su amigo se detenía.

—He hecho algo más que preguntar en Exteriores —dijo Eduardo Matas—. También he llamado a Industria, Comercio... Para que luego digas.

—¿Y qué has averiguado?

—Si los negocios fueran de hace meses o años, a lo peor nadie se acordaba, pero mira tú por dónde el tal Castro está operando ahora mismo, aquí, y aunque sea español, como el dinero viene de Colombia, más de uno y de dos han sabido de quién les estaba hablando. Que los de fuera inviertan en España sabes que llama la atención.

—¿Dónde está invirtiendo?

—Me comentaste lo de esos terrenos que habías recalificado y vendido en el pueblo.

—Sí, y baja la voz. A ver si te oye alguien.

—Estoy solo, descuida. —Hizo una pausa—. Los ha comprado él.

Ricardo Estrada sintió un escalofrío en la espalda.

—¿Estás seguro de eso? Todo se hizo entre abogados y a nombre de una empresa, Proynosa, establecida en Madrid.

—Es suya. Una tapadera o lo que sea, pero es suya. La lleva un tal Lucio Fernández, un abogado de los modernos, de nueva ola.

El escalofrío se hizo gélido.

Le entumeció hasta las puntas de los dedos.

—Ese cabrón te está comprando el pueblo, Ricardo —le apuntilló Eduardo Matas.

—Unos terrenos no son el pueblo.

—Algo hará con ellos, aunque eso no es lo peor.

—¿Y qué es lo peor?

—Le vendiste unas tierras recalificadas, con un precio excesivo que él pagó sin chistar. Un gran negocio para ti. Yo mismo te lo dije. El pueblo sacó tajada para sus arcas, vais a construir la piscina, pero tú... Comentamos que los de Proynosa debían de ser unos pardillos, ¿recuerdas?

Ricardo Estrada miró en dirección a la ventana.

Una solitaria nube tapaba el sol.

—¿Ricardo?

—Sí, sí.

—Hay algo más.

La mano que sostenía el auricular se cerró con rabia en torno a él.

¿Más?

—¿Qué es? —exhaló.

—Hay otra empresa recién creada por Castro y su socio español, Macrogesa, que mira por donde tiene a Proynosa detrás, y es la que va a comprar la fábrica. Probablemente uno de estos días, hoy, mañana...

—Coño, Eduardo.

No era una expresión dirigida a su interlocutor. Era un grito dirigido a sí mismo.

Por si todavía no estuviera claro, Eduardo Matas se lo dijo de nuevo con palabras:

—Este tipo va a ser el dueño de tu pueblo, Ricardo. Y encima, no sé por qué, me da la impresión de que sabe que le esquilmaste con el precio de los terrenos y pagó el exceso muy feliz.

59

Vicente entró en la casa soltando un grito de los suyos, de los que, en otro tiempo, hacían que su madre se enfadase mucho y se lo reprochase.

—¡Menudo ejemplo das a tus hermanos! —le decía.

—Es para que sepas que he llegado —decía él.

—¡Ya sé que has llegado, por el ruido de la puerta, que tengo el oído muy fino! —concluía ella.

De eso hacía muchos años, pero todavía le gustaba recordarlo, y repetirlo, y a veces comportarse como un adolescente o un joven a pesar de sus treinta y cinco maduros años.

Nadie salió a recibirle esta vez.

—¿Mamá? —Se internó por el pasillo.

—Estoy aquí. —Oyó la voz de su hermano Ezequiel.

La puerta de la habitación estaba entornada. La abrió un poco más y presenció el acicalamiento del chico delante del espejo. Podía tener veintitrés años, pero para él siempre sería «el enano», «el peque», el último en llegar tras la muerte de dos hijos consecutivos. Por la radio, a muy bajo volumen, Demis Roussos cantaba *Morir al lado de mi amor*.

—Hola, fiera —lo saludó.

—¿Qué haces aquí a esta hora?

—Nada, venía a ver a mamá antes de ir a casa.

—Pues está en el estanco.

—¿Se encuentra mejor?

—Yo creo que sí. Lo raro es que se encuentre mal. —Ezequiel se puso del perfil derecho, luego del izquierdo.

Volvió a pasarse el peine por el cabello.

—Estos días procura cuidarla. —Suspiró Vicente.

—¿Estos días? ¿Por qué?

—Tú hazlo.

—¿Qué pasa? —Dejó de mirarse en el espejo.

—Nada.

—¿Ya empezamos?

—No pasa nada.

—¿No pasa nada? Mamá tiene dolor de cabeza, no va al estanco, tú te presentas en casa al salir del trabajo, me dices que la cuide estos días, precisamente estos días, ¿y me dices que no pasa nada? —Se enfadó todavía más—. ¡Coño, ya vale!, ¿no? ¡Nunca me decís una mierda de lo que sucede!

—No grites. A ver si vuelve y te oye.

—¿Y por qué no he de gritar? ¡Siempre con secretos, siempre con misterios! ¡Ni que fuera un crío!

—Eres un crío.

—¡Cagüen la...!

Saltó sobre él y le pilló desprevenido. Primero le sujetó rodeándole con los brazos. Luego le empujó hasta derribarle sobre la cama. Quedó encima de él, porque Vicente opuso escasa resistencia.

—¿Lo ves, viejo? —protestó Ezequiel.

—Aún puedo ganarte.

—¿Ah, sí?

—Va, suéltame.

—No.

—¿A que te doy?

—Dime qué está pasando y por qué he de cuidar a mamá estos días.

—Ezequiel...

Aumentó la presión para que su hermano mayor no le sorprendiera.

—Es todo por culpa del recién llegado, ¿no?

Vicente sostuvo el peso de su mirada.

Tenía razón, ya no era un crío.

—¿Qué sabes de él? —Se rindió.

—Nada. Lo que dicen todos. Que se escapó cuando la guerra y que ahora ha vuelto rico y resulta que es el hermano de la señora Virtudes.

—Suéltame —le repitió.

—¿Vas a contármelo?

—Sí, aparta, va.

Aflojó la presión y acabó levantándose. Se puso de pie frente a él. Vicente se incorporó, pero solo para quedarse sentado en la cama.

Pareció buscar la forma de decírselo.

—Ese hombre fue novio de mamá. Iban a casarse pero la guerra lo impidió.

—¿En serio? —Abrió los ojos demudado.

—Mamá lo pasó muy mal. Esas cicatrices suyas de las muñecas...

—No jorobes. —Se estremeció.

—Sí, lo intentó. Papá la salvó de milagro.

—Joder. —Soltó una bocanada de aire Ezequiel.

—¿Te imaginas? —continuó su hermano—. Le creía muerto y de pronto reaparece, vivito y coleando. Una pasada.

—Pero ya no...

Intercambiaron una mirada incierta.

—No lo sé. Han pasado más de cuarenta años.

—¿Y tú cómo lo sabes? —El muchacho puso cara de extrañeza.

—Por casualidad. —Vicente hizo un gesto simple—. Por eso y porque tengo doce años más que tú. No vayas a creer que ellos me lo contaron. Papá era el mejor amigo del tal Rogelio, así que ya ves.

—Pero papá hizo la guerra con Franco y ese hombre era del otro bando.

—Sí.

—Coño. —Se dejó ir Ezequiel.

—Ahora ya lo sabes, pero sigue siendo un tema espinoso. No es bueno que los hijos conozcan los secretos de los padres, pero aún es menos bueno que los padres sepan que los hijos los saben, ¿me explico?

—Sí.

—Pues ya está. —Se puso en pie—. Vas a tener que arreglarte otra vez. —Frunció el ceño y agregó—: ¿Y dónde vas tú tan peripuesto?

Ezequiel se lo quedó mirando con ojos transparentes.

Súbitamente serio.

—¿Qué pasa? —Se extrañó su hermano.

—Salgo con la hija de él, Marcela.

La estupefacción fue absoluta.

—¿En serio?

—Sí.

—¿Y cómo...?

—La conocí, dimos una vuelta anoche y hemos quedado hoy para cenar, eso es todo.

—Dicen que es muy guapa.

—Muy guapa es poco.

Vicente se apoyó en la pared. El traje de Ezequiel colgaba de una percha. Y la corbata. Su única corbata. Más que una cita era una gala. La radio emitía ahora *Eres toda una mujer*, de Albert Hammond.

Muy apropiado.

—Ten cuidado. —Fue lo único que pudo decirle como hermano mayor.

El resto se lo guardó.

60

La mano de Rogelio sostuvo la aldaba apenas tres segundos.

Muy largos.

Luego la dejó caer un par de veces.

El eco de los golpes se esparció por la casa. Siempre había sido vieja, así que ahora lo era más. Gruesas paredes de piedra, ventanas pequeñas, el descuido propio de quien solo vive en ella sin llegar a quererla. La puerta estaba empezando a pudrirse por abajo.

Blas le abrió y se quedaron mirando.

Ahora los tres segundos se hicieron eternos.

Una sola palabra.

—Pasa.

Y la breve caminata, hasta el comedor, el mismo de entonces, con las mismas sillas, el mismo aparador y la misma sensación de tristeza, como en toda casa sin una mano femenina. El olor a tabaco lo impregnaba todo. Lo único nuevo era la estufa, por supuesto apagada, ubicada en un rincón a la espera de los fríos otoñales e invernales.

Rogelio pensó que había vuelto al pasado por el túnel del tiempo.

Pero Blas y él tenían cuarenta años más.

—Siéntate. ¿Un vino?

—No.

—Yo sí voy a necesitarlo.

Lo dejó solo y salió de la estancia. No tardó mucho. La cocina estaba al lado. Reapareció con un *pack* de cartón y, pese a todo, dos vasos, por si su visitante se animaba. Cuando se dejó caer sobre la silla lo hizo a plomo, como si pesara doscientos kilos.

Se escanció medio vaso de vino rojo y peleón y lo apuró de un trago.

—¿Has de emborracharte para hablar conmigo? —dijo Rogelio.

—Sabes que no. —Lo dejó sobre la mesa.

El nuevo intercambio ocular fue más sereno. Misterios, incertidumbres, preguntas, destellos, reconocimientos, la certeza de los años pasados oculta en cada arruga y en cada fuego apagado de sus pupilas.

—No pareces tener sesenta y un años —reconoció Blas.

—Tú en cambio...

—Sí, ya lo sé.

—La última vez que te vi me apuntabas con una escopeta, ahí arriba. —Señaló el monte a través de la ventana—. Luego me disparaste.

Blas forzó una sonrisa.

—No —dijo.

—¿No qué?

—No te disparé, Rogelio. Si lo hubiera hecho no estarías aquí.

Cuarenta años viviendo con una duda eran muchos años.

Y de pronto...

—Así que disparaste al aire.

—Sí.

—¿Por qué?

—¿Y lo preguntas? —Empequeñeció los ojos Blas—. Éramos amigos, por Dios..

—El 18 de julio dejamos de serlo.

—No, Rogelio, eso no.

—Fue tu padre, ¿no es cierto?

—Sí —admitió él.

—Te puso un arma en la mano.

—Y tuve que elegir.

—Yo seguí al mío.

—No, tú eras lo que eras, siempre lo fuiste. Idealista, de izquierdas, no comunista ni anarquista ni... Solo de izquierdas. Tú tenías convicciones. Yo no. Yo tenía un padre y mucho miedo. Era morir o vivir. Y elegí vivir.

—Nos separamos todos —musitó Rogelio—. Un abismo. A un lado José María, tú, el hijo de puta de Ricardo, aunque eso era lógico, y al otro Eustaquio, Florencio, yo...

—Es como si hubiera sucedido ayer, ¿verdad?

—Sí.

Blas se sirvió otro medio vaso de vino. Dejó el *pack* y volvió a apurarlo de un sorbo, echando la cabeza hacia atrás para abrir más la garganta.

—Así que me salvaste la vida —reconoció Rogelio.

Su anfitrión se tomó su tiempo.

No había prisa.

En la vida todo eran círculos que se abrían y cerraban constantemente.

—Aquella noche, cuando me dijeron que te habían cogido junto a los otros, tuve mucho miedo —comenzó su relato Blas—. Me alegré de que te hubieras escapado, y de repente... estabas preso. Había mucho jaleo, muchos gritos, muchas voces, pero el que llevaba el peso de todo era el alcalde, Nazario, y por supuesto los picoletos. Alguien preguntó qué se iba a hacer con vosotros, si encerraros o qué, y el alcalde dijo que no, que el mejor rojo era el rojo muerto y fin del problema. Dijo que había que fusilaros y entonces di aquel paso. Me apunté para estar en ese pelotón porque comprendí que era tu única oportunidad.

—¿Te arriesgaste a tanto?

—Lo mejor es que nadie sospechó nada. El odio apareció sin más, entre amigos, entre hermanos... No había dudas. Nadie cuestionaba nada, todo era blanco o negro. Yo sabía que salvarte era cuestión de suerte, solo eso, porque las posibilidades eran remotas y tenía que hacerlo bien o... ¿Recuerdas los detalles?

—Claro. Uno a uno. Nos sacaron de donde nos habían encerrado, nos pusieron capuchas y gorros, nos montaron en un camión entre insultos y golpes y luego, al bajar de él, nos hicieron subir al monte, a oscuras, tropezando y cayendo. No sabía quién nos guiaba hasta que nos quitaron los cubrecabezas. Entonces te vi.

—No dijiste nada.

—Te miré, solo eso. Parecías tan serio y concentrado... —Rogelio tragó saliva—. No fallaste por estar nervioso.

—No. La suerte fue que a ti no te ataron las manos, porque sostenías a tu padre. Los demás sí las llevaban atadas. Me pareció un signo y supe que era posible. Me coloqué delante de ti, para ser yo el que te apuntara al pecho, y pensé que tú te darías cuenta, que entenderías...

—En ese instante no podía pensar en nada, salvo en que iba a morir.

—A tu padre le dio Íñigo, que estaba a mi lado. Hizo dos disparos. Yo apunté al aire, por encima de tu cabeza. Caísteis los dos hacia atrás.

—Pero yo lo hice por sujetar a mi padre.

—No estaba seguro de eso. —Blas hablaba ahora con comedida pasión y nervio—. Y cabían un montón de posibilidades. Que os remataran uno a uno era la más lógica. Por eso se me ocurrió aquello.

—¿También fuiste tú?

—Sí, dije que no se oía nada, que mejor nos fumábamos un cigarrito para descansar y que luego yo mismo os cubriría de tierra, que por algo era el más joven, y si alguno todavía resollaba, así nos ahorraríamos una bala.

—Todos se rieron.

—Pero esa fue la clave, Rogelio. Lo hiciste bien, no te moviste, y aprovechaste esos instantes, la oscuridad... Yo no sabía si lo habías comprendido.

—Estaba muerto de miedo —reconoció—. Dejé a mi padre, miré a Carlos, con la cara ensangrentada porque a él le dieron en la frente, me tragué el dolor y las lágrimas y me asomé a la fosa. Os vi hablando, como si tal cosa, y me escapé por el otro lado. Nunca pensé...

—¿Ni una sola vez en estos años?

—A veces... —Bajó la cabeza sin acabar una vez más la frase y al volver a subirla dijo—: Ahora sí necesito un trago.

Blas le llenó el vaso.

Pero él dio únicamente dos pequeños sorbos.

—Cuarenta años pensando que yo era un hijo de puta.

—Sí.

—Maldita sea, Rogelio.

Tenía los ojos húmedos y estaba paralizado, agarrotado. Había llegado al pueblo con dos preguntas y ya tenía la primera respuesta.

Dio otros dos sorbos al vino.

—Si pensabas que era un cabrón, ¿por qué no me mataste al llegar? —dijo Blas.

—No seas bestia. ¿Tú sabías que estaba vivo?

—Cuando eché tierra sobre los cuerpos, a pesar de la oscuridad, vi que no estabas —se lo explicó—. Primero cubrí vuestro lado, por si acaso. Hice bien porque luego me ayudaron otros, Pablo Izquierdo, Manuel Soria y Conrado Pujalte, para ir más rápido. Ninguno de los caídos emitió el menor gemido. O estaban todos muertos o prefirieron callar para evitarse el tiro de gracia, aunque entonces murieran sepultados. Nazario Estrada quería regresar cuanto antes, para que no se le escapara nada. Recuerdo que escupió sobre vuestra tumba y nos gritó que la disimuláramos bien, que nadie la encontrara. Y al que hablase... Yo seguía medio ido, con el corazón a mil. De locos, Rogelio, de locos. Miré varias veces el bosque y te deseé suerte. Luego, al acabar la guerra y no saber nada de ti, imaginé que habías caído igualmente en cualquier otra parte.

—Ya ves que no.

—Vendes flores porque en el fondo siempre tuviste una en el culo, y bien grande.

Sonrieron por primera vez.

—Coño, Blas.

—Hostias, Rogelio, hostias...

Entonces sí, se levantaron de sus sillas al unísono y se abrazaron, con fuerza, aplastándose uno contra el otro y sacudiéndose el polvo de sus recias espaldas.

61

La alertó el sonido de un claxon, pero fue su madre la que miró por la ventana y se lo anunció.

—Vaya, ha venido en coche.

—¿Ah, sí?

—Y muy peripuesto. —Estuvo a punto de silbar—. Está guapo con traje y corbata.

—¿Traje y corbata? —Se demudó Marcela.

—Eso sí es una cita. En toda regla.

—¡Ay, Dios! ¡Y yo vestida así!

—Estás preciosa, hija.

—¿Quién es? —preguntó Virtudes entrando en el comedor.

—Un chico —dijo la muchacha mientras volvía a dirigirse a su madre—. ¿Me cambio?

—¡No seas tonta! ¡Vas perfecta!

—¿Qué chico es? —Se extrañó Virtudes—. Pero si llevas solo un par de días en el pueblo y no conoces a nadie.

—Se llama Ezequiel Torralba, tía —le informó ella.

La mujer se detuvo en seco.

—Pero...

No tuvo tiempo de terminar lo que fuera a decir. El aparecido llamó a la puerta y nadie la hizo caso. Se comió su propia tribulación.

—¿Le hago pasar o sales tú? —preguntó Anita.

—No, no, ya salgo yo. —Fue rápida ante el horror que le producía la idea de que el chico fuese pasto de sus miradas o comentarios.

—Que te diviertas —le deseó su madre.

—Gracias. Adiós, tía.

No les prestó atención, ni a la sonrisa de su madre ni a la grave seriedad de Virtudes. Llegó a la puerta, la abrió y se enfrentó a su nervioso compañero.

Se quedaron mirando el uno al otro.

—Vaya —consiguió articular él intentando no parecer bobo.

—Nunca te hubiera imaginado con corbata. —Sonrió ella.

No supieron qué más hacer, así que él le tendió la mano.

Marcela se la estrechó, pero también se acercó para darle un beso en la mejilla. Luego se fijó en el coche, un 600 de color gris, sobrio pero cuidado.

—¿Y eso?

—No vamos a ir a un restaurante que está en la carretera a pie, o en autobús. Bueno, si hubiera algún autobús a esta hora.

—¿Es tuyo?

—No, de mi madre. Pero lo usa poco.

—Parece un bomboncito.

Ezequiel miró el coche. Nunca se hubiera atrevido a llamarlo «bomboncito». Abrió la puerta del copiloto para dejarla entrar. Una vez acomodada, rodeó el vehículo para sentarse al volante. La corbata le apretaba demasiado el cuello. La última vez que se la había puesto fue para un entierro. La anterior, para una boda.

Quizá se hubiera pasado un poco.

Ella en cambio estaba preciosa, liviana, exuberante.

—Chica de lujo, coche de lujo —se atrevió a decir.

—Pareces distinto. —Se echó a reír Marcela.

—Es la corbata. ¿Vamos?

—Claro.

Puso el motor en marcha y luego introdujo la primera para arrancar. Conducía poco, así que no siempre se mostraba demasiado seguro. En Madrid iba en metro o en autobús. El coche quedaba para las escapadas por el pueblo o alrededores.

Marcela observó de reojo la casa.

Como imaginaba, su madre y su tía atisbaban por la ventana.

El 600 empezó a rodar, alejándose de allí. Eso la relajó y ya no volvió la cabeza. Durante el primer minuto su compañero condujo por la parte más estrecha del entramado de callejuelas, hasta salir a una de las arterias principales.

—¿Qué coches tenéis allá?

—Principalmente americanos.

—Ya, claro.

No era la mejor de las conversaciones, pero servía. Ezequiel puso la segunda durante no más de doscientos metros, hasta el primer semáforo.

—Espero que te guste el lugar. —Quemó otra de las posibles charlas imaginadas.

—Seguro que sí.

—¿Tienes hambre?

—No como demasiado, pero te haré los honores, descuida.

Una chica relativamente atractiva cruzó la calle mirándolos con los ojos muy abiertos. A los dos. Pero acabó centrándolos solo en él. Su rostro se cubrió con una repentina expresión de ira.

Ezequiel tragó saliva.

Marcela fingió no ver nada. Incluso desvió el rostro hacia su lado derecho, como si la horrible casa de aquel lado le llamara la atención por algún motivo.

La muchacha de la calle pareció vacilar. Por un instante pensó que iba a abordarlos. Por suerte el semáforo volvió a cambiar muy rápido y él aceleró.

Mientras lo hacía, Ezequiel observó a Elvira por el retrovisor.

Todavía quieta, paralizada a un lado de la calle.

Marcela se mordió el labio inferior, pero no hizo la pregunta.

No valía la pena.

62

Ahora bebían los dos, al unísono. Incluso acababan de brindar por la vida, las segundas oportunidades, la esperanza.

—Hace mucho que no me emborracho —dijo Blas.

—Yo no puedo hacerlo —aseguró Rogelio.

—¿Te sienta mal?

—Le sienta mal a mi mujer. La última vez que llegué a casa bebido no me dejó entrar. Por la mañana me dijo que a la segunda me echaba.

—Los tiene bien puestos.

—¿Anita? Sí.

—¿De verdad te enamoraste de ella?

—Claro, ¿por qué?

—Una heredera rica...

—En aquellos días lo que menos me importaba era el dinero. No era más que una sombra. Llevaba años dando tumbos, sin destino, metiéndome en líos, supongo que buscando que alguien me pegara un tiro.

—Y el amor te redimió.

—Ciento por ciento —asintió—. Encontré un porvenir con lo de las flores, y luego al aparecer ella... —Inundó su rostro con una aureola sentimental—. La vida tiene sorpresas, y a veces hasta son agradables. Cuando una persona tiene la suerte de amar y ser amada lo tiene todo y es capaz de todo.

—Romántico, tú.

—¿Qué pasa?

—Ya lo eras entonces. Le escribías poemas a Esperanza. No te importaba el ridículo.

—Tú también le escribiste alguno a Virtudes.

—No era lo mismo.

—Te habrías casado con ella, y en cambio, ya ves: solteros los dos.

—Pagué un precio, como todos. —Paseó un dedo por el borde de su vaso de vino—. A veces he pensado que una maldición envolvió a los del pelotón de fusilamiento.

—¿Cuántos quedan?

—Nazario Estrada y yo, y él...

—Ido.

—Del todo. Le mantienen vivo porque es rico, que si no...

—¿Por qué no has dicho nunca dónde estaba la fosa?

—¿Qué ganaba con eso?

—¿Nunca hablaste con Virtudes?

—¿Cómo se habla con una mujer a cuyo padre y hermanos has ayudado a matar?

—Podías haberle contado la verdad, y con el tiempo...

—Mira, Rogelio, al acabar la guerra yo era del bando vencedor y ella estaba sola y amargada. Encima era hija y hermana de rojos. No sé ni cómo lo aguantó. La escupían por la calle, la insultaban, le gritaban que se fuera. ¿Qué iba a decirle? ¿Salvé a tu hermano? José María recogió los pedazos de Esperanza, Eustaquio tardó pero acabó arreglándose con Blanca. Yo no tenía la menor oportunidad.

—Renunciaste.

—Sí.

—¿Y no ha habido nadie en cuarenta años?

—Llevo toda la vida arrastrando la culpa por lo que hice. Solo ahora digamos que me siento un tanto liberado, por ti, porque veo que al final mis actos sí tuvieron un sentido. —Siguió acariciando el borde del vaso, y alternando la mirada de sus ojos entre él y su visitante—. De todas formas hace ya unos años que tengo algo.

—O sea que hay alguien.

—Sí.

—Pues bien, ¿no?

—Lo mantenemos en secreto. Nadie lo sabe.

—Por Dios, Blas, se te está pasando el arroz.

—¿Crees que no lo sé? —Ahora sí tomó el vaso y lo vació de un trago—. El tiempo ha pasado muy rápido en el fondo. Primero no lo parece, con el día a día, pero luego, ahora, te das cuenta de que todo es un vértigo. Además es veinte años más joven que yo.

—Yo le llevo veinte años a Anita.

—No es lo mismo.

—¿Quién es ella? ¿La conozco?

—Claro que la conoces, aunque igual no en persona. La hija de Florencio.

—¿Martina? —Se sorprendió.

—Sí.

—Ha venido a verme esta tarde para pedirme que vaya a visitar a su padre.

—¿A que es guapa?

—Sí, lo es.

—La hija del Florencio. —Resopló con amargura—. ¿Te imaginas? Sale del agujero y se entera de que su hija está liada con uno de los que lucharon contra él. —Otro resoplido—. Bueno es el Florencio. Ya estaba loco entonces. Imagínate ahora, después de tantos años emparedado.

—Habla con él.

—Lo haría, pero ella no me deja.

—¿Sabes lo que más me asombra? —Rogelio apartó su vaso para no caer en la tentación—. Habéis vivido cuarenta años todos juntos aquí, vencedores y vencidos, viéndoos a diario. Por más que trate de entenderlo me cuesta.

—¿Recuerdas a la Sinforosa?

—Sí.

—El Damián mató a su padre y le quitó el reloj. Lo llevó hasta que se murió y ahora lo tiene su hijo. Sinforosa los veía cada día, a uno y a otro. A ellos y al maldito reloj.

Rogelio tragó saliva.

—También les quitaron las cosas a mi padre y mi hermano. Bueno, y a mí. Pero no sé quién. Fue mientras estábamos presos.

—Pues llegas tarde, amigo. Ya no tienes de quién vengarte.

—No he venido a vengarme, Blas.

—Venga, va. —Hizo un gesto de fastidio poniendo en duda sus palabras.

—¿He de jurártelo? —Endureció su rostro—. Ya no sé cómo decirlo, por activa y por pasiva. Tendré que hacer un bando municipal o algo así.

—Pues todos lo creen.

—Eso lo sé, y algunos están nerviosos.

—Me extrañaba que hubieras venido con tu mujer y tu hija.

—Si hubiera querido matar a alguien, habría mandado un sicario. En Colombia son baratos.

—¿Y ahora que sabes la verdad con respecto a mí?

—Todavía me queda una duda.

—¿Cuál?

—Primero quería saber por qué estaba vivo, sí, si se trataba de un azar o... Ahora necesito saber quién nos delató.

—¿Qué quieres decir?

—Cuando huimos yo fui a ver a Esperanza. Me arriesgué, pero no quería irme sin más. Fui el único que asumió ese riesgo. Le dije que nos ocultaríamos en la quebrada, nos abrazamos, nos besamos y eché a correr. Queríamos llegar a la zona republicana para unirnos al ejército o a cualquier grupo que luchara contra los malditos fachas. No llevábamos ni media hora allí cuando nos rodearon, la Guardia Civil, los del alcalde, todos los sublevados. Cayeron sobre nosotros como bestias.

—¿Y por qué tuvo que delataros alguien?

—Porque todo fue muy rápido, Blas, y porque dos y dos son cuatro. Aquí no hay casualidades. Lo normal era haber huido hacia el este o el norte, y nosotros, por precaución, lo hicimos hacia el sur. Cuando lo hablamos más tarde resultó que nadie había dicho nada. Solo yo.

—¿No pensarás que fue Esperanza?

—No, claro que no.

—Entonces...

Rogelio bajó la cabeza. Hubo un poso de amargura en su voz al decir:

—Supongo que ya no lo sabré jamás.

—No, supongo que no —se lo corroboró Blas.

Volvieron a mirarse.

Cada vez era distinto, cada brillo único, cada emoción intensa.

Se habían convertido en dos hombres desnudos. Y si no ellos, sus almas, sus corazones.

Algo más que un reencuentro.

—¿Cuándo acabará esto de verdad? —Blas se dejó arrastrar por una triste paz.

—Mientras siga habiendo muertos en los montes, nunca.

—Entonces habrá que sacarlos algún día.

—Algún día —asintió Rogelio antes de agregar recuperando un tímida sonrisa—: ¿Puedo preguntarte algo?

—Por supuesto.

—¿De qué vives?

—Estuve en la fábrica, como todos, hasta que les toqué demasiado los huevos a los de arriba y me echaron con una mierda de indemnización. Lo sé todo de ese lugar, era bueno, pero acabé en la puta calle. Entonces me vendí una de las tierras que todavía me quedaban y no me quitaron.

—Así que de rentas.

—Yo no diría tanto, pero sin alardes... me llegará hasta que estire la pata.

—Eustaquio jubilado prematuramente por su pierna, José María héroe de guerra, Florencio salido de la catacumba, tú...

—¿Qué quieres, si todos somos unos carrozas, como nos llaman ahora los jóvenes?

Había llegado el momento.

Y se lo dijo.

—Va a haber cambios en el pueblo, amigo. Me alegro de que estés conmigo, porque voy a necesitarte.

Blas alzó las cejas.

—¿Cambios? ¿Qué cambios? —quiso saber.

63

El restaurante era agradable, muy bonito, y al ser un día de cada día apenas si había gente. Una pareja de mediana edad en una de las esquinas y dos hombres charlando animadamente en otra. Ellos se sentaron en medio, de cara a la terracita, con el valle proyectándose entre las primeras sombras al frente y bajo una maravillosa puesta de sol tardía.

—Tenías razón —convino Marcela—. Es un lugar precioso.

—¿Sabes que mañana es la noche más corta del año?

—No.

—Verbena de San Juan. En media España se hacen fogatas y se tiran petardos. Nadie duerme. Es la llegada del solsticio de verano.

—Me gusta esa palabra: sols...

—Solsticio.

—En Medellín hay primavera eterna.

—Ya me gustaría a mí no tener que ponerme abrigo y bufanda en invierno.

—Entonces pídele trabajo a mi padre.

Era una broma, pero Ezequiel parpadeó un momento, atravesado por la idea.

Solía soñar siempre, demasiado.

Un camarero, con pantalones negros, camisa blanca, chaleco y pajarita, llegó hasta ellos. Una chica les había conducido a la mesa sin hablar. El aparecido en cambio sonreía.

—¿Todo bien, Ezequiel?

—Sí, gracias.

El camarero evitó mirar a Marcela, sobre todo porque desde las alturas veía demasiado bien su provocativo escote.

—¿Menú o carta? —preguntó.

—Carta.

—Ahora mismo os la traigo. Que disfrutéis.

Fue en busca de la carta y los dejó solos un momento.

—¿Has traído aquí a muchas? —bromeó ella.

Ezequiel volvió a quedarse serio.

—No, no —respondió demasiado rápido.

—Pues te conocen bien.

—Porque Ernesto trabajó en el pueblo.

Ernesto ya regresaba con dos enormes cartas acolchadas, de color marrón. Le entregó la primera a la chica y la segunda al chico.

—También tenemos rabo de toro, exquisito, y un delicioso cabrito al horno —les propuso.

—¿Cabrito a esta hora, para cenar? —Arrugó la cara Ezequiel.

—¿Lo del rabo de toro es...? —Vaciló Marcela dirigiéndose al camarero.

—Rabo de toro.

—Mejor miro la carta. —Se estremeció.

Se concentraron en la lectura unos segundos. Ezequiel fue el primero en cerrar la carta. Marcela tardó un poco más. Ernesto atendía a la pareja de mediana edad, silenciosa en contraste con los dos amigos habladores.

Ezequiel intentó que no los dominara ningún silencio.

Nunca lograba salir indemne de ellos.

—¿Cómo es tu vida en Medellín?

—Normal dentro de las circunstancias.

—¿Lo dices porque tus padres son gente importante?

—Sí. Y porque hay demasiada violencia, asesinatos, secuestros...

—¿Tienes miedo?

—No. —Fue rotunda—. Me enseñaron a ser precavida, a no relajarme ni fiarme, y por la misma razón me educaron para que no tuviera miedo. No se puede ser feliz con miedo. La vida es libertad.

—¿Entonces qué haces?

—Estudio, tengo amigas, lo que todas. ¿Sabes que a los quince años se celebra allí la mayoría de edad?

—No.

—Te pones de largo y se hace una gran fiesta. La mía fue preciosa.

Ezequiel buscaba la forma de hacer aquella pregunta.

El regreso de Ernesto lo evitó.

—¿Habéis decidido ya?

Hicieron sus pedidos. Mientras los tomaba, la muchacha que los había conducido a la mesa les trajo unos aperitivos, dos croquetas, dos galletitas con cortes de anchoa por encima y unas aceitunas grandes como nueces.

—¿Vino?

—No.

—Yo tampoco —dijo ella.

Volvió a dejarlos solos.

Otra oportunidad.

—¿Qué te ha contado tu padre del pueblo? —Se lanzó Ezequiel.

—No mucho. —Fue sincera—. Lo de su huida y poco más. Nunca ha sido muy hablador en ese sentido.

—¿Nada de sus amigos ni de cómo era su vida antes de la guerra?

—Eso sí, pero en plan anecdótico.

—¿Novias?

—No.

A Ezequiel se le aceleró el corazón.

—Tenía veinte años y a esa edad en aquellos días hubiera sido lógico. —Tanteó.

—¿Tienes novia tú con veintitrés?

—No. —Se puso rojo—. Pero es distinto. Hace cuarenta años supongo que era lo más normal.

—No me imagino a papá con novia.

Ezequiel pensó en lo que acababa de decirle un rato antes su hermano Vicente.

Iban a casarse.

Su madre y el padre de la chica que tenía al lado.

—¿Sabes tú algo? —preguntó Marcela.

—No, no, era curiosidad. —Intentó bajar el calor de sus mejillas contemplando la puesta de sol, que ahora desparramaba un cárdeno color rojo sobre la tierra del valle.

—¿Y tú?

—¿Yo qué?

—Tus sueños. Anoche no acabaste de contarme.

—Me gustaría hacer algo, no sé, lo que sea. Viajar, conocer culturas, hablar con personas que no tengan nada que ver con esto... A veces siento que estoy corriendo, pero sé que no voy a ninguna parte. Y me gustaría tener ese lugar claro, es decir, correr pero con un sentido, no sé si me explico.

—Claro que te explicas. Eres un romántico. Tienes hormigas en el cuerpo.

—Millones.

—Pero a veces no hace falta correr para encontrarse a uno mismo. Basta con abrir los ojos y mirar alrededor.

—Alrededor mío no hay más que lo que has visto estos días, el pueblo.

—¿Y qué? A mí me gusta.

—Porque vienes de fuera.

—¿Sabes que mi padre...?

—¿Qué? —La alentó a seguir Ezequiel al ver que se detenía.

Marcela apretó las mandíbulas.

No le tocaba a ella decir nada, y menos de los negocios de su padre, sus planes para con el pueblo.

Por mucho que le gustase aquel chico y quisiera caerle bien más allá de atraerle por su físico o su exotismo latino.

—No, nada.

—¿Qué ibas a decirme de tu padre?

—Nada, en serio. Cosas de mayores. Sigue hablándome de tus sueños, por favor.

—Yo preferiría que me hablaras de los tuyos.

—Entonces hablemos cinco minutos cada uno —propuso ella—. Te toca.

Ernesto se acercaba con una jarra de agua.

Al sol le quedaban apenas unos últimos rayos de luz roja antes de ser tragado por la tierra.

CAPÍTULO 10

MIÉRCOLES, 22 DE JUNIO DE 1977

64

La casa de Florencio también estaba igual, como la de Blas, solo que aún más vieja, situada en uno de los extremos de la zona antigua del pueblo, lindante ya con el bosque que se abría por aquel lado. No tuvo que llamar a la puerta porque antes de llegar a ella se la abrió Martina, como si le esperase o le hubiese visto llegar.

—Gracias —dijo la hija de Florencio Velasco.

—No hay de qué.

—Espere, voy a avisarle.

—Bien. —No la dejó marchar sin más—. Ya he hablado con Blas.

Martina se volvió rápido.

—Lo celebro. —Suspiró—. Creo que era importante que lo supiera de una vez.

—Me ha contado todo.

Captó la doble intención de sus palabras. Todo era «todo».

Ella alzó la cabeza con orgullo.

—Ya ve —dijo encogiéndose de hombros.

Continuó su camino y él esperó. Oyó unas voces cercanas, imprecisas, que hablaban en voz baja. Casi al instante, por la puerta que comunicaba la entrada con el resto de la casa, apareció Eloísa.

Florencio había sido el primero en casarse, muy joven. Martina había nacido un año antes de empezar la guerra. En aquellos días

Eloísa era una chica graciosa, llena de encanto, menuda y frágil. Con el tiempo la fragilidad parecía haber desaparecido para dar paso a una fortaleza que se intuía en sus rasgos firmes, sus ojos duros, sus manos grandes habituadas al trabajo y la resistencia.

Ahora esos ojos lloraban.

—Rogelio...

Se abrazaron en silencio, con fuerza, y dejaron que sus emociones hablaran por ellos. Tampoco había muchas palabras que gastar, solo las precisas.

—¿Cómo estás? —preguntó él.

—Bien.

—¿Y Florencio?

—Loco. —Esbozó una sonrisa de ánimo.

—Ya lo estaba antes.

—Sí, ¿verdad?

—Por eso te enamoraste de él.

Eloísa se llevó una mano a los labios. Ya no pudo decir nada porque Martina regresó a la escena.

—Pase —le invitó a seguir.

—Luego te veo. —Rogelio se separó de la mujer.

—¿Te quedarás a cenar? —preguntó sobreponiéndose a su emoción.

—No he dicho nada en casa. Depende de lo que hablemos tu marido y yo.

—Entonces estaréis toda la noche.

Siguió a Martina. Pensaba que Florencio le esperaría en el comedor, o en el patio trasero, bajo la calma de la noche. Pero su hija le condujo hasta un agujero en la pared de una de las salitas que daba al pasillo, frente a la cocina.

Un agujero tras el cual se veía una habitación, una cama, un armario, una mesa, libros...

A Rogelio se le encogió el corazón.

—Está ahí dentro —dijo Martina.

Le costó dar el paso.

Le costó porque sintió el horror agazapado en su alma.

—¿Ahí?

—Sí. —Fue rotunda la mujer.

—Siempre he sentido aversión a los espacios cerrados —confesó.

Martina no dijo nada. Sus ojos lo expresaron todo.

—Vamos, Rogelio, entra. —Escuchó la voz de su amigo—. No tengo todo el tiempo del mundo.

Socarrón, hiriente, afilado.

Era él.

Rogelio se resignó. Agachó su cuerpo, cruzó aquel umbral angustioso y se encontró en una especie de cueva perfectamente acondicionada, techo alto, relativamente espaciosa a pesar de todo y con una especie de microclima estable, ninguna humedad, ninguna sensación de sequedad.

La cárcel perfecta.

Florencio le esperaba de pie. Había dos sillas junto a la mesa, una para cada uno, pero él le esperaba de pie, serio, convertido en una momia viviente porque la luz le incidía de lado y alteraba sus rasgos, por otro lado casi irreconocibles tantos años después. Lo único que conservaba casi igual era el brillo de la mirada, tan penetrante e incisiva como entonces.

El abrazo con Eustaquio había sido fraternal. El abrazo con Blas, liberador. El abrazo con Florencio fue el de la amargura convertida en identidad.

Ellos, los auténticos supervivientes.

Cada uno en un extremo de la balanza.

—Hijo de puta... —Oyó que le susurraba Florencio al oído.

Tardaron en separarse. Tardaron mucho. Cuando lo hicieron se miraron con fijeza, buscando lo indefinible, hasta que Florencio se dejó caer sobre una de las sillas y le invitó a que ocupara la otra.

Todavía esperaron unos segundos antes de abrir la boca.

Y fue Rogelio el que pronunció las primeras palabras.

—¿Por qué aquí?

—Morbo.

—¿Y me acabas de llamar hijo de puta a mí?

—Creo que esta es mi casa ya —dijo Florencio—. Más que la de afuera.

—No seas bestia.

—Tengo sesenta y cuatro años y pasé casi treinta y cinco aquí dentro. ¿Quieres que te diga exactamente cuántos meses, semanas, días...?

—No.

—No quería que vieras esto por venganza, que conste.

—Siempre fuiste un poco sádico.

—Necesitaba que estuvieras aquí, Rogelio.

—Tengo claustrofobia.

—No me vengas con chorradas.

—¿Por qué no saliste en el 69, cuando la amnistía?

—¿Hablas en serio? —Su rostro reflejó asco—. ¿Va el Franquito el 31 de marzo del 69, un día antes del 1 de abril, fecha del 30 aniversario de su gloriosa victoria y fin de la guerra —lo pronunció con agudo énfasis—, y nos dice que todo ha terminado y que los delitos han prescrito? ¡La puta madre que lo parió, Rogelio! ¡Y una mierda iba a salir yo para entregarme y que me fusilaran!

—Otros lo hicieron y no les pasó nada. Mira la de topos que salieron a la luz. Debes de ser el que más tiempo ha estado encerrado, porque he oído hablar de algunos que han pasado hasta treinta y cuatro años, pero casi treinta y cinco...

—¿Y por qué no volviste tú entonces?

—Es distinto.

—No, tenías miedo, como todos. Hasta que no se ha muerto él y ha venido la democracia, tan cagado como el resto.

—Ya tenía una vida. Tú en cambio estabas aquí.

—Pero muy marcado. Me signifiqué demasiado. Podían imputarme la hostia de cargos. Encima salir no era garantía de libertad o vida, porque incluso en el pueblo, treinta años después, uno podía dispararme de noche por venganza y si te he visto no me acuerdo. —Tomó aire—. Que no, que no. Me dije que hasta que no la palmara él, yo no salía. Y así fue.

Rogelio respiró con más fuerza que él, dominando sus ganas de salir corriendo.

—Cuando mi hermana me dijo que estabas vivo y habías salido a la luz...

—Pues imagínate cuando me enteré yo de que tú también estabas vivo y volvías al pueblo.

—¿Cómo pudiste...? —Abarcó aquella cueva.

—Mejor esto que ser fusilado en una cárcel de aquel cabrón. Porque a mí me habrían fusilado, en serio, Rogelio. A mí sí. Al acabar la guerra y a los treinta años de ella. De no haber estado fuera cuando aquí os detuvieron y os llevaron al monte, yo estaría en esa fosa. En el fondo tuve suerte.

—¿Cómo te metiste aquí?

—Escapé en los días finales de la lucha, cuando ya estaba perdida y nos íbamos en desbandada. Y de llegar a la frontera, nada. Fue un largo viaje, no creas. Estuve oculto en los montes, viviendo como una bestia, medio loco y sin saber nada. Cuando comprendí la situación y que no había nada que hacer, me vine aquí, eludiendo controles, caminando más de noche que de día. Finalmente conseguí llegar una noche, disfrazado con las ropas de una mujer que conseguí robar. Solo quería ver a Eloísa y a mi niña, despedirme de ellas. Pero una vez en casa no me resigné a morir. ¡Qué coño! ¿Iba a entregarme como si tal cosa? Me oculté unos días, muerto de miedo, y entonces decidí emparedarme. Ese agujero era mucho más pequeño, de apenas unos metros. Al comienzo cabía el colchón y nada más. Los primeros meses, años, los dediqué a irlo haciendo más grande y confortable. —Señaló cuanto le rodeaba—. Eloísa sacaba un capacho de tierra cada día en la cesta de la compra. Yo salía de noche, vivía, y el resto del tiempo... Lo peor fue no poder decirle nada a Martina durante los primeros años, porque era una cría. Me pasaba muchas horas viéndola dormir, nada más.

—¿Y cómo lo resististe?

—Primero el tiempo transcurrió muy despacio, con Franco haciendo de las suyas, esperando... qué sé yo, que acabara la guerra en Europa, que los aliados vinieran a echarlo y todo eso. No veas lo que tuvo que soportar mi mujer por ser esposa de un rojo, y mi hija, que creció casi despreciándome porque le decían que su papá había sido malo y estaba en el infierno. Le sucedió igual a tu hermana y a tu prima. Eloísa lo resistió todo por mí, claro. Poco a poco las dejaron en paz, lo justo, lo suficiente, y nos apañamos como pudimos para sobrevivir con apenas nada. Lavaba y planchaba ropa, vendía huevos, cosas así. El mejor día fue cuando le contamos a Martina la verdad. Pero vivir con miedo fue lo peor. Si me hubieran detenido a mí también las habrían matado a ellas. Nadie podía verme. Se compraba para dos y teníamos que comer tres. ¿Ponerme enfermo? Ni loco. Cualquier cosa grave habría sido mi sentencia de muerte. Si venía alguien a verlas, yo no podía ni toser. Quieto, quieto. Y así día tras día y año tras año. Irremisiblemente comprendí que ya no iba a pasar nada, que Europa y América tragaban con Franco, que esto seguiría así, y me resigné, aunque no me rendí. Le dije a Eloísa que yo viviría más que él. Y lo cumplí. Mira, es una larga historia. —Hizo un gesto perdido dando por terminado el apretado resumen de su historia—. El 20 de noviembre del 75 fue el día más feliz de mi vida. Luego resultó que no era el único loco, que los topos éramos la tira. Increíble de verdad.

—¿Por qué le dijiste a tu hija que te lo debía, que viniera a verte yo a ti?

—Porque me lo debes, Rogelio. Piénsalo. Por mal que lo hayas pasado, tú has estado cuarenta y un años ahí afuera. Eso es toda una vida. La misma que yo he pasado aquí adentro. —Apretó las mandíbulas—. Claro que me lo debes. Quiero que me lo cuentes todo, que seas mis oídos y mis ojos. Todo, todo, todo. Cómo escapaste, qué hiciste después, cómo llegaste a América, cómo coño te has hecho rico, ¡encima!

—Cómo escapé acabo de averiguarlo hace un rato.

—¿Ah, sí? —Se sorprendió.

—Me salvó Blas.

—¿Blas? ¿Ese cabrón traidor...?

—Todos tenemos golpes ocultos.

—Pues bien que hizo la guerra con Franco. Él, José María...

—Yo le debo la vida. —Frenó su rabia—. Se apuntó al pelotón de fusilamiento, se colocó delante de mí y disparó al aire. Era un albur, pero salió bien. Yo caí a la fosa, tenía las manos libres porque sujetaba a mi padre. Mientras ellos se fumaban un cigarrito, otra idea de Blas, yo me arrastré fuera y me oculté en el bosque.

Florencio parpadeó impresionado.

Y volvió a repetirlo.

—Blas...

—Vamos, Florencio. Algunos teníamos ideales, y estábamos dispuestos a morir por ellos. Otros simplemente tuvieron que escoger, un bando u otro, cara o cruz. Escoger en unos minutos, horas. ¿Recuerdas al padre de Blas?

—Nada que ver con él.

—Exacto. Le tenía muy dominado, y Blas le idolatraba. Su padre le puso un arma en la mano y eso fue todo. Pero se mantuvo leal a los amigos. Al menos.

—De acuerdo, te salvaste, pero viste morir a tu padre y a tu hermano.

—Sí, pero te repito que yo estaría en el monte con ellos de no ser por Blas. —Pensó en Martina y agregó—: Es un buen tipo, honrado, y lleva todos estos años con su propio secreto a cuestas.

—Y su culpa.

—También, pero ahora ya... ¿No crees que es momento de olvidar?

—Mira esto. —Volvió a abarcar la cueva con ambas manos—. ¿Tú lo olvidarías?

—¿Por qué la mantienes abierta? Tápiala, hombre. Olvídate de que existe. Llénala de tierra o... Lo que sea pero bórrala de tu memoria.

—¿Y si hay otro golpe de Estado?

—Joder, Florencio.

—¿Crees que los militares se van a estar quietecitos? Mientras mande la derecha, tenga el nombre que tenga, no pasará nada, pero a la que haya la menor oportunidad de un gobierno de izquierdas... ¡Sacarán los sables! ¡Esto es España, Rogelio, la maldita España de siempre!

—¿Y tú qué, volverías a meterte dentro? ¿Ahora que todo el mundo sabe que existe ese agujero?

Florencio bajó la cabeza.

—Ahora ya me da igual —manifestó.

—No seas burro. Te quedan muchos años. Están tu mujer y tu hija. Justo cuando tenemos una esperanza de futuro no vas a rendirte.

—¿Sabes lo que me gustaría?

—¿Qué?

—Coger a Ricardo Estrada por los huevos y pegarle un tiro. —Sonrió fríamente—. Por su padre, por él, por todos nosotros. Pegarle un tiro o cortárselos, para que no diera más por el culo.

—No digas barbaridades.

—¿Le has visto?

—No.

—Piensa en tu padre y en tu hermano cuando le veas.

—Hay otras formas de... —Se detuvo.

Todavía no quería contárselo.

—¿De qué?

—Tengo sed. Dame un poco de agua.

—¡Martina!

Era como si ella estuviese al otro lado del agujero que separaba los dos mundos, porque apareció de inmediato.

—Tráenos agua —le pidió su padre.

65

Esperanza sirvió los platos de la cena en silencio, y en silencio se sentó frente a su marido, hurtándole la mirada, como si sintiera una vergüenza inesperada. Solían cenar así casi siempre, como mucho comentando alguna incidencia del día, los hijos o los nietos. Pero esta vez era distinto. Con Ezequiel fuera, estaban solos.

Y de pronto allí había alguien más.

Invisible pero muy presente.

Rogelio.

El televisor, a un lado, parecía funcionar para nadie con el volumen apenas audible. La noticia del día era el asesinato de Javier de Ybarra por parte de ETA. Otro más. Secuestrado el 21 de mayo, muerto un mes y un día después. Acababan de encontrar su cadáver en el puerto de Barazar. Más retos para la democracia. Más provocaciones. El telediario de las nueve se había despachado a fondo con el tema. Ahora comenzaba ya otro programa, *Tensión*.

—¿De qué va eso? —rompió el silencio José María.

—No sé. Luego dan *Raíces* —dijo ella.

—¿Lo de la música, la danza y lo demás?

—Sí.

José María apenas veía la televisión. Esperanza sí. Cada noche. Por lo general se quedaba dormida, salvo que el programa le interesase mucho o se lo pasara bien, como los viernes con el *Un, dos, tres...*

—Pues esto de *Tensión* tiene buena pinta. —Le echó un vistazo él.

En la pantalla salía el título de la película en inglés. *The next victim*. Una voz en *off* lo tradujo debidamente: "La nueva víctima".

—¿Y en la Segunda que dan?

—Ay, José María, yo qué sé —se quejó ella.

—Pensaba que lo habías mirado.

—Ahí tienes el periódico.

El hombre alargó la mano e inclinó el cuerpo, sin levantarse. Consiguió atrapar el periódico con dos dedos. Lo puso sobre la mesa y buscó la información televisiva.

—La *Redacción de noche* y luego *Jazz en vivo* —leyó.

—No pongas más noticias, que seguro que hablan del pobre hombre ese.

—No será tan pobre cuando lo ha secuestrado la ETA.

—José María, por Dios.

—Me refiero a que tendría dinero.

—Qué manía tienes con el dinero —protestó Esperanza.

Su marido cerró el periódico.

—*Jazz en vivo*. —Suspiró.

—¿A ti te gusta el *jazz*?

—No, pero... Lo de *Raíces*... Estoy harto de Coros y Danzas.

Dejaron de hablar un minuto, dos. La película iba de un desequilibrado mental que tenía en jaque a la policía de Londres después de estrangular a varias mujeres, todas jóvenes.

—Qué manía con matar putas, como el Jack el Destripador —comentó él.

—No han dicho que sean putas, solo mujeres jóvenes —le hizo ver ella.

Ahora sí se miraron.

El detonante.

Y sintieron el peso de una carga que necesitaban expulsar de sí mismos.

Esperanza dejó el cuchillo y el tenedor en el plato, sin terminarse la tortilla de patata, y reunió el valor que necesitaba para decírselo.

—José María.

—¿Sí?

—Voy a ir a verle.

El hombre asimiló la noticia.

La esperaba.

Así que fue muy lacónico.

—Bien.

—¿Te importa?

—No.

—Tengo... —se esforzó por continuar ella.

—Lo sé, tranquila.

Fue como si le abriera una ventana, o una puerta, y al otro lado luciera el sol. Alargó una mano por encima de la mesa y se encontró con la suya. Entrelazaron los dedos. Se comunicaron más en unos segundos que en horas o días.

Sobre todo desde la noticia del regreso de Rogelio.

—Te quiero. —Quiso tranquilizarle.

—Lo sé.

—Es que por un lado me alegro de que esté vivo, pero por el otro... No sé, pienso que después de tantos años hubiera sido mejor olvidarlo todo.

—Supongo que sí.

—Se lo debo, José María.

—Ya te he dicho que está bien, que lo entiendo.

Esperanza continuó con los dedos unidos a los suyos.

Se los apretó con más fuerza.

—No nos ha ido mal, ¿verdad? —Sonrió con dulzura.

—No, nada mal.

—Aunque se me murieran dos hijos tenemos tres y son estupendos.

—No se te murieron a ti, cariño. Se nos murieron a los dos. —Quiso dejarlo claro él con un leve atisbo de dolor.

Los ojos de la mujer se dirigieron al brazo ausente.

El brazo y la mano que nunca la habían tocado ni acariciado.

—Maldita guerra —susurró.

De vez en cuando, José María sentía un hormigueo en aquel lugar. No importaba el paso de los años. Lo sentía. Ahora lo experimentó en el estómago y en la mente.

—Escucha, Esperanza. —Consiguió reunir su propio valor, como había hecho ella con el suyo—. Yo ya he ido a verle.

—¿Cuándo? —Se sorprendió.

—Esta tarde.

—¿Por qué no me lo habías dicho?

—No lo sé. —Fue sincero—. Ha sido... Bueno, ya está, he ido y punto. ¿Qué más dan las razones?

—¿De qué habéis hablado?

—¿De que querías que hablásemos después de tantos años? Del pasado, del tiempo... Tan raro todo. —Esbozó una mueca que pretendió ser una tímida sonrisa—. Dos extraños que un día fueron más que amigos.

—¿Cómo está?

—Bien, mayor, como todos, pero se le nota que le ha ido estupendamente y ha tenido una buena vida, al menos estos últimos años.

—Así que perdió la guerra pero ganó la paz.

—¿Qué quieres decir?

—Que tú la ganaste pero no has tenido paz.

—No digas eso.

—Soy tu mujer, ¿recuerdas? —se lo expresó con dulzura—. Te conozco. Has vivido cuarenta años con un peso que nunca he podido quitarte de encima.

—Cállate, por favor.

—No —objetó ella—. Llevamos demasiado tiempo callando, conformándonos con seguir día a día y punto. —Hizo una pausa para tomar aire y decírselo, por primera vez en la vida, marcando cada palabra con determinación—. Era tu mejor amigo, y yo su novia, pero eso fue entonces. —Puso toda su vehemencia al servicio de sus palabras tras la nueva pausa—. Eres un buen hombre, cariño. Lo eres. Me has querido, me has respetado, has sido un buen marido, un buen padre...

—Estaba loco por ti.

—Lo sé.

—Lo malo es que todo tiene un precio, Esperanza. Todo.

—Sea lo que sea, ya pagamos por ello.

Se encontró con sus ojos endurecidos. Endurecidos pero también haciendo vías de agua por todas partes, como un *Titanic* humano que se hundía despacio.

—No, algunos no —dijo él—. Algunos seguimos pagando.

66

Florencio se arrellanó en su silla, cruzó los brazos y lo taladró con una de sus miradas inquisitivas y penetrantes.

—Cuéntamelo todo, con pelos y señales.

—¿Que te cuente qué?

—Tu vida, desde que te largaste de aquí aquella noche.

—Estás loco. Es muy largo.

—Tengo todo el tiempo del mundo. —Se arrellanó aún más.

—No seas...

—Rogelio...

Cuando eran jóvenes y le amenazaba, no podía con él. No solo eran los tres años de diferencia. También era su persistencia y su tenacidad. En ese sentido no había cambiado en absoluto. Quizá por ello había sobrevivido tanto tiempo en aquel agujero.

—No me gusta recordarlo.

—Pues lo harás. Por mí. Quiero saber en qué andabas mientras yo me convertía en un topo bajo tierra.

Llenó los pulmones de aire. No sabía si se lo debía o no, pero eso ya daba igual. Muchas noches todavía soñaba que estaba en Argelès, o en Mauthausen, o en las trincheras de las dos guerras, la de España y la Mundial. Lo soñaba y despertaba sudando antes de ver a Anita a su lado y volver a tumbarse invadido por la única paz posible para enfrentarse a sus temores: la paz del amor.

—¿Por dónde quieres que empiece?

—Por el comienzo, cuando te largaste de aquí.

—Vagué un par de días por las montañas, sin atreverme a bajar a ningún pueblo porque no sabía quién había ganado. Me daba que la sublevación, contando con la Guardia Civil, triunfaba por todas partes.

—Siempre fuiste pesimista.

—¿Yo? Para nada. —Se puso serio—. Pero con el miedo en el cuerpo, el peso de lo de mi padre y Carlos... ¿Qué querías? ¿Olvidas que tenía veinte años? Por Dios, era un crío. Hubiera seguido más días vagando por el monte de no haberme encontrado con un destacamento del ejército republicano. Vi la bandera y bajé hasta ellos. Les conté lo sucedido y así me enrolé.

—¿Hiciste toda la guerra?

—Sí, toda.

—¿Y saliste bien librado?

—Ni un rasguño. Teruel, el Ebro... ¿Quieres un diario pormenorizado?

—¿A cuántos facciosos mataste?

—¡Y yo qué sé! Desde las trincheras disparábamos a bulto. Nunca le apunté a nadie. Si le di a alguno fue de casualidad.

—Menudo héroe.

—¿Quién te ha dicho que fuese un héroe?

—Podrías mentir, ¿no?

—Vete a la mierda —rezongó.

—Sigue, va.

—Al acabar todo estaba en Barcelona, derrengado, muerto de hambre y frío. Quedaban dos opciones: irme a Valencia a resistir y morir o largarme con los exiliados que se iban a la frontera. Y escogí esto último porque no quería morir. Sentía tanta rabia... Me fui, por el camino nos bombardearon, nos masacraron como a perros pese a que la mayoría no eran más que mujeres, niños y ancianos. Creíamos que en Francia estaríamos a salvo. —Hizo una mueca de desdén—. Hijos de puta gabachos...

—He leído que os metieron en campos de refugiados.

—¿Campos de refugiados? —Se burló—. Menudo eufemismo. Aquello eran campos de prisioneros, o más duros, porque no se nos trató con ninguna dignidad. Los guardias eran negros, africanos, y ríete tú de eso que llaman racismo. En Argelès había ochenta mil personas arrinconadas frente al mar, con un viento helado que venía del Mediterráneo en febrero y te cortaba la piel. Los que no morían por el frío lo hacían por enfermedad, y los que no, por hambre. Hervíamos arena para hacer sopa y eso nos provocaba unas diarreas espantosas. Lo peor era el terror. La guerra perdida por atrás, y ningún futuro por delante. Muchos se volvieron locos. Un soldado sabe a lo que se expone, pero un civil, verse enfrentado a esa pesadilla... Niños llorando, padres convertidos en espectros, abuelos enloquecidos, desolación y muerte, eso era todo.

—¿Teníais noticias de España?

—Pocas, las que nos daban los guardias, que encima se reían de nosotros. Y todas malas, claro. Así perdimos las escasas esperanzas que nos quedaban. Por eso muchos nos apuntamos a la Legión, los Batallones de Marcha o las *Compagnies de Travailleurs Étrangers* —lo dijo en francés—. Lo que fuera con tal de salir de allí y comer algo.

—¿Tú adónde fuiste?

—A la Legión no, desde luego. Solo los más locos se alistaban en ella. Yo me apunté a las *Compagnies*. No veas lo que era levantarte cada día al amanecer y cuadrarte para escuchar la Marsellesa. ¡Cojones con la Marsellesa! No sabes lo que he llegado a odiar ese himno. Si ya no me gustaba el nuestro, con tanto tachín-tachín, imagínate ese.

—Así que peleaste en la guerra europea.

—Peleé y nos dieron por todas partes. Nosotros en nuestra guerra éramos bestias, pero luchábamos con alpargatas y escopetas. Los alemanes no. Bien equipados, disciplinados, una formidable maquinaria bélica... Qué voy a contarte, seguro que lo has leído. —Señaló los libros del refugio—. A las primeras de cambio me hicieron prisionero. Me interrogaron y al saber que era español ni sé cómo acabé en Mauthausen.

—¿El campo de exterminio nazi? —Levantó las cejas Florencio.

—Sí.

—Joder, Rogelio. —Hubo un deje de admiración en su voz.

—¿Has leído algo acerca de él?

—Sí.

—¿Lo de la escalera que subíamos y bajábamos cada día con piedras que pesaban una tonelada?

—Sí, y que muchos guardias se lo pasaban de coña echando a algunos desde arriba.

Sostuvieron sus respectivas miradas.

Rogelio en un denso silencio.

—Joder —volvió a exclamar Florencio.

—No sé ni cómo aguanté.

—Con dos. —Quiso darle ánimos.

—Allí no se trataba de tener huevos, amigo. Se trataba de ser listo. La diferencia entre la vida y la muerte era día a día cuestión de un leve matiz. —Se pasó la lengua por los secos labios—. Una mañana llegó un *blockführer*, un SS encargado de vigilar los barracones. Nos escogió a otro y a mí. Se llamaba Pascual Soteras. Nos llevó a presencia del *lagerkommandant*, el responsable de la seguridad exterior y el orden interior en el campo, y este nos dijo que quería un voluntario para hacer un servicio al otro lado de las vallas. Muchos soñábamos con eso, con salir, aunque fuera unas horas, para no ver esa maldita escalera que era la seña de identidad de Mauthausen. Supongo que el tipo pensaba que los dos nos pelearíamos por ello, pero yo recordé algo. Recordé que a veces oíamos disparos desde el exterior y... bueno, una campanita me hizo guardar la calma. Pascual Soteras dio el paso y se mostró muy feliz de ser el elegido. Yo volví a mi barracón, y pasé el día subiendo y bajando la escalera cargando piedras.

—El Soteras ya no volvió.

—No. De vez en cuando liberaban a un preso para diversión

de los guardias. Le decían que si llegaba al bosque sería libre y mientras él corría ellos practicaban la puntería.

—Cabrones.

—Es solo un ejemplo de lo que te he dicho, la diferencia entre vivir y morir era más delgada que un papel de fumar.

—Pero tú sobreviviste.

—Cuando liberaron Mauthausen era piel y huesos, una sombra, con la cabeza del revés. No me tenía casi en pie. Fue cuestión de días. Tras eso siguieron semanas, meses de incertidumbre. ¿Regresar a España, con Franco aquí? No, ni hablar. Por lo menos era joven y me recuperé bastante bien. Me las ingenié aquí y allá para conseguir un pasaje hasta América. La mayoría de refugiados españoles habían ido a parar a México gracias al SERE, el Servicio de Emigración para Refugiados. Un día subí a un barco y... adiós, Europa. Llegué a México, trabajé, me fui a la Argentina, trabajé, me largué a Colombia, trabajé. No era feliz en ninguna parte, me metí en muchos líos, pedía que me pegaran un tiro sin darme cuenta. Y volví a tener suerte, porque no me lo pegaron aunque lo merecí en varias ocasiones. No sé qué habría sido de mí de no encontrar la oportunidad que hallé en Medellín. Primero lo de las flores, algo en lo que demostrar mi poco ingenio. Después conocer a Anita.

—Las mujeres sacan siempre lo mejor y lo peor de nosotros, ¿verdad?

—Para mí hay un antes y un después.

—Encima eres un potentado.

—Veinte años de infierno. Veinte de paz y amor. —Bebió un poco de agua ante el silencio de Florencio—. Una persona no sabe de lo que es capaz hasta que se enfrenta a ello.

—Todos necesitamos esa oportunidad —dijo Florencio.

—Pues ya ves.

—Y mientras, yo aquí encerrado.

—Me sigue pareciendo asombroso.

—Ya ves que no he sido el único. Desde lo de la amnistía del 69 resulta que ha habido muchos.

—¿Y si tu mujer hubiera quedado embarazada?

—Pues la habrían llamado puta.

—¿Qué hacías? —Rogelio miró los libros.

—Primero volverme loco. Después leer, oír la radio cuando pudimos tener radio, y cuando llegó la tele... ver la tele, aunque aquí, con interferencias, era bastante duro. —Se rio—. Acabé acostumbrándome. Incluso escribí cosas.

—¿En serio? ¿Tú?

—Sí, ¿qué pasa? Para escribir no hace falta ser Cervantes, basta con poner una palabra detrás de otra. —Volvió a reírse—. Lo peor cuando veía la tele era que aparecía Franco a cada momento, y yo entonces me ponía a gritar y a insultarle. Eloísa venía a darme la bronca porque casi se oía desde la calle. Ese hijo de puta me sacaba de mis casillas.

—Sigo pensando que deberías tapiar esto. —Se estremeció Rogelio.

—¿Sabes que los de la tele quieren entrevistarme y hacerme un reportaje? Bueno, los de la tele y un par de revistas. Incluso me pagarían.

—¿Y por qué no lo haces?

—¿Tú lo harías?

—Sí.

—¿En serio? ¿Y la dignidad?

—La dignidad es gritarle al mundo que has resistido, que no te rendiste, que Franco no te pudo ganar. Y encima sacarle un beneficio a eso. Tú dirás, claro que lo haría. Que te paguen algo por ello, hombre.

—Desde luego... —Pareció no poder creerle.

—Piénsalo. No es sensacionalismo, es justicia. Y lo bien que te iría el dinero, ¿qué?

—Eso sí, ¿ves?

—Pues ya está. De todas formas quería preguntarte algo.

—Dime.

—¿Quieres volver a trabajar?

—¿Yo? —Alucinó con la pregunta—. Pero si tengo sesenta y cuatro años, Rogelio. Estoy para que me jubilen, no para trabajar.

—¿Has estado media vida aquí encerrado como un topo, tocándote los huevos, sin dar golpe, y ahora hablas de jubilarte?

—¿Y en qué quieres que trabaje?

—Siempre hay un lugar para alguien como tú.

—¿Dónde?

—Aquí.

—Rogelio... ¿es que vas a quedarte en el pueblo?

—No —fue sincero—, mi vida está en Medellín, pero voy a hacer inversiones, y pronto, así que necesitaré a gente de confianza para controlar, supervisar, incluso trabajar un poco —lo mencionó en plan chiste—. ¿De quién voy a fiarme si no es de los amigos?

Florencio se enfrentó a su socarronería.

Supo que hablaba en serio.

Se dejó caer hacia atrás en su silla.

—La madre que te parió... —dijo envuelto en la sorpresa.

—Dame un par de días y te lo cuento. —Levantó las dos manos a modo de pantalla para que no le atosigara a preguntas—. Ahora, de lo que quiero hablar antes de irme es de otra cosa.

—¿De qué?

Se lo dijo sin ambages.

—¿Quién pudo traicionarnos, Florencio? ¿Quién?

67

Terminaban de cenar. Los postres habían completado la deliciosa comida. Quedaban los rescoldos de su larga conversación alterna y cada vez se reían menos para mirarse más.

O devorarse.

Ezequiel se acercó a ella para decirle algo al oído.

—Tienes a Ernesto loco.

—No seas malo.

—Ya verás.

Levantó una mano para llamar al camarero. Cada vez que se acercaba, para traerles un plato, servirles más agua o ponerles pan en el platito de su izquierda, se quedaba embelesado con Marcela. Lo más duro era no mirar el escote desde lo alto.

—¿Todo bien?

—Perfecto, sí. Puedes traer la cuenta.

—Al momento.

Miró a la chica y se retiró.

—¿Lo ves?

—Me voy a poner roja.

—No creo.

—¡Eh! —Le dio un golpe en el brazo.

—Aquí no hay mujeres como tú. —Fue explícito él.

—Porque es un pueblo.

—Yo estudio en Madrid —le recordó.

—Entonces no debes despegar los ojos de los libros, porque yo sí vi mujeres muy lindas.

—Me gusta cómo hablas. Empleas palabras tan poco usuales.

—Hablo paisa.

—¿Y cómo es?

—No sé, papá me comenta a veces las diferencias.

—Dime algunas.

—Pues... nosotros decimos que algo está maluco cuando está mal o te pones enfermo, en lugar de chaqueta o jersey decimos saco o saquito, a los sujetadores los llamamos brasiers, esto —señaló el flequillo que le caía a él sobre la frente— es la capul. Y así muchas más cosas, no sé. Tampoco es que sea muy distinto.

—En Madrid conocí a un mexicano que se escandalizaba si decías culo. En su país es algo muy fuerte. Lo mismo que concha en Argentina.

—Algún día viajarás y conocerás todo eso. —Le alentó ella.

—Ojalá.

Reapareció Ernesto con la cuenta. La dejó sobre la mesa, en el interior de un pequeño estuche de piel negra. Contrariamente como había hecho con las demás, porque eran los últimos del restaurante, no se alejó de ellos. Esperó a que Ezequiel comprobara los platos y pusiera el billete de cien pesetas en el estuche. Se lo llevó para traerle el cambio.

—Voy al baño. —Se levantó Marcela.

La vio caminar con su paso firme y decidido, etéreo. No solo era la chica más bella que jamás hubiese visto. No se trataba únicamente de su exotismo. También era su naturalidad, su frescura, su simpatía innata, nada creída, llena de serenidad y confianza. Si primero había estado nervioso, por la cita y por la revelación de su hermano Vicente, nervios aumentados al encontrarse a Elvira por la calle, poco a poco esa sensación había desaparecido para transmutarse en otra mucho más normal. Sentimientos aparte, eran dos personas adultas cenando juntas.

Ella parecía feliz.

Mientras la esperaba, Ernesto le trajo el cambio. Le dejó una buena propina. Esta vez no hablaron. La última mirada por parte del camarero fue de admiración. Ezequiel se sintió importante.

Y también ridículo.

Si los demás le veían de otra forma por salir con una chica guapa...

No pudo evitarlo. Pensó en su madre.

En su madre con diecinueve años y en Rogelio Castro con veinte, cuando iban a casarse y la guerra lo impidió.

Un amor por el que ella había intentado quitarse la vida.

Marcela no sabía nada de ello.

Un secreto.

Aunque... ¿por qué la sensación de que la chica tenía a su vez los suyos?

Cuando hablaban del pueblo, del futuro, de...

La vio regresar. Caminaba con soltura sobre sus zapatos de tacón, no muy altos, pero sí lo suficientemente elevados como para que destacara y se elevara por encima de la media. La falda hasta unos centímetros por encima de las rodillas permitía ver sus bien torneadas piernas. Llevaba los brazos al descubierto desde los hombros. Un cinturón negro y ancho ceñía su breve cintura. El resto era un regalo visual, rostro, cabello, manos...

A lo lejos, Ernesto babeaba.

Ezequiel se puso en pie.

—Han de cerrar —dijo—. ¿Nos vamos?

—Sí, bien. —Sonrió ella con placer—. Gracias.

—¿Por qué me las das?

—Por la cena, por el lugar, por invitarme, por todo.

—Debería darte las gracias yo a ti por aceptar.

—Entonces empatamos.

Todavía no se habían puesto en marcha. Marcela miró el valle, ya oscuro, como para despedirse de él.

—Ahora me gustaría enseñarte algo —propuso Ezequiel.

—¿Qué es?

—Bueno, si no es tarde para ti o si no tienes prisa.

—No soy una cenicienta —se lo aclaró—. No he de estar en casa a una hora, al contrario. Me gusta disfrutar las cosas.

—Entonces vamos. —La tomó del brazo.

—¿No me dirás adónde?

—Es una sorpresa. —Sonrió lleno de misterio él.

68

Era la última vez que le seguía, ya estaba harto.

Si aquel hombre era un peligro, como temía el alcalde, o disimulaba muy bien o se tomaba su tiempo para hacer lo que llevara entre ceja y ceja.

Saturnino García le observó una vez más desde la distancia, amparado en la oscuridad, mientras Rogelio Castro, el causante de tanta alarma, caminaba con la cabeza baja y el paso plácido de cualquier persona de sesenta años o más.

Todavía no puso en marcha el coche.

Sí la radio.

No había música. Un parte informativo hablaba del último muerto de ETA. Instintivamente miró la pared bajo la cual había detenido el vehículo. La propaganda electoral seguía pegada en los muros, con los candidatos sonrientes y sus promesas convertidas en olvido.

Una vez llegados al poder, cada cual tiraba por donde podía.

O le dejaban.

Saturnino García sacó su bloc de notas. En la última página había anotado las vicisitudes del día, para no olvidarlo. Párrafos escuetos, simples: *Tarde: le visita Martina Velasco brevemente. Luego José María Torralba, el del estanco. Va a ver a Blas Ibáñez. Va a ver a Florencio Velasco, el que pasó treinta y cinco años oculto. Regresa a su casa.*

Reencuentros y poco más.

Aunque por la mañana, en el monte, se hubiera reencontrado con el pasado, la fosa de su padre, su hermano y los restantes caídos al empezar la guerra en el pueblo.

¿Qué podía decirle a Ricardo Estrada?

¿Que era un paranoico?

Rogelio Castro ya había desaparecido de su vista. Por si acaso, solo por si acaso, puso el coche en marcha y lo dirigió hacia la casa de los Castro. Dio un pequeño rodeo, sin correr, pero llegó a tiempo de certificar que, en efecto, su presunto sospechoso se metía en ella.

Fin de su servicio.

Y al diablo con el alcalde.

Esta vez aceleró un poco más, porque era tarde y se sentía cansado. ¿Cuántas horas llevaba en pie, de servicio? El locutor de la radio glosaba la figura de Javier de Ybarra, «un hombre bueno», y le daba un repaso a los asesinos de ETA sin ahorrarse palabras, improperios e incluso insultos de grueso calibre.

Pensó en su primo Leandro, destinado en el País Vasco.

Como se descuidase e incordiase mucho a los Ricardo Estrada de turno, él también acabaría en el norte, jugándose la vida, y a Luisa entonces le daría algo.

Leandro era soltero.

Llegó a la Casa Cuartel en cinco minutos. Aparcó el coche y se dirigió a su vivienda sin pasar por la comandancia. No quería ver a nadie. Sentía una extraña sensación en la boca del estómago. Lo que más necesitaba se lo dio su mujer nada más abrir la puerta.

Un beso y un abrazo.

Cálido.

—Hola, cariño.

—Hola.

—¿Todo bien?

—¿Has oído lo de ese hombre?

—Sí.

—Se va a volver a liar, ya lo verás. —Mostró su preocupación ella.

—No seas tonta. ¿Y las niñas?

—Acabo de acostarlas, pero todavía deben de estar despiertas. Ve a verlas mientras te pongo la cena.

—No tengo mucha hambre.

—¿Has picado algo? —dijo con disgusto.

—No, pero no tengo apetito.

—Ay, Señor... —Cambió la cara al recordar algo—. Te han llamado hace un rato.

—¿Quién?

—De Madrid. Manuel Rojas.

—¿Te ha dicho qué quería?

—Hablar contigo, nada más.

—Pero...

—Llámale, ¿a mí qué me preguntas? ¿Crees que les dicen las cosas a las mujeres?

Vaciló. Las gemelas podían dormirse y entonces se perdería sus besos de cariño, pero si le había llamado Rojas...

—¿Y si es...?

Luisa puso cara de circunstancias.

Si se metía en la habitación de las niñas, no saldría en un buen rato. Y era tarde. Así que caminó hasta el teléfono, de pared, y tras dejar el tricornio en la mesa descolgó el auricular. No tuvo que buscar el número. Se lo sabía de memoria. Al otro lado de la línea Manuel Rojas debía de estar pendiente de ello o, simplemente, seguir en su puesto, trabajando.

Cada vez que ETA mataba a alguien sonaba un silencioso toque de queda general.

—¿Sí?

—¿Mi capitán?

—Ah, hola, Saturnino, ¿cómo estás?

—Bien, señor.

—¿Has oído lo de Ybarra?

—Sí.

—Qué bien vives aquí, hombre. No sé por qué pides traslados.

—Bueno, mi mujer tiene familia en Barcelona, es eso. Lo hace por las niñas.

—¿Te imaginas que todos pidieran un traslado a la carta? Desde luego a las Vascongadas no iba nadie.

—¿Entonces...?

—De momento nada. —Se lo soltó de manera directa—. Me lo han rechazado. Quizás en un año, o dos. Tú haz bien las cosas aquí y ya se verá, que todavía te quedan muchos años de servicio. Tiempo tendrás para ascender y todo.

—No era por ascender.

—Ya lo sé, pero confía en mí. Sabes que si puedo, lo hago. Pero no voy a pasarte por delante de nadie ni comprometerme, que no es mi estilo y ahora los políticos están a la que salta. Lo vigilan todo. Hay que dar ejemplo.

—Claro, capitán.

—Pues eso. Tú tranquilo, ¿eh?

—Lo estoy, lo estoy.

—¿Qué tal los nuevos?

—Bien, adaptándose rápido a esto.

—Me alegro. —Inició la despedida—. Saluda a Lucía de mi parte.

Iba a decirle que no era Lucía, sino Luisa.

Pero se calló.

A un capitán mejor no corregirlo.

—Buenas noches, señor. Y gracias.

—No hombre, no, que tampoco ha salido bien. Ya me las darás cuando lo consigamos. Buenas noches.

Colgaron los dos al unísono y él se quedó mirando el negro aparato de pared.

Le llegaron dos voces.

La de su esposa:

—¿Qué quería? ¿Algo del traslado?

Y la de una de sus hijas:

—¡Papá, papá, ven!

69

Martina observó a su padre mientras empezaba a cenar.

Parecía de buen humor.

La primera vez que no refunfuñaba, ni protestaba, ni hablaba mal de nada y hasta sonreía un poco, aunque fuera en silencio y para sí mismo.

La televisión apagada.

—¿Qué tal tu charla con él? —acabó preguntando.

—Bien, bien.

—Desde luego... si eres más expresivo igual te da un patatús —protestó su hija.

—Coño, que ha ido bien, ¿qué quieres?

—No sé, algo te habrá contado, digo yo, que os habéis tirado la de Dios es Cristo ahí adentro dale que te pego.

—Desde luego... —Florencio miró a su mujer—. No puede negarse que ha salido a ti.

—Ya. —Resopló Eloísa.

El hombre sorbió otra cucharada de sopa, sin abstenerse de hacer ruido.

—Me ha contado lo que hizo en la guerra y luego en el campo de refugiados, y en la otra guerra y en el otro campo.

—¿Qué otro campo?

—El de exterminio, de los nazis.

—¿En serio? —No pudo creerlo su esposa.

—Mauthausen.

—No sé qué es eso. —Vaciló ella.

—Auschwitz, Mauthausen... Todos eran lo mismo. Entrabas a pie y salías convertido en humo por la chimenea.

—¡Ay, calla, va! —Se estremeció y miró la carne con aprensión.

—Vosotras habéis preguntado. —Siguió con la sopa.

—¿Cómo fue a parar a un campo de exterminio si no era judío? —Se extrañó Martina.

—¿Qué te crees, que solo gaseaban a los judíos? Anda que no hicieron lo mismo con los gitanos, los homosexuales y todos los que no les caían bien a los rubios teutones.

—¿Pero está bien? —insistió Eloísa.

—¿Cómo no va a estar bien? No hay mal que cien años dure. Se fue a América y ya ves: rico y feliz. Siempre fue listo el Rogelio. Mucho. Y aún tiene cuerda para rato.

—¿Por qué lo dices?

—No sé, pero me da en la nariz. Tiene planes para el pueblo, ya veréis.

—Buena falta nos haría —asintió Martina.

—¿Y de lo que le hicieron? —preguntó Eloísa.

Florencio dejó la cuchara en el plato.

—Ya no queda nadie de aquellos días. No ha venido aquí a meterse en líos. A mí me ha dejado muy convencido.

—Y contento. —Le hizo ver su hija.

El hombre las miró. Primero a una, luego a otra. Era un momento tan bueno como otro cualquiera, así que se lo dijo:

—Voy a hacer ese reportaje.

Su mujer abrió la boca. Su hija, los ojos.

—Qué coño —siguió él—. Rogelio tiene razón. Primero, que paguen. Segundo, publicidad, que vean que Franco no pudo con todos. Y tercero, que eso va a quedar en los papeles, porque si no, dentro de cincuenta o cien años, ya nadie se acordará. Y como este país no aprende nunca y habrá más guerras...

—¡Florencio, tú y las guerras! —se quejó Eloísa.

Martina pasó de este último comentario.

—Bien, papá, bien —dijo admirada.

—Ha tenido que venir uno de fuera para que te decidieras —lamentó su mujer—. A nosotras ni caso, pero, ah, viene su amigo Rogelio, cuarenta años después, y hala.

—Eloísa que no lo hago.

—No, no, por mí...

—Papá, te mereces decir lo que piensas ahora que puedes, sin quedarte nada dentro. Soltarlo todo.

Yo ya lo soltaré, ya. Ahora a ver si lo publican o no lo cortan por la tele.

—¿Por qué no iban a hacerlo? Ahora, con destape, sin censura, todo está ya permitido, ¿no?

—Una cosa es enseñar las tetas en una revista, y otra mentar al diablo. —Puso cara de circunstancias él—. Pero bueno... —Suspiró feliz—. Ya se verá.

Cenaban tarde, fuera de hora, pero aun así les extrañó escuchar unos golpes en la puerta. Se miraron los tres con el interrogante en sus ojos.

—¿Y ahora quién coño...? —farfulló el hombre.

—Ya voy. —Se levantó Eloísa antes que su hija.

No hablaron mientras ella estaba fuera. Tampoco oyeron mucho. Solo unos susurros breves. Cuando Eloísa reapareció estaba muy seria. Casi pálida.

Miró a su hija antes de dirigirse a su marido.

—Florencio, que... piden por ti.

—¿Quién es?

—Blas Ibáñez.

Martina, que bebía agua en ese momento, se atragantó de golpe y empezó a toser. Nadie acudió en su ayuda. Su madre porque seguía petrificada. Su padre porque era víctima de la sorpresa.

Martina tosió más y más.

—¿Y qué quiere? —logró decir Florencio.

—No sé, hablar, supongo. —Abrió las manos Eloísa con impotencia.

El hombre miró a su hija.

La mujer estaba roja, congestionada, intentando llevar aire a sus pulmones.

—Pero bueno, ¿qué pasa hoy? ¿Es día de confesiones? Rogelio, Blas...

—¿Sales o no? —Se impacientó Eloísa cuchicheando sus palabras.

El dueño de la casa se puso en pie. Hubo algo de imponente en su figura, erguida, recia, como si sacara pecho, como si, pese a las palabras de Rogelio, cuarenta años de odio manteniendo una creencia no fueran capaces de ser borrados en cuarenta minutos de certezas.

No dijo nada. Caminó hacia la entrada de su casa.

Allí estaba Blas, gorra en mano.

Respetuoso.

Los dos hombres se miraron. En otras circunstancias, él habría ido a por la escopeta.

Claro que, en otras circunstancias, Blas ya no se habría atrevido a estar allí.

¿Sabía Blas que Rogelio le había contado la verdad?

Aunque con verdad o sin ella, Blas Ibáñez había hecho la guerra con ellos, con Franco.

—¿Blas?

—Buenas noches, Florencio.

Se detuvo a menos de un metro. La puerta de la calle estaba entreabierta.

—¿Qué quieres? —le espetó con sequedad.

—Hablar con tu hija.

—¿Con Martina?

—Sí, claro, con Martina.

—¿Y por qué no pides por ella directamente?

—Porque quiero hacerlo con tu permiso.

Los ojos de Florencio se empequeñecieron. Tardó un par de segundos en comprender.

Reaccionar.

—¡Martina! —gritó.

La mujer apareció a la carrera. Se detuvo en el umbral. Seguía roja, congestionada por el atragantamiento de un momento antes. Miró al aparecido con expresión alucinada. Luego a su padre. Se tranquilizó un poco, solo un poco, al verle con las manos abiertas.

Cuando se enfadaba cerraba los puños.

—Hola, Martina —la saludó Blas.

—Este quiere hablarte —anunció Florencio.

Ella no supo qué decir.

Su padre sí.

Taladró al recién llegado con los ojos.

—Blas, voy a hacerte una pregunta.

—Bien.

—¿Es cierto lo que me ha contado Rogelio?

Sabían de qué hablaban.

—Sí —se limitó a decir.

Florencio siguió quieto. No le cambió la cara. Mantuvo su tono adusto, su porte recio, su semblante pétreo.

Casi podían escucharse los latidos de sus corazones.

—De acuerdo —asintió Florencio regresando al comedor sin dejar de parecer circunspecto.

Eso fue todo.

Se quedaron solos.

Entonces sí, Martina se le echó encima como una gata.

—¿Qué haces aquí? ¡Estás loco! ¿Quieres que me mate? ¡Por Dios, Blas, que me pierdes!

Él no le hizo caso.

—He de hablarte —dijo.

—¿A estas horas? ¿Y vienes a mi casa?

—Sí, Martina, a estas horas y en tu casa.

—¡No!

—Pues sal afuera.

—¡Estamos cenando!

—Yo te espero, acaba.

—¡Mañana!

—¡No! —Fue terco—. ¡Mañana puede haberse hundido el mundo y no me da la gana! Ahora. Ya has visto que tu padre ha dicho que sí.

—¿Sabe lo del fusilamiento?

—Ya lo has oído. Por lo visto Rogelio se lo ha contado, sí. Supongo que seguiré siendo uno de los que luchó con Franco, pero al menos...

—¡Ay, Dios! —Se le doblaron las rodillas a Martina.

Blas retrocedió un paso, hasta la puerta.

—Te espero en la calle —fue lo último que le dijo a ella.

70

Blas no tuvo que esperar mucho rato. Tres minutos, aunque se le hicieron eternos. Martina salió al exterior abrazada a sí misma, en un claro gesto de autoprotección.

—¡Estás loco! —le increpó.

—¿Qué te ha dicho tu padre? —Quiso saber él.

—¡Nada, ha seguido cenando como si tal cosa! ¡Pero ya verás luego, o mañana!

—Eso ya no importará.

—¿Por qué? —Se alarmó todavía más—. ¿Se puede saber qué te pasa?

La sujetó por los brazos, para que se callara.

Y ella abrió todavía más los ojos.

—Martina, ¿tú me quieres?

La sorpresa la desarboló por completo. Fue una conmoción. Pese a todo la respuesta fue rápida.

Demasiado.

—No.

—Mejor, menos problemas. Cásate conmigo.

—Ay, Señor... —Pareció que se desmayaba.

Blas la sujetó con más fuerza.

—¿Me has oído?

—¿Estás borracho? ¿Cómo voy a casarme contigo?

—Pues por lo civil, o por la iglesia, que aunque no soy creyente a mí eso me da igual, como quieras tú.

—¡Digo que cómo se te ocurre semejante barbaridad!

—¿Barbaridad, después de siete años? ¡La barbaridad es seguir así, o dejar de vernos por el qué dirán o por tu padre!

—¡Blas, que tienes sesenta y tres años!

—Y tú cuarenta y dos, no te fastidia.

—¡Lo digo porque te estás comportando como un crío!

—El amor siempre es cosa de críos. —Se atrevió a sonreír. Y la sujetó de nuevo con fuerza para agregar—: Mira, Martina, nos entendemos bien, nos necesitamos, lo pasamos bien en la cama... ¿Qué más se necesita?

—Amor.

—¡Pero si yo te quiero! ¡Y tú a mí, o no te encamarías conmigo, que tú no eres de esas!

Martina desparramó sobre él una mirada asustada.

—Tú no me quieres —dijo.

—Que sí. —Alargó la «i» varios segundos.

—¡Anda ya, que a la necesidad la llamas amor!

—¿Y qué es el amor, sino una necesidad del cuerpo, el alma, la mente?

—¿Dónde has leído tú eso?

—Martina. —Siguió revestido de paciencia—. Eres guapa, muy mujer, y te estás desperdiciando. ¡Ya está bien de visitas nocturnas, callado y mordiéndome los puños mientras me corro para no despertar a nadie! También eres seca, obstinada, pero eso es normal, con un padre como el tuyo y todo lo demás.

—¿Qué es todo lo demás, si puede saberse? —Se picó.

—Venga, no me hagas hablar.

—No, no, tú lo has dicho. ¿Qué es todo lo demás? —insistió.

—Cariño, ya sé que soy un pellejo, que no te llevas ninguna joya, que tengo la edad de tu padre y que encima estuve en el bando equivocado —lo expresó con cansancio—. ¿Y qué? Piénsatelo, por favor.

—Yo ya lo he pensado, aunque sigues sin decirme que es eso de «todo lo demás». ¿Soy una de esas a las que se le pasa el arroz? ¿Me haces un favor? ¿El pueblo me señalará con el dedo?

—¡No!

—Blas que te mato.

—¡Que no!

—De acuerdo, entonces está bien.

Fue un comentario tan rápido que le pillo de sorpresa.

—¿Qué es lo que está bien?

—Que sí, que me caso.

Le tocó el turno a él de abrir los ojos.

—¿En serio?

—¿Qué pasa, que ahora no te lo crees o porque te digo que sí te desinflas?

Blas no supo qué hacer o decir. Se le quedó colgando la mandíbula.

—Coño, Martina.

—Esa lengua.

—Si es que eres...

No sonreía, solo le miraba fijamente a los ojos. Blas buscó la forma de recomponerse.

—Tampoco te ha costado tanto —dijo ella—. Bien mirado...

—Es que me estabas diciendo que no y de pronto...

—¿Te has visto la cara? No quiero recordarla el resto de nuestra vida juntos. Venga, no me hagas perder el tiempo.

—Menudo matrimonio nos espera. —Suspiró.

—Es lo que hay. De joya a joya. Sé que tengo mi carácter, pero a ti te gusta o no estarías aquí ni vendrías a follarme cuando te aprietan las ganas.

—Por mí vendría cada noche.

—Sí, hombre. Míralo, el cabestro.

—Y no es verdad que tengas mal carácter. Eso es una fachada.

Martina miró hacia atrás, por si descubría a su madre espiando.

—Bueno, ya está, ¿no? —Le endilgó a Blas.

—Pues... —no supo qué decir—, sí, supongo que sí, de momento. A no ser que quieras que me arrodille y todo eso.

—No seas cursi y vete, anda. Mañana hablamos.

No le hizo caso.

—¿Me das un beso?

—¿Aquí en medio? Bastantes comentarios saldrán mañana, que seguro que más de una comadre nos está echando el ojo encima.

—Pues da igual, ¿no?

Martina elevó los ojos al cielo y puso cara de resignación.

—Si es que eres...

Se acercó a él y se besaron. Primero mantuvo la boca cerrada. Luego Blas la abrazó y despacio, poco a poco, se la fue abriendo con la lengua.

—¿Ya empezamos? —gruñó Martina.

—Cállate.

—Por lo menos te has lavado, te has puesto ropa limpia y hueles bien —consideró.

Otro beso.

Largo, de verdad.

Se miraron a los ojos al separarse. Había ternura en los de él, todavía el aliento de la sorpresa en los de ella. Se dieron cuenta al unísono de que el corazón les latía rápido.

—Menudo apaño. —Sonrió por primera vez Martina.

—¿Se lo dices tú a tus padres o quieres que hable yo con ellos?

—Se lo digo yo, no sea que coja la escopeta a pesar de todo.

—Ya no creo.

—Hoy estaba de buen humor.

—¿Ves? Ha sido por Rogelio.

—Pues bendita sea su llegada.

Martina dio un paso atrás. Luego otro. Se detuvo en la puerta de su casa sin llegar a entrar.

—¿Blas?

—¿Sí?

—¿A qué ha venido eso ahora?

El hombre deslizó los ojos arriba y abajo de la calle. Volvió a centrarlos en ella envueltos en un halo de apacible nostalgia.

—El tiempo pasa, se nos come, nos devora —dijo—. Todos merecemos algo, y si ese algo no viene, hay que ir a buscarlo. Nadie debería envejecer solo, ni morir solo. Especialmente si hay alguien que te quiere o a quien quieres.

—Pareces diferente —reconoció Martina.

—Será porque estoy en paz por primera vez en muchos años —admitió él.

Martina entró en la casa.

—Buenas noches, novio. —Sonrió ahora abiertamente.

—Buenas noches, novia. —La correspondió Blas.

71

Ezequiel detuvo el coche a unos veinte metros de la plaza mayor, en una esquina oscura a la que no le llegaban las luces de las farolas que envolvían el lugar. Marcela no le preguntó la causa del misterio, ni tampoco adónde iban. Estaba claro que su compañero no deseaba ser visto por ningún noctámbulo despistado que regresara tarde a su casa. Además, antes de bajar le dijo:

—A partir de ahora no hagas ruido. Al salir cierra despacio.

La chica asintió con la cabeza, expectante pero también divertida. Hizo algo más que cerrar poco a poco la portezuela del 600. También se quitó los zapatos, cómplice, para que los tacones no repicaran al andar. Los colgó de dos dedos de su mano izquierda.

Ezequiel la tomó de la derecha.

No llegaron a salir de las sombras, ni a entrar en la plaza. Caminaron pegados a la pared lateral de la iglesia y se detuvieron frente a una puerta de madera, Ezequiel miró a ambos lados de la calle, y también a las ventanas de las casas de enfrente, por si alguien estaba asomado a alguna de ellas.

—Vamos —susurró.

La puerta de madera estaba semiabierta, porque a Ezequiel le bastó con darle un empujón. Se escuchó un chasquido y la madera gruñó lastimera sobre sus goznes.

—¿Qué haces? —Se asustó la chica.

—No pasa nada.

—¿Cómo que no pasa nada?

—No hay cura. Se murió y no han mandado a otro. No hay nadie, tranquila.

Seguía cogiéndola de la mano. No la soltaba. Tiró de ella y la hizo cruzar aquel umbral oscuro.

En la mano libre de Ezequiel apareció una pequeña linterna, seguramente cogida del coche antes de bajar.

Un haz de luz silueteó un círculo blanco al frente. La puerta volvió a su lugar y ellos caminaron apenas dos o tres metros, hasta una escalera de caracol hecha de piedra que se dirigía a las alturas.

—¿Lo ves? —Siguió hablando en voz baja—. Nadie.

—Estás loco. Como alguien nos vea...

—No nos va a ver nadie. Solo dos o tres conocemos esto.

—¿Y traéis aquí a las incautas?

—Que no es eso, mujer. —Se puso un poco rojo aunque en la oscuridad no se notó—. Solo quiero que veas algo.

Inició la subida. Tuvo que soltarla de la mano. Marcela vaciló un segundo, luego le siguió. La escalera no era muy ancha, pero tampoco resultaba angosta. Peldaños de piedra, paredes de piedra. No encontraron un ventanuco hasta bastante después. Entonces ella se dio cuenta de que estaban subiendo al campanario.

El punto más alto del pueblo.

Se relajó.

Cada ventanuco suponía una elevación, y con cada vista, la postal se hacía más hermosa. Las escasas luces tachonaban la villa dándole un aire de misterio y abandono, con sus calles vacías. Lo más iluminado era la plaza, sin movimiento en las ramas de los árboles, el tiempo detenido. Tampoco era muy tarde, pero sí lo suficiente como para que la mayoría de mortales descansara ya en sus casas. Ningún bar abierto. Silencio.

—Mañana, en la verbena, todo estará lleno —dijo Ezequiel—. Habrá una fogata y se tirarán petardos. Te gustará, ya lo verás.

Marcela no dijo nada.

No sabía si era una nueva invitación o no.

Cuando llegaron al campanario y se asomaron a los cuatro vientos, supo por qué Ezequiel la había traído hasta allí.

La vista era preciosa.

El pueblo de su padre.

Su origen.

—¿Te gusta? —Quiso estar seguro él.

—Mucho.

—Bueno, me alegro.

—Y esta paz...

Ezequiel la observó. Además de ser preciosa, en ese momento estaba radiante.

Jamás había visto nada igual.

Marcela se dejó mirar.

Quieta.

Sabía lo que estaba a punto de suceder y tenía que decidir en un segundo si lo deseaba o no, si le apetecía o no, si valía la pena o no.

Se estremeció.

Y ese fue el detonante para que él le pasara un brazo por encima de los hombros.

—¿Tienes frío? —le susurró.

—No.

—Marcela...

Volvió el rostro hacia su compañero. Los separaban apenas unos centímetros. Los ojos suplicaban, los labios brillaban cálidos en la penumbra.

Creía que iba a hacerlo, sin más.

Pero lo que hizo fue preguntarle:

—¿Puedo besarte?

Le pareció extraordinario.

Se lo estaba suplicando.

—¿Aquí pedís permiso?

—Yo sí.

—¿Por qué?

—Porque no quiero meter la pata ni que pienses...

Fue ella la que se acercó a él y depositó los labios en los suyos. Apenas un primer roce.

—No lo digas —musitó.

—Bueno.

Volvieron a besarse, esta vez los dos, despacio, hasta fundirse en un largo, muy largo abrazo.

Por encima de ellos, la campana formaba una bóveda negra sobre su cielo.

Para ellos lucía el sol.

CAPÍTULO 11

JUEVES, 23 DE JUNIO DE 1977

72

El automóvil procedente de Madrid llegó a primera hora de la mañana. Rogelio ya estaba en pie, y Virtudes haciendo la compra. Anita y Marcela, en cambio, dormían seráficamente. La primera por pereza, la segunda porque le constaba que había llegado bastante tarde de su cita.

Rogelio no pudo pegar ojo hasta que la oyó llegar.

Su hija y Ezequiel.

Asombroso.

Aunque imaginaba que no tendrían tiempo para nada. Vivían a ambos lados del mundo, a ambos lados de un océano que separaba algo más que continentes.

Se puso la bata por encima y llegó a la puerta antes de que el hombre llamara y las despertara. Se encontró con un joven de unos veintitantos años, vestido muy correctamente. El coche era negro, con aire de empaque. Su visitante ya llevaba el abultado sobre bajo el brazo.

—¿Señor Castro?

—Sí, soy yo.

—Creo que estaba esperando esto.

—Gracias. —Se lo tomó de la mano—. ¿Le ha costado encontrarlo?

—El pueblo no. La casa sí. Pero preguntando se llega a Roma.

—Cierto.

—Me ha dicho el señor Lucio que reunió todo lo que le pedía ayer por la noche, ya tarde, y que por eso ha preferido enviarme esta mañana.

—No importa, ya le dije que no venía de unas horas. Lamento que haya tenido que madrugar.

—Bueno, menos tráfico. —Fue sincero—. El paseo hasta aquí es muy bonito.

—¿Quiere descansar, tomar algo, un café...?

—No, no señor, se lo agradezco. He de regresar ya.

—Como quiera.

—Un placer. —Le tendió la mano derecha.

Se la estrechó y se despidieron. El joven regresó a su lugar en el coche, lo puso de nuevo en marcha y se alejó calle abajo en busca de la salida del pueblo.

Rogelio esperó a perderle de vista.

Después entró en la casa y se sentó en una de las sillas del comedor, cerca de la ventana. Abrió el sobre y empezó a examinar su contenido, listados, mapas, proyectos...

Estudió los mapas, leyó detenidamente los proyectos y sonrió con los listados.

El personal de la fábrica.

—Bien, bien. —Suspiró.

Continuó su trabajo de forma más minuciosa, anotando cosas al margen y reflexionando sobre lo que leía o averiguaba. Ni Anita ni Marcela aparecieron en su horizonte hogareño, pero sí Virtudes, cargada con una bolsa que dejó sobre la mesa antes de que él se levantara para ayudarla. Su hermana se sentó en otra silla y paseó una mirada por encima de todo aquel papeleo.

—¿Qué es eso? —preguntó.

—El futuro —dijo su hermano.

—¿El tuyo?

—El de todos, supongo.

Virtudes alargó una mano para que él se la tomara.

Sus ojos brillaban.

—Estoy muy orgullosa de ti —aseguró.

—No seas tonta.

—Eres una buena persona.

—¿Yo? No.

—Sí, sí lo eres —insistió—. Idealista como papá, soñador como mamá, terco como Carlos. Con el daño que te hicieron...

—Me lo hizo una gente en un determinado momento, y ahora todos están muertos.

—No todos —aseguró ella.

—Para el caso... —Le presionó un poco la mano antes de soltársela—. Nazario Estrada ya está muerto aquí. —Se tocó la cabeza con un dedo—. Y ayer hablé con Blas, con Florencio y con José María.

—¿Blas? ¿Por qué él?

—Porque me salvó la vida, Virtudes.

Vio como su hermana se quedaba tiesa igual que un palo. También incrédula.

—Él estuvo allí aquella noche, en el pelotón de fusilamiento.

—Siempre lo sospeché. —Apretó los puños.

—Lo hizo para tratar de ayudarme, y lo consiguió. Estoy vivo gracias a él.

—¿Pero de qué forma...? —Reflejó más y más su estupor.

—Escogió sumarse al pelotón por mí, y cuando llegó el momento fue él el que se colocó delante. Yo sujetaba a papá, tenía las manos libres. Entonces él disparó al aire, no me dio. Ya te dije que caí porque cayó papá, y una vez en la fosa, aterrorizado, me quedé muy quieto, imaginando que nos rematarían de un tiro en la nuca. Por suerte nadie gimió. Entonces se le ocurrió decirles a los demás que se fumaran un cigarrito y que luego él nos enterraría. Eso me dio tiempo a gatear fuera de la fosa y escabullirme por el otro lado en la oscuridad.

—Dios mío, Rogelio.

—Lo sé.

—Llevo cuarenta años pensando que...

—Lo sé, Virtudes, lo sé.

—¿Por qué no me lo dijo?

—¿Le habrías creído? —Chasqueó la lengua resignado—. Primero calló por miedo. Luego, cuando regresó de la guerra, imaginó que me habían matado en ella.

—Blas —repitió anonadada.

—Te perdió —dijo él.

—Todo el mundo se volvió loco, pero Blas... —Bajó la cabeza sin llorar, aunque hablaba a trompicones, víctima de su emoción—. Fue cosa de su padre, me consta. Su falta de carácter, indeciso siempre...

—Aquella noche cambió toda nuestra vida. —Miró los papeles diseminados por la mesa como si fueran un testamento—. Unos murieron, pero los que sobrevivimos ya nunca hemos sido las mismas personas.

—Entonces, ¿tienes ya tus respuestas? —Reaccionó ella.

—Me falta una.

—¿Y qué vas a hacer?

—Hoy se arreglará todo.

—¿Arreglarse?

—Te lo contaré después, ¿de acuerdo?

—¡Ay, Rogelio!

—¡Eh, eh! —La envolvió con una sonrisa de ánimo—. ¿No te he dicho que estamos construyendo el futuro del pueblo?

Virtudes no tuvo tiempo de decir nada más. Anita apareció en el comedor embutida en su bata y con aire de cansancio, frotándose los ojos con las manos, los pies descalzos como siempre.

—¿El futuro? —dijo—. Espero que mi futuro más inmediato sea una taza de café. ¡Santo Cielo, lo bien que duermo aquí con este silencio y esta paz!

73

Esperanza llamó quedamente a la puerta del cuarto de Ezequiel.

No tuvo ninguna respuesta.

Lo probó una segunda vez, y una tercera, en cada ocasión con un poco más de energía que la anterior.

Finalmente abrió la puerta y se asomó al interior.

La persiana estaba bajada del todo, porque su hijo dormía siempre a oscuras. La habitación olía a cerrado. En la cama, boca abajo, en calzoncillos y sobre las sábanas, vislumbró el cuerpo del joven, igual que si se hubiera caído desde una considerable altura y hubiera quedado allí, tal cual, víctima de la inconsciencia.

—¿Ezequiel?

Lo mismo.

Dormía más que profundamente.

Esperanza miró la hora. Era tarde. Primero optó por retirarse para dejarle descansar un poco más, guiada por su instinto materno. Luego cambió de idea y avanzó con determinación, movida por la urgencia. Se sentó en la cama y le puso una mano en la espalda.

—Ezequiel, hijo.

Recibió un gruñido por toda respuesta.

—Vamos, despierta, que te necesito.

—Mamá...

Era un sonido gutural, cavernoso. Sabía que no era de los que se emborrachaba, pero aun así se acercó para olerle la respiración y el aliento por su boca entreabierta.

—Ezequiel —dijo ya con mayor insistencia.

—¿Qué quieres? —Arrastró las dos palabras él—. Déjame dormir, va.

—No, que es tarde y has de ir al estanco.

—¿Yo?

—Sí, tú.

—¿Y papá?

—Ha salido y yo tengo algo que hacer.

—Mamá...

—Ni mamá ni porras, va, por favor. —Le puso urgencia a la voz.

—¡Jo...!

Se removió en la cama, quedó boca arriba. Instintivamente buscó la sábana para cubrirse la cintura y evitar que ella viera su erección matutina. Por si acaso abrió los ojos.

Su madre le miraba a la cara.

—Anoche regresaste muy tarde. —Le hizo ver.

—Estoy de vacaciones.

—¿Dónde estuviste?

—En el restaurante de la carretera.

—¿Con Elvira?

—No.

—Pues no sé...

—No seas cotilla, ¿quieres? No te va. —Optó por sentarse y tratar de despejarse.

—¿A qué hueles? —Volvió a acercarse ella.

—Ni idea.

—¿A perfume?

Marcela olía muy bien. Debía de habérsele pegado allá arriba, en el campanario, y en el coche, al dejarla en su casa, tras el último abrazo y el último beso.

—¿A perfume yo? —Trató de disimular.

—Ezequiel...

—Vale. —Se rindió—. Salí con alguien, sí. Por eso me llevé el 600.

—¿Es un secreto? —Sonrió ella por primera vez.

—No, para nada. —Por encima de su espesura, en el fondo quería sentir el orgullo de decirlo—. Es la hija de ese hombre, Marcela.

Vio como su madre se quedaba sin habla.

Y recordó la información facilitada por Vicente.

Se arrepintió al momento de haberlo dicho.

De pronto, las cicatrices de las muñecas parecieron cobrar vida.

—Yo... —No supo cómo cambiar las cosas.

—Está bien —asintió Esperanza—. No pasa nada. Me han dicho que es preciosa.

—Mucho.

—No sabía que ya la conocieras.

—Fue casual, vino al estanco y... ¿Te molesta? —Vaciló.

—¿Por qué habría de molestarme?

—Tú le conociste de joven.

—Fue hace mucho tiempo. ¿Quién te lo ha dicho?

—Vicente.

—¿Y él cómo...? —No acabó la pregunta.

No valía la pena.

Vivían en un pueblo.

—Es una chica estupenda —le aseguró.

—Lo imagino. —Le pasó una mano por el pelo con renovada ternura, dominando sus posibles sensaciones—. Tú también eres un chico estupendo.

—Me visto en seguida y voy al estanco. —Se ofreció decidido.

—Va, sí. —Esperanza se incorporó.

—Cinco minutos —insistió Ezequiel.

—Cinco minutos —repitió su madre.

Ya no hubo más. Ella lo dejó solo y él se desperezó de golpe para correr a ducharse.

Aunque no quería dejar de oler a Marcela.

74

Se había levantado temprano, muy temprano, y llevaba ya al menos tres horas sacando muebles al patio, comprobando dónde hacía falta una buena mano de pintura, quitando telarañas, tirando objetos, algunos visibles y otros tan ocultos y perdidos que ya ni recordaba de dónde habían salido, decidiendo con qué quedarse y con qué no, mirando su ropa, pensando que el armario se les iba a quedar pequeño, porque una cosa era lo que tenía un hombre y otra muy distinta, o al menos lo imaginaba así, lo que debía de cargar una mujer.

Aunque fuera una mujer sencilla y poco dada a alardes, como Martina.

Lo peor era el baño.

Si es que podía llamarse baño.

Habría que hacer uno.

De lujo, para que ella se sintiera cómoda y feliz, con una de aquellas cosas para que se lavaran la entrepierna.

—Un bidé —lo pronunció en voz alta.

El basurero tendría trabajo. Y el trapero, porque iba a darle bastantes muebles viejos e incluso ropa que llevaba siglos sin ponerse y no se volvería a poner jamás.

Blas canturreó algo en voz baja mientras cargaba una mesita rota para dejarla en la entrada. Como estaba apoyada en una pared, ni se había dado cuenta de que le faltaba una pata.

La depositó en el suelo y al levantar la vista se encontró con Romerales.

—Hola, Jacinto —lo saludó.

El hombre estaba parado delante de la casa, con las manos en los bolsillos y un atisbo de colilla apagada en la comisura del labio. Sus ojos eran pequeños. Su boca no. Parecía la de un buzón de correos. Por eso le llamaban así, el Bocas.

—¿Eso es para la hoguera de esta noche? —quiso saber.

—No.

—¿No?

—No.

—¿Vas a tirar esta mesita?

—Sí.

—¿Por qué?

—Porque está rota, ¿ves?

—Tiene un apaño.

—Pues llévatela.

Se lo pensó.

—Bueno —dijo—. Si no te importa.

—A mí qué va a importarme.

Pareció que seguía pensándoselo, pero no. Era una pausa.

—Le diré a mi yerno que venga a por ella.

—Aquí estará.

—¿Tiras más cosas?

—Sí.

—¿Por qué?

—¿Otra vez? —Hizo un gesto de fastidio—. ¡Pues porque estoy de limpieza, hombre!

—Tú.

No lo pronunció como una interrogación, sino más bien aseverándolo.

—Sí, yo, que se me estaba comiendo la mierda.

El Bocas era de los que, cuando hacían obras, se presentaba a ver y opinar. Que si una zanja mejor hacerla así, que si una baldosa mejor ponerla asá. Podía pasarse horas quieto, con las manos en los bolsillos y la atención prendida de su objetivo.

Llevaba quince años de enfermo crónico, aunque nadie sabía qué enfermedad crónica tenía.

—Voy para adentro —dijo Blas.

—¿Te encuentras bien?

—¿Por qué iba a estar mal? —Le dio por reír.

—No sé, yo pregunto.

No supo muy bien por qué, pero de pronto se lo dijo.

—Voy a casarme, Jacinto.

Se quedó igual, como si le acabase de decir que por la tarde llovería o algo parecido. Su hija era una de las de lengua larga. Él no. Vivía y dejaba vivir. Un extraterrestre habría sido más locuaz.

—Ah —asintió.

Ni siquiera le preguntó con quién.

Blas se metió en la casa.

No volvió a sacar nada en una hora. Sabía que Jacinto Romerales, el Bocas, seguiría allí, a la espera de ver de qué se desprendía.

Por suerte estaba de muy buen humor.

Así que siguió cantando por lo bajo.

75

Anita aplicó el oído a la puerta de la habitación de su hija por tercera vez en una hora.

En esta ocasión, la oyó moverse, así que supo que estaba despierta.

—¿Marcela? —Llamó con los nudillos.

—¿Sí, mamá?

—¿Puedo entrar?

—Claro.

Franqueó el umbral. Marcela lucía su breve pijama, pantaloncito y camiseta, pero estaba delante del espejo con algunas de sus prendas de vestir, camisas, blusas, faldas... Parecía estar escogiendo qué ponerse no ese día, sino los restantes días de su vida. La cama deshecha estaba llena de ropa.

—¿Qué haces? —Se extrañó su madre.

—Nada, miraba qué tengo para llevar hoy en la fiesta.

Lo había olvidado. Entre unas cosas y otras, con Rogelio metido en su reencuentro y ella pendiente de él, no recordaba ya la efemérides del 23 de junio.

Las fogatas, los petardos, el comienzo del verano en España.

Rogelio se lo había comentado.

—Falta mucho para la noche, ¿no?

—Ya, pero por la tarde los niños recogen maderas viejas y las amontonan para la fogata. Todo el pueblo participa, mamá. Es un día diferente.

—Y bonito.

—Sí. —Se colocó una blusa por delante, sujeta con la mano derecha, y una falda por encima de la cintura, sujeta por la izquierda—. ¿Cómo me queda?

—Bien.

—¡No digas bien como si nada! —Se enfadó—. ¡Míratelo y sé sincera!

—La falda no va pareja con la blusa.

—¿No? ¿Estás segura?

—¡Si te digo que sí no me crees, y si te planteo dudas tampoco!

—Si es que he traído poca ropa —exclamó con desaliento.

—¿Poca ropa? ¡El doble que tu padre o que yo! ¡Y eso que veníamos a un pueblo! ¿Te recuerdo lo que pagamos de exceso de equipaje?

—Bueno, va. —Tiró la falda y escogió otra—. ¿Y esta?

—Marcela, ¿quieres parar?

No le hizo caso. Danzó por delante del espejo y se miró de frente y por ambos lados. No le gustó lo que veía, puso cara de asco y aburrimiento y, tras tirar ambas prendas sobre la cama, cogió otras dos, al azar.

Parecía disgustada, pero lo que vio Anita fue todo lo contrario. Felicidad.

—Siéntate —le pidió.

—¿Qué pasa?

—Que te sientes.

—Huy. —Se alarmó—. ¿Toca sesión madre-hija?

—No seas respondona.

—Es que te conozco.

—Pues si me conoces sabes que me gusta hablar, nada más.

Marcela llenó sus pulmones y luego soltó el aire con una larga bocanada. Se mordió el labio por dentro y acabó apartando algunas prendas para sentarse en la cama. Su madre hizo lo mismo a su lado.

—¿Qué? Dispara —La apremió su hija.

—Déjame mirarte, mujer.

—Ay, mamá...

—Eres tan guapa, y has crecido tan rápido.

—No te pongas cariñosa, va —protestó.

—Está bien. —Anita se cruzó de brazos y se quedó seria—. Anoche llegaste tarde.

—¿Así que es eso? —Se extrañó Marcela.

—Es que era muy tarde. —Remarcó el «muy».

—Mamá, que tengo diecinueve años.

—Quería saber cómo te fue.

—¿Desde cuándo eres tan curiosa?

—Desde que veo a mi hija besándose en el coche de un muchacho a las tantas de la madrugada.

Marcela se quedó blanca.

—¡Mamá!

—No te espiaba, fue casual. —Intentó defenderse—. Estaba inquieta por la hora, me levanté, y entonces apareció el coche. Solo quise ver si eras tú.

—¡Pues claro que era yo! ¿Qué coche iba a detenerse delante de la casa a esa hora?

—Marcela...

—¡Si es que no es justo!

—Esto no es Medellín, hija. Es un pueblo. Aquí es difícil pasar desapercibido o tratar de ocultar algo.

—Solo nos besamos. —Quiso dejarlo claro.

—No has de darme ninguna explicación.

—Pues parece que me la pidas.

—Cariño... —Intentó dulcificar el momento—. Tú y yo nunca hemos tenido secretos.

—Ya, pero tampoco voy a contártelo todo.

—Dime una cosa.

—¿Qué?

—¿Te lo pasaste bien?

Consiguió hacerla sonreír. Eso y ruborizarse. La ayudó su propia sonrisa cómplice.

—Fue delicioso, mamá —confesó la chica.

—¿Y él...?

—Encantador, el lugar, la cena, el paseo.

Anita esperó a que ella bajara de su nube. No quería ejercer de madre, pero necesitaba decirle aquello.

Escuchar su respuesta y verle la cara.

—Tú no eres una chica fácil.

—¡Y no lo soy!

—Pero le besaste.

—Bueno, ¿y qué? Me gusta.

—¿Vas a enamorarte de un español?

—Tú lo hiciste.

Anita se sintió atravesada.

—Él vivía allí.

—Mamá, ya no hay distancias. Y de todas formas...

—¿De todas formas qué?

—¡No fue más que un beso! ¡Acabo de conocerle!

—Yo solo te pido que seas consciente.

—¡Pues claro que lo soy! ¡Y siento que nos vieras!

—No quiero que le hagas daño a tu padre —dijo de pronto su madre.

Marcela parpadeó.

—¿Por qué iba a hacerle daño a papá? —Se extrañó.

—No lo sé. —Se encogió de hombros Anita—. Pero ten cuidado, nada más. Este es su hogar. No sé ni si es consciente de que lleva aquí un par de días y ha agitado todo esto con su sola presencia. —Su vehemencia se hizo mayor—. Hemos de ayudarle las dos, hacérselo fácil. Para él esto es muy fuerte, ¿entiendes? Es cuanto te pido, cariño.

—Papá ha venido aquí en son de paz, ya le conoces. Yo le veo bien.

—Y yo también. —Lo aceptó—. Parece feliz. Esta mañana le han traído unos papeles de Madrid y tiene los ojos llenos de luz. Lo que quiero es que los tenga así todo el tiempo.

—Tranquila, mamá. —La abrazó Marcela.

Se quedaron así, unidas, sentadas sobre la cama llena de ropa mientras en alguna parte estallaba el primer petardo del día.

76

Martina llevaba un rato revoloteando alrededor de su madre, esperando la oportunidad, buscando el momento, reuniendo ánimos que no tenía. Tres veces había ido decidida a hablarle, y las tres no pasó de hacerle una pregunta sin importancia o decirle cualquier cosa, atenazada, para salir del paso.

Si le costaba lanzarse con ella, ¿cómo sería con su padre?

Toda la sensación de felicidad recién adquirida, como si de repente flotara en una nube, desaparecía en el instante decisivo.

¿Y por qué no le habían preguntado nada?

Nada.

La noche anterior, tras dejar a Blas y meterse dentro, la escena había sido fugaz, rápida, y entre que ella estaba conmocionada y la sequedad de ambos...

—¿Qué quería?

—Nada, hablarme.

—¿De qué?

—Cosas nuestras.

—¿Desde cuándo tienes tu palabras con ese?

—Mamá...

Su padre, ni mirarla. Serio.

—Desde luego...

Y eso fue todo.

Todo.

Lavó los platos, despacio, recuperando cada una de las palabras dichas u oídas un momento antes, y a la que se descuidó él estaba en cama y ella viendo la televisión.

Ahora lucía el sol, era otro día, a la fuerza tenía que estar más calmada y serena. No era una cría. Era una mujer de cuarenta y dos años.

Calmada y serena.

Pero no era así.

Su padre había salido. Cosa rara en él. Su madre lavaba algo en el patio. No podía esperar mucho. Conocía a Blas. Ya lo habría dicho a alguno de los suyos, los de la partida de dominó o alguien de su calle. Antes de que se diera cuenta aparecería una comadre curiosa, haciéndose la despistada, o la felicitarían a gritos y se enteraría el pueblo entero.

—Mamá.

—¿Qué?

—He de decirte algo.

—Pues suéltalo. —La apremió al ver que se detenía.

—Me caso.

Se quitó un peso de encima.

Y se preparó para la batalla.

—Ya era hora —dijo Eloísa.

—¿No vas a preguntar con quién? —Se asombró de su comentario.

—¿Con quién?

—Vaya por Dios, qué entusiasmo.

La mujer dejó de lavar para mirarla.

—¿Con quién? —repitió.

—Con Blas.

—Bueno, no sé de qué me extraña. —Reanudó lo que estaba haciendo.

—¡Mamá!

—Si vino a verte anoche y tuvo el coraje de presentarse a tu padre...

—Hace siete años que le veo.

Eso sí la conmocionó.

—¿Siete?

—Siete.

—Yo pensaba que eran cinco o seis.

—¿Cómo que pensabas que eran cinco o seis?

—Bueno, que te veías con alguien estaba claro.

—¿Y no sentiste curiosidad?

—Ya eres mayorcita, hija. Allá tú.

No supo si sentirse desalentada o feliz por el respeto materno.

—Escucha. —Intentó mantener un hilo de conversación lógico—. Blas hizo la guerra con Franco, sí, por culpa de su padre, pero le salvó la vida a Rogelio Castro.

—Tu padre me lo ha contado. Supongo que por eso no le mató anoche.

—Eso cambia algo las cosas, ¿no?

—Es un buen hombre —convino ella—. Por lo menos.

—¿Me ayudarás con papá?

—¿Qué quieres?

—Que estés a mi lado cuando se lo diga.

—Puede darle un pasmo.

—Ya lo sé.

—O no. —Hizo una mueca—. Me lo ha contado muy relajado y tranquilo. Rogelio va a hacer negocios aquí. Tu padre parece incluso feliz. Por eso anoche aceptó lo de que le entrevistaran en la tele y las revistas. Cuando me ha contado lo que le pasó a Rogelio en la guerra ha dicho que Blas había tenido dos cojones, como Dios manda.

—O sea que no le odia.

—Florencio solo odiaba a Franco, hija. El resto le podía caer mejor o peor, la Guardia Civil, los pobres como Blas, que se vieron metidos en el fregado... No creo que se ponga a dar saltos de alegría por tener de yerno a Blas, que encima ya está mayor, pero te quiere, vaya si te quiere. Si eres feliz...

386

—Lo soy —reconoció ella por primera vez.

—Pues ya está.

Martina la abrazó. Eso hizo que dejara de lavar de nuevo y se secara las manos en el delantal.

—Gracias —le susurró su hija al oído.

—¿Sabes la de noches que pasó a tu lado, de niña, mientras dormías, mirándote embelesado? Que los años le endurecieran no significa que no tenga su corazón. Yo no sé ni cómo lo aguantó. Puede que proteste un poco y se meta algo con él, pero si le abrazas y le haces cuatro carantoñas... Aunque parezca de piedra, es humano.

—¿Y tú?

—¿Qué quieres, verme llorar?

—No, supongo que no.

—A mí se me acabaron las lágrimas hace tiempo. —Le sonrió con dulzura—. Si vendieran en el colmado me compraría, porque una buena llorera a tiempo da un gusto que no veas.

—Tonta.

—¿Cuándo se lo dirás a tu padre?

—Cuando vuelva.

—Pues me avisas.

—Bien.

Iba a retirarse, pero Eloísa la detuvo y la miró con una súbita preocupación en el rostro.

—¿No estarás preñada? —le preguntó.

La carcajada de Martina fue lo primero que escuchó Florencio cuando entraba en su casa.

77

El aire ya iba llenándose de petardos, estruendos de mayor o menor intensidad. Bastaba con mirar a la plaza desde el ventanal para ver los contrastes: los niños corriendo y riendo y los ancianos protestando airados por los sustos. Muchos pequeños llevaban maderas y cartones al llano del río, para levantar allí la fogata. Era el único lugar apto para la pira. Por si no fuera poca la festividad, y contribuyendo a dar mayor sensación de caos, las brigadas de limpieza estaban quitando ya de forma decidida la propaganda electoral que todavía impregnaba paredes y muros una semana después de las elecciones.

Las malditas elecciones.

Ricardo Estrada vio como una sonriente cara de Felipe González era arrancada del quiosco central.

Los comunistas eran peligrosos, pero al menos iban a cara descubierta con sus ideas. Los socialistas en cambio...

Lobos con piel de cordero.

Intentó tomárselo con calma.

Lo inevitable, inevitable era. Elecciones, democracia y punto. Ahora había que trabajar para que las cosas no se aceleraran demasiado, para que la herencia de Franco no se dilapidara o perdiera, para que sus herederos tuvieran tiempo de sentar las nuevas bases de la llamada «España plural». Si no tenían la oportunidad de mantener los logros que tanto había costado de conseguir, el futuro sí podía ser negro.

Por lo menos la izquierda era la de siempre. Se peleaban entre sí, lo cuestionaban todo, se perdían en largos e inútiles debates, se disgregaban en grupos fraccionados.

Ellos no.

A una.

Esa era la diferencia.

Se apartó del ventanal. Sobre su mesa, los periódicos del día llevaban en portada el asesinato de Javier de Ybarra. Otro más, para tensar la cuerda. Sintió asco y repugnancia. Dos millones de vascos jodiendo. Seis millones de catalanes jodiendo. Y el país cargando con ellos.

Miró la hora, y en ese momento Graciela llamó a la puerta.

—¿Sí?

La secretaria hizo lo que hacía siempre: asomar la cabeza.

—Ha llegado el sargento García.

—Que pase, ya era hora.

La mujer se apartó y el guardia civil entró en el despacho. Había escuchado el comentario final, pero a Ricardo Estrada era lo que menos le importaba.

A fin de cuentas le esperaba desde hacía rato.

—Siéntese, sargento.

Le obedeció, más por cortesía que por ganas. Mantuvo el tricornio reluciente sobre las rodillas y aguardó a que el alcalde ocupara su butaca detrás de la mesa.

La pregunta no se hizo esperar.

—¿Y bien?

Saturnino García escogió las palabras, pero más aún el tono de voz, paciente, profesional.

—No hay nada, señor.

—¿Cómo que no hay nada?

—Ese hombre es un ciudadano normal, que actúa con normalidad en un país normal —dijo.

Ricardo Estrada frunció el ceño hasta reducir sus ojos a dos líneas oscuras.

—No me joda, sargento.

—Está viendo a los amigos, conocidos... —Abrió las manos con entera seguridad.

—¿Le ha hecho vigilar?

—No tenía motivos, pero sí. Yo mismo le he estado siguiendo.

—¿Usted?

—Quería estar seguro de lo que iba a decirle.

—¿Y?

—Se lo repito: nada. Es lo que parece. Un viejo vecino del pueblo que regresa para recuperar el tiempo perdido, estar con la familia y hacer las paces con el pasado.

—¿Cómo dice?

—Hacer las paces con el pasado —se lo repitió.

—Le fusilaron, se le dio por muerto, ¿y me dice que está haciendo las paces con el pasado? ¿Qué sentido tiene eso?

—El de alguien que no guarda rencor.

—Todos guardamos rencor. —Cerró su puño derecho—. Nadie es inocente en una guerra.

Saturnino García no contestó.

A fin de cuentas no era una pregunta, solo una aseveración.

—¿A quién ha visto? —insistió en su interrogatorio.

—A su tía, su prima, José María Torralba, Florencio Velasco, Blas Ibáñez...

—¿Blas Ibáñez, está seguro? —le interrumpió.

—Sí.

—Fue uno de los que le fusilaron, por Dios.

Su visitante volvió a mantener la boca cerrada.

—¿Ninguna pelea, amenaza...?

—No, señor.

—Oiga, sargento. —Ricardo Estrada se inclinó sobre la mesa y le apuntó con el dedo índice de la mano derecha—. No se deje engañar, ¿de acuerdo? Ese hombre ha comprado los terrenos del río,

390

y va a comprar la fábrica, ¿lo sabía? ¿No? Pues ya lo sabe. ¡Se está apoderando del pueblo!

—Puede que solo quiera invertir aquí. Es su casa.

—¿Usted de qué lado está? —Alzó la voz por primera vez.

Le enervó más la calma que la respuesta.

—Del lado de la legalidad, señor.

—¿Me habla de legalidad a mí? ¡Maldita sea, sargento! —Se puso en pie de un salto y dio dos pasos furiosos hacia la ventana antes de regresar a la mesa, aunque ya no se sentó en su butaca. Desde lo alto hundió una acerada mirada en el hombre, su uniforme, el tricornio—. Parece mentira —exclamó sorprendido—. Ni siquiera ustedes son lo que eran.

—Siempre hemos sido lo que hemos sido, para bien o para mal, según se mire.

—¡Hablo de la guerra, cuando tenían agallas!

—Entonces no, claro. —Mantuvo su serenidad—. Ahora hay una democracia y la mayoría cree en ella. No todos, pero los más jóvenes de nosotros sí.

—Los engañados y los ciegos.

—Los que miramos al futuro, señor.

Ricardo Estrada se inclinó sobre él. Tuvo que apoyarse con una mano en la mesa. Temblaba. Un río de energía discontinua corría libremente por su cuerpo, agitándole tanto como cortocircuitándole la mente.

Le costaba respirar.

—¿Entiendo que no va a hacer nada para ayudarme?

—¿Ayudarle a qué?

—A detener a ese hombre.

Ahora le tocó el turno de ponerse en pie, marcial, firme.

—Fingiré no haberle oído, señor alcalde.

—¡Sargento!

—¿Sabe algo? —Bajó la cabeza, hizo un gesto de resignación y volvió a mirarle con fijeza—. Pedí el traslado hace poco y no me lo han concedido. Quería irme de aquí, buscaba el acomodo de una gran ciudad, como Barcelona. Esto se me hacía tan pequeño como pesado, incluso agobiante. Ahora creo que será divertido quedarme. Divertido y necesario.

—Usted nunca ha sido de los nuestros —le expresó su desprecio él.

—Si todavía hay nuestros y ellos, es que no hemos aprendido nada.

El último intercambio de miradas fue un choque de trenes. Feroz la de Ricardo Estrada. Cargada de desprecio y tristeza la de Saturnino García.

—Váyase —dijo entre dientes el primero.

—Buenos días, señor —se despidió el segundo.

CAPÍTULO 12

JUEVES, 23 DE JUNIO DE 1977

78

Continuaba examinando los papeles llegados de Madrid, haciendo anotaciones al margen, estudiando los mapas del terreno comprado y los distintos proyectos para levantar allí su floricultora. Continuaba leyendo los informes financieros de la fábrica de embutidos, las expectativas de futuro, lo que se precisaba como inversión para dar un salto cualitativo hacia adelante. Continuaba con sus sueños.

Y estaba solo.

Virtudes había salido primero. Acababan de hacerlo Anita y Marcela, tras insistirle mucho en que las acompañara.

—No —les dijo—. Quiero trabajar con todo esto y llamar a Madrid. Esta noche, en la verbena. Entonces sí. Iremos a pasear, a ver la fogata, los fuegos artificiales. Ese será el momento.

El momento.

El eco de las voces de su mujer y su hija todavía flotaba en el aire cuando llamaron a la puerta.

Podía asomarse a la ventana y ver quién era, pero optó por ir directamente y abrir. Por lo menos se había vestido. Pensaba en Blas o en Eustaquio, pero también en alguien a quien no hubiese visto todavía.

Cuando se encontró frente a ella, se quedó sin aliento.

Esperanza parecía haberlo perdido hacía rato.

Se quedaron mirando, absortos, perdidos el uno en los ojos del otro, sabiendo que la aceleración de sus corazones los llevaba al vértigo mientras que su inmovilidad los convertía en falsas estatuas de sal. Seguía siendo hermosa, un ángel. La edad no la había estropeado, al contrario, le daba dignidad, firmeza. Su cabello blanquecino, sus ojos de brillo apagados pero todavía intensos en la mirada, sus labios más delgados pero aún bellamente dibujados, el cuerpo cambiado y sin embargo rotundo en sus formas maduras, las manos eternamente delicadas.

Sabía que la vería.

Pero de pronto...

Vacilaron dos, tres segundos más, sin saber qué hacer o decir.

Hasta que él reaccionó.

—Hola. —Envolvió su suspiro casi en un jadeo liberador.

—Hola, Rogelio.

La última vez que la había visto se besaron y abrazaron temblando, con una guerra que se les venía encima de golpe.

Y de eso hacía casi cuarenta y un años.

—Pasa, por favor. —Reaccionó por segunda vez.

—Gracias.

Caminaron hasta el comedor. Los papeles estaban sobre la mesa, pero ni los apartó. Le ofreció una silla.

—Siéntate.

Más que sentarse, se dejó caer, como un fardo, agotada. Llevaba un bolso colgado del hombro izquierdo y lo depositó en el suelo, a su lado.

Volvieron a mirarse, a reconocerse.

A leer en el fondo de sus ojos.

—Me tiemblan las piernas —reconoció ella forzando una sonrisa.

—Y a mí —dijo él.

—Llevaba un buen rato ahí afuera, ¿sabes?

—¿Miedo?

—Quería verte a solas. Cuando han salido tu mujer y tu hija...

—Entiendo.

Otro silencio, como si cada pequeño grupo de frases o palabras surgiera a borbotones, marcado por el movimiento de un émbolo que iba y venía por sus mentes.

Rogelio intentó hallar la serenidad necesaria.

—¿Te acuerdas de cuando nos preguntamos cómo seríamos a los sesenta años?

—Sí, en la huerta, un día de primavera como hoy.

—Tú dijiste «igual que ahora pero con más arrugas».

—Pues no tenemos arrugas, tenemos grietas.

—No seas cruel. —Hizo un amago de restar dureza a sus palabras con la mano—. Estás casi igual de guapa, por Dios. Te habría reconocido en cualquier parte.

—Yo a ti no. —Fue sincera.

—¿Tanto he cambiado?

—Pareces... distinto, y más joven incluso.

—Ojalá.

Esperanza bajó la vista un momento.

—A veces, en estos años, tu rostro se desvanecía en mi cabeza y no podía recordarlo. Era algo bastante amargo.

—¿Pensabas en mí?

—¿No lo hacías tú?

—Sí, porque yo sabía que estabas viva.

—Claro. —Llevó los ojos a la ventana, evitó las lágrimas y volvió a depositarlos en él.

—Quién nos lo iba a decir, ¿eh? —Intentó contemporizar Rogelio.

—Llevo unos días que no sé... —La humedad acabó asomando por sus párpados—. Cuando me lo dijeron no podía creerlo. Y ahora... —Se pasó la mano por ellos y venció el hundimiento—. ¿Cómo te salvaste?

Lo había contado tantas veces.

Pero no a ella.

La más importante.

Se lo dijo. Blas, el pelotón de fusilamiento, el disparo al aire, la caída en la fosa, aquel cigarrito que le dio tiempo a gatear hacia afuera, el bosque, la noche, la huida...

—¿Te salvó Blas?

—Sí.

—Nunca habló de ello.

—Porque pensó lo más lógico: que había caído en la guerra igualmente.

—No sabes cuántas veces he mirado al monte en estos años, sobre todo al principio, imaginando que estabas ahí, en algún lugar, tan cerca y a la vez tan lejos.

—No llores, por favor.

—No lloro. —Se pasó de nuevo la mano por los párpados.

—Por lo menos yo sí sabía que estabas bien.

—¿Cuándo lo supiste?

—Bueno, cuando le escribí a mi hermana la primera vez, hace veinte años. Ella me puso al corriente. Tú hacía poco que habías tenido a Ezequiel.

—¿Puedo preguntarte algo?

—Lo que quieras.

Tardó en encontrar la forma.

—¿Qué pensaste cuando supiste que me había casado con José María?

—Mejor con él que con otro.

—Pero qué pensaste.

—Nada.

—¿Nada?

—¿Qué querías que pensara? —Mantuvo su naturalidad—. La guerra nos hizo polvo a todos. De una forma o de otra. Mira Florencio, mira Blas, mira Eustaquio. Que tú fueras feliz me pareció algo maravilloso.

—Era tu mejor amigo.

—Dejó de serlo cuando se alió con los fascistas, aunque me consta que unos lo hicieron por convicción y otros para sobrevivir.

Esperanza soltó una bocanada de aire.

—Rogelio, maldita sea, pareces tan tranquilo.

—Una parte de mí lo está, la otra no, aunque casi siempre se impone la primera.

—¿Cuál es cuál?

Ladeó la cabeza como si lo pensara.

—Los primeros veinte años me ayudaste a vivir, a resistirlo todo. Cualquier cosa que hacía la hacía por ti. Luchaba por ti. Resistía por ti. Después, casado, y más aún tras contactar con Virtudes y saber qué había sido del pueblo en ese tiempo, me sentí en paz.

—Una hermosa palabra.

—Creo en ella. —Fue sincero—. Creo en la paz, en el amor, en la honradez, el respeto, la esperanza.

—El buen Rogelio de siempre.

—No, eso no.

—Sí —insistió ella—. Ya entonces eras incapaz de matar una mosca, estabas contento, lleno de sueños e ideales.

—Estaba enamorado y era feliz.

—¡Yo también estaba enamorada y era feliz, pero desde luego siempre fui más realista que tú!

—Las personas cambian.

Esperanza se envolvió en un nuevo suspiro. De pronto parecía más serena, haberse endurecido, aunque un temblor aquí y allá, en la mano o en los labios, la delatase momento a momento.

Quizás estuviera todo dicho.

O solo fuera el comienzo.

Se agachó, recogió el bolso del suelo, lo abrió en su regazo y sacó de su interior la cajita.

—He venido a traerte esto —le dijo.

Rogelio miró aquel pequeño cuadrado de color rojo. Lo reconoció. La descarga eléctrica lo dejó paralizado. Un salto lo llevó atrás en el tiempo, al momento en que él le había dado el anillo que sellaba su compromiso.

La mano de Esperanza tembló en el aire.

—Por favor.

—No. —Rogelio movió la cabeza de lado a lado—. ¿Qué estás haciendo? Es tuyo.

—Me lo diste para que me casara contigo y no lo hicimos.

Hizo ademán de ir a dejarlo sobre la mesa y él la detuvo.

—No lo hagas. —La previno—. Vuelve a meterlo en tu bolso.

—No puedo.

—¡Sí puedes!

—¡Llevo cuarenta y un años viéndolo y...!

—Escucha, Esperanza. —Se acercó a ella doblando el cuerpo sobre sí mismo para dar más vehemencia a sus palabras—. Estábamos enamorados, muy enamorados, y ese anillo es la prueba, todo lo que nos queda, la certeza de que tuvimos nuestro momento. Si me lo devuelves es como si no hubiera sucedido, ¡y sucedió! Tienes que conservarlo, por favor. Guárdalo como una parte de mí.

—¿Y si me hace daño?

—¿Cuándo el amor no duele?

—¿Qué conservas tú de mí?

—Todo, aquí dentro. —Se tocó la cabeza con un dedo.

—Siempre tan romántico. —Forzó una sonrisa mientras volvía a guardar la cajita en su bolso sin apenas darse cuenta.

—Sí, supongo. —Se tranquilizó él.

—¿Eres feliz?

—Mucho, ¿y tú?

Esperanza hizo un gesto impreciso. Se miró las manos aferradas al bolso tras guardar el anillo.

—Tuve cinco hijos, aunque se me murieron dos.

—Lo sé.

—Son muy buenos.

—También lo sé.

—Uno se parece mucho a ti. Ingenuo, sensible, romántico, despistado, inseguro...

—Ezequiel.

—Sí. —Llegó a sonreír ella.

Rogelio la tocó por primera vez.

Una mano sobre las suyas.

—Pero no me has contestado a la pregunta —inquirió—. ¿Eres feliz?

79

Blanca estaba aporreando una colcha colgada del tendedero. Lo hacía con las dos manos, dando unos buenos mandobles con un palo a falta de un sacudidor normal. A cada golpe conseguía sacar algo de polvo que flotaba en el aire bajo el sol. Sudaba y la piel le brillaba con una especial intensidad. Una pátina húmeda que cubría su rostro, el pecho abierto sobre el escote mal abrochado de la camisa, los brazos con las mangas arremangadas y la parte inferior de sus robustas piernas.

Eustaquio la contemplaba desde la puerta que comunicaba el patio con la casa, apoyado en el marco, las manos en los bolsillos.

Su mujer propinó media docena de golpes más, muy fuertes, antes de bajar el palo, tomarse un respiro y darse cuenta de que él la observaba.

—Podrías ayudarme, ¿no?

—No sé por qué lo haces a pleno sol en lugar de al anochecer.

—Porque si lo dejo todo para cuando se va el sol no hay horas. —Fue tajante.

Volvió a levantar el palo, pero ya no dio una segunda andanada de golpes.

Eustaquio seguía tal cual.

—¿Qué miras? —Se extrañó.

—Nada.

—Pues pareces encandilado, hijo.

—Sudas.

—Ya.

—Me gusta cuando sudas.

—A ti te gusta cada cosa...

—Ven.

—¿Para qué?

—Ven, va.

—Eustaquio, que tengo mucho que hacer.

—Ven aquí, a la sombra, mujer. Estás al sol.

—Si me hicieras un chamizo más grande no pegaría tanto el sol, que es que lo tuyo...

—Te lo haré.

—¡Huy, el arquitecto!

Llegó hasta él. Eustaquio puso un dedo en el extremo de su escote, entre los dos senos abultados y apretados por la camisa. Recordó la excitación de unos días antes, cuando la noticia del regreso de Rogelio ya les había sacudido a todos. Aquel día, Blanca también estaba sudada.

Su mujer se quedó quieta, pendiente de su gesto.

Eustaquio acabó sonriéndole.

—Cuando salí de la cárcel y volví al pueblo creí que mi vida estaba acabada, que ya nada tenía sentido. —La sonrisa se revistió de ternura, pero también de nostalgia y dolor—. Mayor, tullido, derrotado... Entonces te vi, a la mañana siguiente, en lo mejor de tu juventud, tan guapa, libre, soltera. Si no llega a ser por ti...

—¿Qué te pasa? —Se inquietó su mujer.

—Nada.

—No, a ti te pasa algo.

—Supongo que hacía tiempo que no me sentía tan bien.

—¿Es por Rogelio?

Intercambiaron una nueva mirada cómplice, de matrimonio que no necesita hablar para entender.

—Me ha dicho que las cosas en el pueblo van a cambiar —dijo él.

—A mí me lo ha dicho Virtu —convino ella.

—Ya sería hora.

—¿Y a estas alturas, en lugar de estar jubilado y tranquilo, vas a meterte a trabajar?

—Ese bastón me ha hecho ser lo que no soy demasiado tiempo. Mataría por sentirme útil. Aunque sea de vigilante en la fábrica, o en lo que vaya a emprender Rogelio.

—Quiere que Fina y Miguel vuelvan aquí.

—¿Te imaginas?

Blanca levantó una mano. Le acarició la mejilla. La tenía hirsuta, como siempre, como si se afeitara y a los cinco minutos volviera a crecerle la barba. Recordaba aquel regreso, el de Eustaquio al pueblo. ¿Cómo no iba a recordarlo? La primera vez que volvió a verle después de más de diez años, el héroe derrotado que regresaba a casa, su última rebeldía aceptándole como marido. Hasta su madre hablaba de «apaño», de haberse casado para no estar solos, hacerse compañía...

Pero se equivocaban.

Había muchas clases de amor.

—Una vez me dijiste que hasta el último día ibas a luchar —repuso ella.

—Era mucho más joven que ahora.

—Pero sigues luchando.

—Creía que no, que estaba muerto. Años y años muerto, y más cuando Fina y Miguel se marcharon a Madrid y nos quedamos solos. Pero supongo que sí he luchado, ¿verdad? De alguna forma lo he hecho, contigo.

Blanca le pasó los dedos por el cabello gris y todavía abundante.

—Vamos a aprovechar esta oportunidad, ¿verdad?

—Sí —admitió ella con fuerza.

—Juntos.

—Claro.

Intentó darle un beso. Blanca lo esperaba. Lo que no esperaban era que de pronto apareciera Teodora a su lado, brava, peleona como siempre, gritando.

—¡Blanca!, ¿se puede saber qué haces? ¡Mira la hora que es y mi cama por hacer! ¡Ay, hija, que cada día estás más tonta! ¿Y la comida? Luego se te atrasa todo.

Por lo general, solía refunfuñar y callar, obedecer y hacer lo que su madre quería o le pedía. Por lo general, Eustaquio cerraba la boca y se apartaba para dejarlas y no meterse en problemas con su suegra. Por lo general, no había discusiones, todo acababa allí.

Esta vez no.

—¡Mira, mamá, ya estoy harta! ¿Para qué quieres que te haga la cama, para tumbarte en ella cinco minutos y que la vuelvas a deshacer?

—¡Blanca!

—¡No, se acabó Blanca!, ¿entiendes? ¡Se acabó! ¡Estoy hasta la moña de ti! ¡Te pasas el día gritando, protestando por todo, nada te parece bien, y te recuerdo que estás en nuestra casa, en la de mi marido y mía! ¡Como vuelvas a gritarme, o a interrumpirme cuando estamos hablando, o metiéndote en mi habitación sin llamar, te aseguro que te mando directa a una residencia, pero ya!

—¿Cómo te atreves...? —La mujer estaba lívida.

—¿Que cómo me atrevo? ¡Llevo años y años aguantándote y ya no puedo más!, ¿te enteras? Así que escoge: o te calmas y te callas, colaboras y nos dejas ser un matrimonio normal, sin estar todo el día dando la vara, o a la residencia, pero de cabeza, ¿eh? ¡De cabeza!

Teodora miró a Eustaquio.

—¿Tú la dejas que me hable así?

—Es su hija, señora, y créame, usted se lo ha ganado a pulso.

—Pero...

—Vete mamá, déjanos en paz que estábamos hablando.

Pareció a punto de sufrir una apoplejía. Se llevó una mano al pecho respirando con fatiga.

—Si me haces chantaje diciéndome que estás mal, llamo directamente al médico y de aquí al hospital, y del hospital a la residencia —insistió su hija—. Hablo en serio.

Teodora abrió y cerró la boca.

No entendía nada.

O sí.

Debió hacerlo porque se revistió de dignidad, se dio media vuelta y se marchó de su lado perdiéndose en las profundidades de la casa.

Eustaquio y Blanca se quedaron solos.

Realmente solos.

—Bien. —Suspiró él, feliz.

—Si hay cambios, hay que comenzar por aquí, ¿no crees? —Hinchó su pecho ella con orgullo.

80

Rogelio llevaba ya un rato hablando, contándole su peripecia desde la noche en que los dos se habían visto por última vez. No quería hacerlo, prefería guardárselo, pero Esperanza había insistido.

Y tenía derecho a saber.

Bajó la cabeza con cierto pudor al acabar diciendo:

—...aquel día conocí a Anita y entonces...

—Volviste a la vida.

—Sí. —La miró con una infinita paz en su expresión.

—Pero tantas veces a punto de morir...

—En las dos guerras no fueron tantas, aunque más de una bala perdida mató a un compañero y pudo haberme tocado a mí, pero en Mauthausen sí, cada día —reflexionó—. Cuando me acostaba de noche pensaba «mañana veré otro amanecer» sabiendo que podía ser el último. Y sin embargo, al amanecer, antes de que comenzara aquel infierno, me decía, «si llego a la noche habré sobrevivido un día más». Eso me daba cierta fuerza. No había futuro. Se trataba de superar cada minuto, cada hora. Tampoco había inmunidad posible, o eras egoísta o sucumbías. Cuando veías caer al de al lado, agotado, o uno de aquellos bestias escogía a otro para echarlo desde la maldita escalinata, me alegraba de no ser yo. El instinto es lo único que acaba contando. También pensaba mucho en ti y eso me daba fuerzas.

Esperanza tragó saliva.

—Yo te creía muerto, por eso no tuve esas fuerzas hasta que nació Vicente y comprendí que si estaba viva era por algo.

Rogelio guardó unos segundos de silencio. Sabían que Virtudes por un lado y Anita y Marcela por el otro podían regresar en cualquier momento. Y sin embargo no tenían prisa, como si una burbuja los aislara del mundo.

—Hubo un día...

—No has de contarme nada más si te resulta doloroso —dijo ella al ver que vacilaba.

—No, no es eso. —Rogelio le restó importancia—. A veces cierro los ojos y es como si hubiera sucedido hace muy poco. Incluso ayer mismo. Hay días, momentos, que te marcan para siempre.

—¿Que sucedió?

—Llovía. Más que llover, diluviaba. Nosotros trabajábamos igual, cargando aquellas malditas piedras arriba y abajo porque en Mauthausen todo giraba en torno a la escalera y la cantera. Los peldaños estaban húmedos y el agua formaba lagunas, así que era fácil resbalar. —Movió la cabeza horizontalmente un par de veces y continuó—. Un hombre que ya no se tenía en pie se fue hacia abajo, y con él la piedra que cargaba. En su caída arrastró a una docena más. Estaba muy arriba, mucho, por lo cual fue un efecto dominó terrible. Brazos y piernas rotos, un par muertos directamente, gemidos... Los guardias alemanes se pusieron a dar gritos. Ametrallaron a los heridos y obligaron a los que podían seguir a cargar de nuevo las piedras, solo que ahora cada uno debía coger también la del compañero muerto.

—¿Dónde estabas tú?

—Empezando a subir la escalera con mi piedra —explicó—. Me quedé mirando la sangre roja mezclada con la lluvia, y sentí que algo en mí se desmoronaba, un «ya no puedo más», un «hasta aquí hemos llegado». Llovía tanto que la sangre se diluía muy rápido. Entonces miré al cielo y sucedió.

—¿Qué sucedió? —Esperanza seguía expectante su relato.

—Recordé un poema de Federico García Lorca escrito en 1919, cuando él tenía veintiún años. «Lluvia».

—¿Recodaste un poema en ese momento?

—Sí. —Se le iluminó el rostro con placidez—. No lo sabía de memoria, pero sí sus primeras estrofas. Dice: «La lluvia tiene un vago secreto de ternura, algo de soñolencia resignada y amable, una música humilde se despierta con ella, que hace vibrar el alma dormida en el paisaje. Es un besar azul que recibe la Tierra, el mito primitivo que vuelve a realizarse. El contacto ya frío de cielo y tierra viejos, con una mansedumbre de atardecer constante».

—¿Y el poema te ayudó?

—La tierra roja de sangre, la lluvia barriéndola igual que un beso purificador. —La emoción ensombreció su tono de voz—. El beso azul, Esperanza. ¿Lo entiendes? El beso azul del que hablaba Lorca.

—El beso de la vida.

—Y de la esperanza.

—No hay sangre que pueda empañar la tierra porque la lluvia siempre la besará con su amor.

—Exacto.

—¿Qué hiciste entonces?

—Cargué mi piedra y subí esa escalera una vez más, mientras la lluvia también me besaba a mí y me purificaba. Mientras lo hacía solo repetí una palabra, una y otra vez.

—¿Cuál?

—Volveré.

—Y aquí estás —musitó ella.

Fue inesperado. Rogelio le cogió las dos manos con las suyas. No para sostenerlas, sentirlas, sino para darles la vuelta y ver ambas muñecas, con los restos de las viejas cicatrices impresos en la piel.

Esperanza reaccionó tarde.

Quiso retirarlas y él no le dejó.

—¿Quién te lo dijo? —Se rindió la mujer.

—José María.

—¿Y por qué...?

—Quería que supiese que, pese a haberse casado contigo, al comienzo me fuiste fiel.

—No tenía derecho —gimió.

—Pensó que sí, que me lo debía.

—Corrió la voz de que os habían fusilado a todos, en el monte, y yo... me volví loca.

—Te salvó, y te casaste con él.

—Ha sido bueno, Rogelio. Y le he querido.

—Me alegro.

—Pero volvió de la guerra con algo más que un brazo menos.

—Todos cambiamos.

—Él más, mucho más. Nunca ha sido capaz de ser feliz y sonreír. Ha querido a sus hijos con locura, pero a veces le sorprendía mirándolos con tanto dolor y tristeza. Como si le pesara un dolor, una culpa.

Rogelio se envaró.

Había palabras que podían decir mucho.

Culpa era una de ellas.

—¿Recuerdas bien aquel día? —se aventuró a decir.

—¿Cómo voy a olvidarlo?

—Cuando me iba, cuando te dije que volvería, también te dije que pensábamos ocultarnos en la quebrada y luego escaparíamos.

—Sí.

—¿Se lo dijiste a alguien?

—No.

—¿Seguro?

—Seguro, ¿por qué?

—Por nada. —Se relajó él.

—Acababas de irte por la ventana y por la puerta entró José María, armado. Si no estaba contigo, es que estaba contra ti, así que ¿a quién iba a decírselo?

—¿José María apareció nada más irme yo?

—Sí.

410

—¿Qué quería?

—Saber si estaba bien, pedirme que no me moviera, decirme que el pueblo estaba tomado por los sublevados y que había tenido que escoger para salvarse y no sé qué más. Parecía muy asustado. Yo casi no le oía. Acababa de besarte y me sentía igual que si me hubieran arrancado el alma. —Volvieron a asomar las lágrimas por sus ojos.

—¿Y después de eso?

—Nada, ya te lo digo. Yo estaba robotizada, pensaba únicamente en ti, en que si te sucedía algo me moriría. Y también me daba cuenta de que, aunque sobreviviéramos, tardaría mucho en volver a verte. Demasiado. Así que no pude reaccionar. José María se marchó y ya no volví a saber nada hasta que me dijeron que...

No pudo contenerse.

Esta vez se vino abajo.

—No llores, por favor —le suplicó Rogelio.

No le hizo caso. Siguió llorando hasta que, de pronto, se levantó dispuesta a echar a correr.

Él fue más rápido.

La detuvo, la sujetó y la abrazó.

Esperanza se deshizo entre sus brazos.

—Lo siento —gimió—. Lo siento, Rogelio... Lo siento.

—Yo también —fue lo único que pudo decir él mientras le acariciaba la cabeza.

81

Anita y Marcela coincidieron con Virtudes de regreso a casa, a un par de calles de su destino. La muchacha corrió hasta su tía, para liberarla del peso que llevaba cargando la cesta, y luego se colgó de su brazo.

—¡Ay, tía, esto me encanta!

La hermana de su padre la miró con orgullo.

—Pero si no es más que un pueblo —objetó reticente.

—¡Pero es distinto! —Le dio un beso en la mejilla.

Anita se colocó al otro lado.

—¿Sabes lo que le gusta? —dijo—. Poder pasear libremente por donde quiera, sin guardaespaldas ni protección, sin miedo de un secuestro, y encima salir de noche, ir a cenar con un chico.

—Mamá, que lo del chico es lo de menos.

—Ya. —Le guiñó un ojo a su cuñada.

—A mí me encanta haber ganado una sobrina como tú. —Fue sincera Virtudes.

—Vale más tarde que nunca, ¿no?

—Sí.

—¡No sé por qué papá sigue encerrado en casa, con el día que hace y el ambiente de fiesta que se respira con la verbena de esta noche!

—Ya sabes que cuando tiene negocios entre manos... —No concluyó la frase Anita.

—¡Pero esta noche le sacamos!, ¿eh? Aunque sea a rastras. ¡Y quiero que compre petardos!

—¡Huy, a tanto no sé si va a llegar! —repuso su tía—. Tardó mucho en reunir valor para tirar un cohete. Todos los demás niños lo hacían y él en cambio... Aún no sé cómo hizo dos guerras.

—No creo que matara a nadie —aseguró Marcela.

—No hablemos de eso, por favor —pidió Anita—. Ya estamos llegando.

La calle. La casa. El coche de alquiler aparcado afuera. Cubrieron los últimos metros y fue Marcela la que se adelantó para franquearles la entrada a su madre y a su tía, que le quitó la cesta para dirigirse a la cocina. Fue la última en entrar pero la primera en gritar:

—¡Papá, ya estamos aquí!

Lo encontraron en el comedor, con la mesa llena de aquellos papeles sobre los que convergía el futuro de todos, pero con la mirada extraviada en la ventana, en el pueblo. Reaccionó tarde, porque antes llegó su hija para abrazarle y darle un beso.

—¡Hola, señor importante!

Rogelio se lo agradeció.

Cerró los ojos y correspondió a su gesto.

—Anita, espera —le dijo a su mujer antes de que saliera de allí para meterse en su habitación o ir a la cocina a ayudar a Virtudes—. Quiero deciros algo.

—¡Tía, que papá quiere hablarnos!

Anita fue la primera en sentarse. Marcela se quedó de pie, con los brazos cruzados y las cejas levantadas, expectante. Virtudes llegó con la curiosidad dominando sus rasgos.

—Siéntate —le pidió su hermano.

—Ay. —Hizo un inequívoco gesto de miedo.

Rogelio no perdió el tiempo. Las miró a las tres y lo soltó:

—Vamos a irnos unos días, los cuatro, en el coche.

Las cejas de Marcela se levantaron un poco más. Anita permaneció impasible. Virtudes en cambio se agitó.

—Rogelio, no seas tonto, ¿cómo voy a irme?

—¿Qué pasa? —La detuvo él—. ¿Tienes trabajo, obligaciones, un horario? ¡No seas tonta tú!

—¿Pero cómo vamos a irnos, y adónde?

—Primero a Barcelona, que me muero de ganas de ver todo lo de Gaudí. Después bajaremos por la costa, Tarragona, Valencia, Murcia, Almería, Málaga... hasta Córdoba y Sevilla por lo menos. Un viaje de verdad, juntos.

Anita alargó una mano por encima de la mesa para presionar una de las suyas.

—¿Marcela? —Se dirigió a su hija.

—¡Papá, es genial!

Virtudes seguía seria.

—Tenemos mucho que recuperar —le dijo Rogelio—. Necesitamos alejarnos un poco de aquí, solo un poco, disfrutar de unas vacaciones mientras mis abogados hacen el papeleo final de lo que quiero montar o lo de comprar la fábrica. —Envolvió a su hermana con una sonrisa cautivadora—. Vamos, Virtudes, no me obligues a secuestrarte, porque te juro que te meto en el maletero del coche y se acabó.

—No, si ya me gustaría, pero... ¿Por qué no vais los tres?

—¿Te acabo de recuperar y ya quieres perderme de vista?

—No. —Bajó los ojos seria.

—Después de este viaje yo regresaré a Colombia para atender mis cosas allí. Más adelante nos visitarás, pongamos por Navidad, y no me vengas con lo del miedo a volar, que eso se acabó. De momento pienso regresar al acabar el verano, en septiembre u octubre, para poner en marcha mis planes para el pueblo.

—¿Cuándo has decidido todo esto? —le preguntó Anita.

—Esta mañana.

—¿Y lo que tenías que hacer?

—Ya está.

—¿Tus respuestas...?

—Esta tarde veré a dos personas. Después...

—¿A quiénes?

—Te lo contaré esta noche.

Le conocía sobradamente. No insistió.

—Bien —dijo.

—¿Seguro que no te pasa nada? —Vaciló Virtudes.

—Nada, en serio. Ahora todo encaja, ¿sabes? Así que es hora de recuperar muchas cosas.

—Papá.

Los tres miraron a Marcela. La que estaba seria ahora era ella.

—¿Sí?

—¿Me dejarías quedarme a pasar el verano aquí, con la tía?

Virtudes respiró orgullosa. Anita esbozó apenas una sonrisa identificada en la curva ascendente de la comisura de sus labios. Rogelio aguardó un momento antes de responder, procesando lo inesperado de aquella petición.

—¿Aquí, sola?

—Con la tía —le recordó.

—Pero nunca...

—Por favor.

Nadie habló de Ezequiel. No hubo ninguna ironía. Obviaron las preguntas incómodas. Sobrevolaron toda duda.

—Quiero descubrir esto, y hacerlo a mi aire —concluyó su súplica la chica—. Será la primera vez que esté sola y creo que lo necesito.

—¿Anita? —Rogelio se dirigió a su mujer.

—Tiene diecinueve años —le recordó ella—. Y siempre hemos confiado los unos en los otros.

En la calle estallaron varios petardos, dos, tres, haciendo un enorme estruendo. Ninguno de ellos se sobresaltó. Aplacaban sus propias tormentas para la paz final.

—¿Virtudes? —preguntó Rogelio.

—Me encantará tenerla aquí —proclamó su hermana con un radiante tono de voz.

82

Primero se aseguró de que Esperanza estuviera en el estanco.

Después fue a su casa, contando con la suerte.

Se alegró de que estuviera de su lado.

Le abrió el mismo José María, y se quedó en la puerta mirándole con fijeza, más incrédulo que inquieto, antes de decirle:

—Pasa.

Rogelio le obedeció. Caminaron hasta una salita de lectura en la que vio un televisor apagado, un mueble con estantes de arriba abajo repletos de libros, además de un par de cajones, y una estufa para el invierno. La única ventana daba al patio de la casa. Una de las paredes la ocupaba la librería, la otra la puerta, con dos cuadros flanqueándola. La cuarta pared la presidía una vieja escopeta de caza de dos cañones y por debajo, enmarcados, diversos diplomas a nombre de sus hijos. El mobiliario principal consistía en una mesita ratona llena de fotos familiares y dos butacas, una a cada lado.

Butacas viejas, gastadas, combadas por el peso de muchos cuerpos, aunque en realidad fueran siempre los mismos: José María, Esperanza y sus hijos, Vicente, Rosa y Ezequiel.

—Siéntate —le invitó el dueño de la casa—. ¿Algo de beber?

—No, gracias.

—¿Ni agua?

—No.

—Bueno.

Ocuparon las dos butacas, con la mesa en medio. Una de las fotografías era la de su boda. En las otras aparecían siempre los hijos, pequeños, adolescentes, jóvenes o mayores. También había una de Vicente y Maribel con sus hijos y otra de Rosa con un hombre.

En las fotografías, la gente siempre sonreía.

José María Torralba no.

En la foto de su boda, con el brazo ausente formando un agujero negro capaz de absorber toda energía, su rostro era una máscara rígida.

No tuvo que preguntarle qué quería.

El que habló fue Rogelio.

—Fuiste tú.

José María no se movió. Nada. Ni un destello en los ojos. Ni un gesto. Ni un sobresalto. Rogelio pensó que quizá se le hubiese detenido también el corazón.

Un petardo, uno más, estalló en alguna parte.

—Vamos, José María, ya da igual —dijo Rogelio.

—No sabía cuánto tardarías en deducirlo. —Se resignó manteniendo aquella extraña inmovilidad—. Incluso pensé que no lo harías.

—Aquella noche me oíste hablar con Esperanza, cuando le dije dónde nos ocultaríamos. Tuvo que ser eso.

—Lo fue.

—Yo salí por la ventana y tú entraste por la puerta.

—Sí.

—¿Fue por ser de bandos distintos?

—Sabes que no.

—Esperanza.

—Sí.

Rogelio lo dijo con palabras, aunque cada una de ellas le ardió en la garganta, el pecho, la mente.

—Me delataste por amor.

—Sí —reconoció José María.

—¿Desde cuándo...?

—Siempre estuve enamorado de ella. Siempre. Pero se fijó en ti.

—El amor nos vuelve locos, ¿verdad?

—¿Qué querías que hiciese, Rogelio? Era mi oportunidad.

—No podías matarme delante de ella. Eso te habría convertido en un asesino. Tenía que ser un lance de la guerra y después, con suerte, paciencia, lo que fuera, recogerías sus pedazos.

—Sí, aunque casi la perdí.

—Le salvaste la vida cuando quiso quitarse la suya, pero antes condenaste a diez personas inocentes solo para deshacerte de mí y tener el camino libre.

Esta vez no habló.

Pero siguió sosteniendo su mirada.

La extraña calma de sus ojos.

—Mi padre, mi hermano, los demás... —siguió Rogelio.

Otro silencio.

—Di algo, maldita sea. —Lamentó sin llegar a gritar ni a enfatizar sus palabras.

—Fue todo muy rápido. —Sus hombros subieron y bajaron—. Decidimos cosas trascendentes en segundos, qué bando tomar, elegir entre la amistad o el amor.

—La amistad o el amor —repitió su visitante.

El nuevo intercambio de miradas fue más largo, más amargo por parte de José María, más triste por parte de Rogelio. Fue como si el tiempo se detuviera en mitad de un segundo.

Más y más petardos en la calle, en el pueblo.

Los mismos estruendos que aquella noche.

Pero ahora con aires de fiesta.

José María se levantó. Apoyó su brazo derecho en la butaca y se puso en pie. No salió de la estancia. Dio dos pasos, llegó a la pared y descolgó la escopeta de sus soportes. A continuación abrió uno de los cajones de la estantería. Con la escopeta firmemente sujeta bajo el brazo, tomó dos cartuchos. Regresó con todo ello a su sitio y lo dejó sobre la mesa, primero los dos cartuchos, luego el arma, con la culata en dirección a Rogelio y el cañón hacia su cuerpo, apartando algunas fotografías con su gesto.

La de su boda con Esperanza se cayó hacia atrás.

—¿Qué haces? —Se extrañó Rogelio.

—Te lo pongo fácil.

—¿Estás loco?

—Acaba de una vez, ¿quieres?

Rogelio miró el arma y los cartuchos. Luego de nuevo a él.

La tomó y la dejó a un lado, lejos del alcance de su compañero.

—¿Crees que he venido a matarte?

—Sí.

—¡No!

—Vamos, Rogelio. Has venido a vengarte. Hazlo.

—¡Vine para saber la verdad, y para volver a mi casa con ella, no para convertirme en un asesino!

—¡Yo os vendí, maldita sea!

—¿Y crees que cuarenta años después eso es más importante que mi mujer y mi hija?

José María dio muestras de agotamiento. De pronto envejeció diez años, se le abrieron bolsas bajo los ojos, le cayeron las comisuras de los labios, las arrugas de su rostro excavaron aún más su carne desprovista de vida.

—No te entiendo. —Jadeó.

—¿De veras no lo entiendes?

—No.

—Llevas cuarenta años purgando lo que hiciste, cargado con ese peso. No hace falta que yo remate la faena. Seguirás viviendo en la cárcel de tu cabeza, José María.

El dueño de la casa exhibió una cansina sonrisa de pesar.

—¿Y si me pego un tiro yo?

—¿De qué te servirá? Tienes una esposa, tres hijos, nietos. Serías un idiota, amigo.

—¿Amigo?

Rogelio se levantó de la butaca.

Miró la escopeta. Miró a José María.

—¿Sabes una cosa? —le dijo—. Por política, por ser yo de izquierdas y tú de derechas en aquel momento, quizá no te lo habría perdonado. Pero por amor sí. Por ella sí. Yo también habría hecho lo mismo.

—No, tú no.

Rogelio llegó a la puerta de la habitación.

—Esperanza lo valía —fue lo último que dijo—. Has vivido con ella este tiempo, así que lo sabes.

—Joder, Rogelio...

La exclamación, el suspiro, lo que fuera, nació y murió allí, prisionero de aquellas cuatro paredes, con las fotografías familiares como únicos testigos, incluida la que había caído.

Sabía que José María la pondría en pie cuando se fuera.

Así que lo hizo, en silencio, sin decir nada más porque ya no era necesario.

83

La salida del personal de la fábrica era un momento dulce, un momento de reencuentro, de fin de la jornada laboral, de vuelta a casa o de paseo, de tertulia o de partida en el bar. La verbena hacía que todo fuera aún mejor. Algunas mujeres y hombres, niños y niñas, aguardaban a sus maridos, esposas, padres, madres, incluso abuelos y abuelas. La explanada frontal se convertía así en un punto de encuentro.

Había más y más petardos.

La hoguera estaba a punto. Comenzaba el verano en un país presuntamente nuevo, o al menos distinto.

Rogelio le reconoció al instante, tanto por las fotos de la casa de José María y Esperanza como por el hecho de que él se pareciera mucho a ambos, pero sobre todo a ella.

Sus ojos, sus labios, aquella sonrisa que jamás había olvidado.

—¿Vicente?

—Sí. —Se lo quedó mirando hasta que una chispa brilló en su mirada—. Usted es Rogelio Castro. ¿verdad?

—En efecto.

Se estrecharon la mano, con fuerza, los dos.

—Un placer saludarlo —dijo el hombre.

—¿Tienes un minuto? —Le tuteó.

—Pues... sí, claro. —No hizo ademán de mirar la hora.

—Es verbena. Si tienes prisa por llegar a casa podemos vernos mañana.

—No, no, qué va, aunque es toda una sorpresa.

—Me alegro de que sea así, sobre todo porque la mayoría de sorpresas acostumbran a ser buenas, ¿lo sabías?

—No.

—Ya verás. —Los dos echaron a andar—. ¿Dónde podemos ir para estar tranquilos?

—Ahí mismo hay una placita. Si no le importa...

—No, perfecto. Supongo que si vamos a un bar todo serán rumores, y con el barullo nos costará más hablar.

—¿Rumores? Mire a su alrededor.

Algunos hombres y mujeres los observaban con mezcla de curiosidad y reconocimiento. La mayoría ya sabía quién era. El nuevo. El fusilado del 36. El que había regresado de entre los muertos, rico y famoso.

—Esta noche todos sabrán que hemos hablado, y mañana...

Dejó su frase en suspenso y continuó andando. Un vistazo de reojo le confirmó que su interlocutor parecía muy feliz. Le brillaban los ojos, sonreía. Incluso le pasó un brazo por encima de los hombros antes de llegar a la placita, con sus bancos de piedra vacíos.

—Tenía muchas ganas de conocerte. —Le presionó el hombro.

—¿En serio?

—Sí. —No le dijo nada de Ezequiel y su salida con Marcela—. ¿Nos sentamos aquí mismo?

—Bien.

Ocuparon el banco. Estaba frío porque el sol hacía rato que no le daba y la piedra les pasó su temperatura a través de la tela del pantalón. Los dos inclinaron sus cuerpos de lado para hablar más de cara. Vicente dejó su mochila en el suelo. Vestía con informalidad. Sus treinta y cinco años le daban un aire maduro, pero también juvenil por la ropa y el talante que desprendía.

—Tienes una mujer muy guapa. He visto vuestra foto —dijo Rogelio—. Y lo mismo vuestros hijos.

—Gracias. —No le preguntó dónde la había visto porque era obvio.

Pensó en su madre y se sintió extraño.

Aquel hombre había vuelto del pasado para recordarle una vida perdida.

O tal vez no. Solo diferente.

—Está bien, ¿qué quiere? —preguntó al ver que Rogelio no decía nada.

—Voy a ser breve y conciso —asintió él—. Tú me escuchas y luego me haces toda clase de preguntas, ¿de acuerdo?

—Sí.

Se lo soltó sin más.

—Voy a comprar la fábrica y habrá cambios. Entre ellos la parte administrativa. Quiero que tú seas el nuevo director.

Un puñetazo en el plexo solar no le habría causado mayor impacto.

—¿Cómo dice?

—No es la pregunta que esperaba pero supongo que hay cosas que a uno le desconciertan. —Le mostró una abierta sonrisa.

—¿Habla en serio?

—Sí. —Fue categórico—. ¿No habías oído los rumores?

—Sabía que alguien pretendía comprarla, sí, pero...

—Ese alguien soy yo. —Le puso una mano en el brazo para ser más vehemente—. Escucha, hijo. Tengo informes, me baso en hechos, nada es gratuito. Quiero a alguien que conozca el trabajo y tenga ideas nuevas, que sea joven pero al mismo tiempo digno de ese puesto. No estoy improvisando. Te lo ofrezco porque sé que eres bueno, tienes iniciativa y vamos a necesitar un profundo cambio para ponerla en primera línea.

—Entonces, ¿quiere que sea el nuevo director en serio?

—Ni más ni menos, si es que no te rajas.

—Nunca me he rajado ante las oportunidades, señor.

—Bien. —Volvió a presionarle el brazo—. No solo voy a comprar la fábrica. También voy a construir una floristería en los terrenos del río. Esa será otra historia, claro. Pero quiero que lo sepas. Entre una cosa y otra, habrá mucho trabajo. Necesitaré mucha ayuda para decidir puestos. Gente de confianza, ¿entiendes? Sé que tienes algo imprescindible.

—¿Qué es?

—Honradez.

—Bueno, eso sí es cierto. —Empezaba a reaccionar—. Oiga, señor Castro.

—Rogelio. Llámame Rogelio.

—Entonces oiga, señor Rogelio. —Siguió sin tutearle—. ¿Puedo preguntarle si, pese a todo lo que me está diciendo, hace esto por lo que hubo entre mi madre y usted?

No lo esperaba.

Y lo acusó.

—¿Sabes eso?

—Sí.

—¿Cómo? ¿Te lo dijo ella?

—Los padres guardan cosas, y a veces los hijos, sin querer, las encontramos.

—¿Qué clase de cosas?

—Fotos, sus poemas, el anillo que le dio cuando se prometieron...

Rogelio intentó que sus emociones no le traicionaran.

—No —se revistió de su mayor sinceridad—, no te lo ofrezco por ser hijo de Esperanza, créeme. —Sacó un papel del bolsillo trasero de su pantalón y tras desplegarlo se lo ofreció a Vicente—. Es un listado de la gente que trabaja en tu fábrica. Dime tan solo si ves a alguien más capacitado que tú y le nombro a él.

—¿Cree que se lo diría? —Se rio ahora Vicente.

—Bien, me gusta. —Le quitó el papel de las manos para volvérselo a guardar en el mismo sitio—. Y déjame que te repita algo, para que tu ego quede a salvo: no, no lo hago por tu madre. Negocios son negocios. No hay nada peor que darle un puesto excesivo a una persona por el hecho de ser familia. De todas formas, y teniendo en cuenta que yo vivo en Colombia, quiero que me prometas algo.

—¿Qué es?

—Que a ella no le faltará nada en el futuro. Y cuando digo nada es nada, ¿correcto? Quiero que la cuides y si no puedes personalmente que contrates a alguien para que lo haga. Quiero que me jures que nunca acabará en un asilo, sola.

—Se lo juro, aunque lo habría hecho igual.

—Entonces, ¿estás de acuerdo?

Vicente desvió la cabeza para ver la fábrica, recortada en su horizonte más próximo. Había salido de ella unos minutos antes siendo lo que siempre había sido: un trabajador, bueno, cualificado, pero trabajador al fin y al cabo.

De pronto se convertía en el director.

A sus treinta y cinco años.

Sin necesidad de irse, como su hermana Rosa. Sin necesidad de claudicar.

Pensó en Maribel.

—¿Puedo decírselo a mi mujer?

—Puedes decírselo a quien quieras —asintió Rogelio.

Faltaba lo último. Lo único necesario. Aquello con lo que dos hombres de honor sellaban las cosas sin necesidad de papeles o firmas.

Un apretón de manos.

Y se lo dieron en silencio, antes de que, inesperadamente, Rogelio le abrazara como lo haría un padre.

84

La alcaldía era uno de los pocos lugares en los que todavía se trabajaba. O al menos esa era la sensación. El bullicio de la plaza mayor, con los petardos y los niños jugando a gritos, contrastaba con el silencio burocrático del interior del edificio en la media tarde. Un chico joven le dijo que el despacho del señor alcalde se hallaba en la segunda planta. Al llegar a ella, una secretaria le pidió que esperara, porque el señor alcalde iba a salir y no sabía si podría recibirle. Entonces él le dijo el nombre y la mujer se quedó seria.

Abrió una puerta, le anunció y, tras un silencio incómodo, una voz dijo:

Hágale entrar, Graciela.

Graciela.

Hermoso.

—Gracias. —Le sonrió al pasar por su lado para penetrar en la boca del lobo.

La mujer cerró la puerta.

Y Rogelio quedó cara a cara con Ricardo Estrada.

Lo primero que le vino a la cabeza fue una imagen de su infancia, cuando no querían jugar con él por ser el hijo del cacique del pueblo. Recordó a Ricardo con nueve o diez años, llorando.

Después, la mezquindad de los catorce o quince, la pugna de

los diecisiete o dieciocho, y finalmente la guerra, el 18 y 19 de julio de 1936.

Los dos hombres se miraron fríamente. El dueño del despacho no le invitó a sentarse. El visitante tampoco hizo ningún gesto. Ni siquiera de tenderle una mano.

Sabían cuál era su lugar en la gran comedia humana.

—Jamás imaginé verte aquí. —Fue el primero en hablar Ricardo.

—No te preocupes, seré breve —dijo Rogelio.

El alcalde del pueblo miró sus manos, como si buscara algo.

Pero Rogelio las tenía desnudas.

Aun así, expresó su temor.

—¿No irás a pegarme un tiro aquí?

Rogelio soltó un bufido sardónico.

—Todos creéis que he venido a matar gente.

—No, supongo que no te hace falta —pronunció cada palabra con un claro sentimiento de asco—. Eres rico, puedes pagar a un sicario de esos que os gastáis en Colombia.

—¿Por qué vosotros siempre pensáis en matar?

—¿Nosotros? —Hubo mucha acritud en su tono—. Sé que estás comprando el pueblo, tierras, la fábrica... Tanto hablar de los caciques de antes y ahora quieres serlo tú.

—Te equivocas. Yo me vuelvo a Colombia. Pero sí, tienes razón en algo: quiero oxigenar este pueblo.

—¿Apoderándote de él?

—No, librándole de ti.

Ricardo salió de detrás de su mesa. No fueron más que dos pasos. Quedó a un metro de su visitante. Escrutó su rostro buscando algo, un resquicio, una grieta. Lo único que halló fue serenidad y calma.

Ni siquiera un rasgo de odio.

—¿De qué estás hablando? —Vaciló.

—De los terrenos que recalificaste por la brava y me vendiste a un precio mayor, que pagué gustoso, y de lo que te quedaste en el bolsillo bajo mano —dijo Rogelio—. De eso, Ricardo. De eso estoy hablando.

—No seas estúpido.

—Seré muchas cosas, pero no estúpido. Además, para eso tengo buenos abogados, incluso amigos en la fiscalía de Colombia y contactos aquí, en España. —Siguió hablando despacio, como si cada palabra fuera una cuña que hundía en el alma de su anfitrión—. Tengo los documentos, las fechas, los datos, lo que ni tan solo puedes imaginarte. Lo tengo todo y más para denunciarte por un sinfín de cargos y meterte en la cárcel.

—¿Me tendiste... una trampa?

—Creo que sí.

—¿Pagaste más a sabiendas de que era injusto?

—Sí.

—¡Vas a pasarte años en juicios si quieres demostrarlo! —gritó por primera vez Ricardo—. ¡Yo también tengo amigos y contactos!

—No, no creo que lleguemos a tanto. —Hizo un gesto impreciso pero significativo—. Podría dañar tu imagen incluso con lo de esa mujer, Teresa Cortés, pero no vale la pena.

La palidez del alcalde se acentuó hasta dejar su cara completamente blanca.

—El trato es este, Ricardo. —Endureció su rostro hasta convertirlo en una máscara de hierro mientras se lanzaba ya a tumba abierta, sin esperar a más—: Tú te vas de este pueblo, te llevas a tu padre, renuncias a la alcaldía, desapareces y listo. Lo haces y yo me olvido de ti.

Ricardo tuvo que apoyarse en la mesa.

Fue con una sola mano, pero suficiente.

—No puedes...

—Sí puedo.

—¡Esta también es mi casa! —gritó por segunda vez.

—La usurpasteis en el 36, tu padre y tú, y desde entonces habéis convertido el pueblo en vuestro patio de recreo —continuó hablando a lomos de su serenidad, pero más y más contundente—.

Y ya ves: es hora de cambiar. Nuevos tiempos, democracia... Tú y yo somos residuos, así que, como te he dicho, yo también me iré. Dejaré que los jóvenes decidan su porvenir. Lo único que haré será darles herramientas, la fábrica, la floricultora que pienso levantar en esos terrenos y mucho más.

—No voy a irme. —Jadeó el alcalde.

—Sí lo harás, o te aseguro que no va a quedarte nada porque te voy a desangrar. Y te lo repito: no es una venganza. Es una limpieza.

—¡Me estás chantajeando!

—Llámalo como quieras. Tienes un mes para dimitir y arreglar las cosas. Ni un día más.

—¿Qué...?

Estaba todo dicho, así que dio media vuelta y se encaminó a la puerta dándole la espalda.

—¡Rogelio!

—Adiós, Ricardo.

—¡Hijo de puta, os jodimos y volveremos a joderos!

Logró detenerle y hacerle girar la cabeza.

—Supongo que pensarás que valió la pena, ¿verdad? —Le miró con tristeza.

—¡Valió la pena, sí! —Ricardo ya no gritaba, aullaba soltando gotas de saliva por el aire—. ¡Si este país está como está es gracias a nosotros, y a Franco, y a lo que hicimos limpiándolo de comunistas! ¡Demasiado buenos fuimos, por eso has podido volver, cabrón!

Rogelio se echó a reír.

Sin ganas, pero lo hizo.

—¿Este país? —dijo—. Vaya, creía que vosotros lo llamabais España, así, con muchas eñes, como si os perteneciera.

Volvió a darle la espalda y abrió la puerta del despacho.

Graciela, la secretaria, se lo quedó mirando muy seria.

Cuando la cerró se escuchó por última vez la voz de Ricardo.

—¡Hijo de puta!

Pasó por delante de la mujer inclinando la cabeza.

—Suerte, Graciela.

—Gracias, señor.

Bajó la escalera. De la segunda planta a la primera. De la primera a la calle. Intentó examinar sus emociones pero no pudo. Los sentimientos no siempre eran claros. La alegría podía mezclarse con la tristeza, la palabra victoria camuflarse entre muchas derrotas y viceversa. El tiempo, en el fondo, había pasado muy rápido. Cuarenta años y tantos muertos por detrás.

¿De qué color podía ser el futuro?

Blanco, el futuro siempre era blanco.

Lo pintaba cada cual.

Se dejó acariciar por el sol ya mortecino de la tarde y miró la hora. Podía llegar a casa, recoger a su mujer, su hija y su hermana y salir a pasear, disfrutar de la verbena, como cuando era niño.

Ser, finalmente, libre.

A lo lejos, en el estanco, intuyó a Esperanza tras el mostrador.

Echó a andar.

Primero bajó la cabeza, perdió la mirada en el suelo. Después la levantó.

Miró al frente.

Y sí, se sintió libre.

Por eso sonrió de oreja a oreja a pesar de las dos lágrimas que colgaban de sus ojos.